KB002796

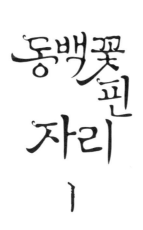

동백꽃 핀
자리

1

동백꽃 핀 자리 1

ⓒ서은수 2024

1판 1쇄 인쇄	2024년 4월 12일
1판 1쇄 발행	2024년 4월 23일
지은이	서은수
펴낸이	박대일
교정	김미영
편집	이문영 · 임유리 · 이지영 · 김하랑 · 임지원
마케팅	임유미 · 윤수양
디자인	이매진
조판	송새연
펴낸곳	파란미디어
출판등록	2004년 9월 14일 제313−2004−00214호
주소	03992 서울시 마포구 동교로23길 14 국제빌딩 6층
전화	02.3141.5589 영업부 070.4616.2012 편집부
팩스	02.3141.5590
전자우편	paranbook@gmail.com
카페	http://cafe.naver.com/paranmedia
인스타그램	@paranmedia
ISBN	979−11−93185−86−5(04810)
	979−11−93185−85−8(전3권)

동백꽃 핀 자리

1

서은수 장편소설

파란

목차

서장 序章

태어나기 전부터 운명은 도경에게 가혹했다. 그러니까 그날은, 세상의 빛을 보기 약 한 달 전쯤이라고 들었다.

"죄인이 태어나는구나."

부처님 오신 날을 맞아 도심 속 사찰을 찾은 한 고부는 점등식을 기다리다 망언을 들었다. 만삭이었던 며느리가 눈이 동그래져 돌아보니 바로 옆, 부른 배를 빤히 들여다보는 낯선 여자가 있었다.

"망했네, 망했어."

기껏해야 이십 대 중반쯤 되었을까. 유난히 마르고 창백한 안색의 그녀는 임부의 둥근 배에 시선을 고정하고 무례한 소리를 중얼거렸다. 스산하면서도 어쩐지 섬뜩한 눈빛이었다.

"이봐요!"

며느리의 순산을 기원하며 기쁜 마음으로 절에 동행한, 머리가 희끗희끗한 부인이 발끈해서 소리쳤다. 저 여자가 왜 저러나, 처음에는 어리둥절해하다 배 속의 손녀에게 망언한 것임을 깨닫고 화가 난 것이었다.

며느리는 적지 않은 나이였다. 아이도 이미 둘이나 있지만, 아들 내외의 금슬이 워낙 좋아 늦둥이를 가졌다는 소식에 축하하며 기뻐해 주었다. 하지만 그것도 잠시, 배가 부를수록 골골대는 며느리를 지켜보며 온 가족이 노심초사하였다. 그런데 생전 처음 보는 사람이 면전에서 불길한 소리를 해 대니 기분이 좋을 리 없었다.

"지금 무슨 소리를 하는 거야! 임산부한테 그게 무슨 악담이에요?"

"사주에 이름도 하나밖에 없겠네."

나이가 지긋한 사람이 화를 내는데도 여자는 아랑곳하지 않았다.

"이상하게 들어와 보고 싶더라니……. 쯧, 재수 없어."

혼잣말인 양 끝까지 이상한 소리를 지껄이곤 심드렁히 돌아섰다. 연등에 아직 불이 들어오지 않았으나 더 볼 것도 없다는 태도였다.

"저 여자가 근데……!"

"참으세요, 어머니."

부인이 당장에라도 쫓아갈 기세를 보이자 며느리가 황급히 옷자락을 붙들었다. 좋은 날 큰 소리 내지 말자며 만류하는데 뎅, 울리는 종소리와 함께 형형색색의 오색 연등에 불이 들어왔다. 파르르 들끓었던 화기가 저절로 가라앉고 두 사람은 동시에 은은한 빛을 내는 연등을 올려다보았다.

예쁜 아기가 축복 속에 건강히 태어나기를.

며느리도 손녀도, 모두가 무탈하기를.

어느새 언짢았던 기분을 털어 버린 두 사람은 오늘 이 자리에 오게 된 이유를 상기하며 각자의 바람을 기도했다. 온화한 바람이 산들산들 불어오는 오월의 포근한 저녁이었다.

그로부터 한 달 뒤, 장미 덩굴이 담장을 뒤덮은 크고 아름다운 저택에 새로운 식구가 태어났다.

이름 윤도경.

그해 고등학생이 된 언니와 중학생 오빠를 둔 집안의 막둥이였다. 가족은 이 자그마한 아기를 사랑했다.

"내가 이런 말은 안 하려고 했는데…… 도경이 이름 지을 때 말이다. 스님이 그러시는 거야. 이 아이 사주엔 이름이 하나밖에 없다고. 아무래도 그때 그 여자가……!"

"그 일을 아직도 마음에 두고 계셨어요? 이제 그만 잊으세요."

근심 어린 할머니의 염려도 가족은 웃으며 신경 쓰지 않았다. 그런 무속적인 소리에 귀를 기울이기엔 아기가 너무도 예쁘고 사랑스러웠다.

가족의 행복은 영원할 것 같았다. 끝까지 복되고 충만할 줄 알았는데 저주라도 받은 듯 어느 순간부터 하나둘 우환이 생겨났다. 정정하시던 할아버지가 갑작스럽게 쓰러지신 뒤 유명을 달리했고, 아버지의 사업 파트너가 사기에 연루돼 구속되었다. 확장세를 이어 가던 집안의 의류 회사는 돌이킬 수 없는 타격을 받았다.

조부에 이어 새롭게 대표 이사로 취임한 아버지는 시간이 갈수록 얼굴에 수심이 깊어졌다. 전국적으로 수백에 달했던 매장이 하나둘 사라지고 회사는 공중분해 되었다. 부유했던 가족역시 정들었던 저택을 떠나 오래된 아파트로 이사했다. 그마저도 이사를 거듭하며 평수가 작아지다가 도경이 초등학교 2학년이 되던 해, 허름한 다가구 주택에 정착했다.

아마도 그때부터였을 것이다.

도경을 바라보는 할머니의 눈빛에 노골적인 원망이 깃들기 시작한 것이.

"난 저 애가 싫다!"

할머니는 한 번씩 이성을 잃고 어린 도경의 머리채를 잡았다. 부모님이 달려와 만류하면 히스테리를 일으키며 소리를 질렀다.

"건강했던 네 아버지가 갑자기 돌아가신 것도, 회사가 망해 우리가 이 꼴이 된 것도 다 저 아이 때문이야! 재수 없는 애가 태어나 모든 게 엉망이 되었다고!"

"그만하세요, 어머니! 인명은 재천이고, 회사가 망한 건 제가 무능했던 탓입니다! 도경이 때문이 아니라고요!"

다행히 할머니를 제외한 다른 가족은 그것을 미신으로 여겼다. 한 번씩 소동이 일어날 때마다 어린 도경의 편에서 적극적으로 감싸 주었는데, 가난이라는 풍파를 지나다 보니 그마저도 어렵게 되었다. 부모님은 지방을 돌며 돈을 벌어야 했고, 언니와 오빠는 학업을 마친 후 각자 살길을 찾아 집을 떠났다.

어린 도경은 빛바랜 청바지와 늘어나서 헐거워진 티를 교복처럼 입고 다녔다. 여름엔 땀에 절어 헉헉거렸고, 겨울엔 손과 발이 꽁꽁 얼었다. 같은 반 친구들이 여행 이야기를 할 때면 혼자만 묵묵히 침묵했다. 해외여행은커녕 놀이동산과 아쿠아리움, 심지어 근처의 흔한 전시관도 도경에겐 사치였다. 졸업식 때나 입학식 때, 각종 명절과 모두가 기다리는 주말을 늘 혼자서 보냈다.

당연히 대학에도 가고 싶지 않았다. 하루빨리 취직해 언니와 오빠처럼 돈을 버는 게 꿈이었는데 부모님의 강권으로 이쩔 수 없이 사범대에 진학했다.

빚에 허덕이던 가족은 학비도 간신히 마련해 주었다. 첫 학기 이후엔 어떻게든 알아서 해결하길 바라는 눈치였다. 대학 생활은 아르바이트로 점철될 수밖에 없었다. 생활비를 벌어야 해 주말도 없이 일했고, 살아남기 위해 밤새워 공부했다.

어느 날이었던가.

아픈 몸을 이끌고 일을 마친 도경은 터벅터벅 논현의 밤거리를 걸었다. 진상 고객을 끝까지 웃는 낯으로 상대했더니 손가락 하나 까딱하기 어려웠다. 집까지 언제 가나, 식은땀을 흘리며 고개를 들다가 찻길 건너 밝은 조명의 건물에 시선이 꽂혔다.

그곳에서는 세련된 차림의 사람들이 환하게 웃으며 식사를 즐기고 있었다. 그중에서도 도경의 눈길을 사로잡은 이들은 창가 테이블을 차지한 한 가족이었다. 외식의 막바지에 이른 듯한 그들은 한 점의 그늘도 없이 편안해 보였다. 당연한 수순처럼 그런 의문이 들었다.

우리 가족이 다 함께 외식한 게 언제였더라?

어린 시절, 언니가 가끔 집에 와 짜장면을 시켜 줬던 기억밖에 없었다. 도경은 씁쓸함을 억누르며 생각해 보았다.

그렇다면…… 우리는 언제가 돼야 저런 곳에서 부담 없이 식사할 수 있을까.

졸업 후 첫 월급을 받은 자신이 가족을 초대해 저곳에서 다 함께 식사하는 미래를 상상해 보았다. 어렴풋하게나마 행복한 광경이 분명한데 이상하게 가슴 한쪽이 시큰거렸다. 화목하면서도 여유로운 저들과 가난이란 피로에 찌든 제 가족이 각각 다른 세계에 속한 집단처럼 이질적으로 느껴졌다. 마치 TV를 시청하듯, 눈앞에 보이는 근사한 저곳이 함부로 접근할 수 없는 다른 세상 같았다.

형용할 수 없는 박탈감이 자존감을 건드렸다. 문득 후줄근한 행색의 자신을 발견한 도경은 이유를 알 수 없는 설움에 북받쳐 목이 메었다. 가난이란…… 슬프고 고단한 족쇄였다.

이상한 스님을 만난 건 할머니의 49재를 치르는 날이었다.

도경은 초반에 합동으로 절을 올리고 슬그머니 본당에서 빠져나왔다. 마지막 순간까지 손녀가 집안을 망하게 한 원인이라 믿어 의심치 않았던 조모를 생각하면 이러는 편이 오히려 고인을 위해 나은 선택이었다. 부모님과 언니 오빠도 조용히 떠나는 도경을 잡지 않았다.

돌계단을 내려와 천 년의 역사가 서렸다는 사찰을 어슬렁거리며 돌아다녔다. 그동안 얘기만 들었지 직접 와 본 것은 처음이라 볼거리가 많았다. 천천히 걷다 보니 어느새 가장 깊숙한 곳에 위치한, 무려 수백 년 전 지어졌다는 소규모의 전각 앞에 도착했다.

출입은 차단되었으나 문이 열려 있어 밖에서 안을 볼 수 있었다. 전각의 크기만큼 작은 불상을 모신 불단 앞에는 두 개의 위패만 달랑 놓여 있었다. 조금은 썰렁하면서도 기묘한 분위기였다.

여기는 뭐 하는 데인가 관심이 생겨 안내판에 눈길이 갔다. 정보를 쭉 읽어 내리던 도경은 예사롭지 않은 마지막 문구에 특히 주목했다.

두 개의 위패는 처음부터 무명이었으며 누구를 위한 것
인지 기록은 남아 있지 않다.

수백 년 전, 시주를 통해 이런 전각을 지을 정도라면 권력과 재력을 지닌 인물이 아니고선 불가능한 일이었다.

"기록이 남았을 만도 한데······."

도경은 혼잣말을 중얼거리며 추측해 보았다.

부모님을 모신 건가?

아니지. 그럼 이름을 밝히지 않을 이유가 없잖아?

생각에 골몰하다 보니 배에서 꼬르륵 소리가 났다. 새벽부터 움직이느라 출출해진 도경은 근처에 자리를 잡고 빵을 꺼냈다. 오는 길에 언니가 챙겨 준 크림빵이었는데, 봉지를 뜯는 순간.

"어험······!"

어디선가 군기침하는 소리가 들렸다. 인기척을 따라 두리번거리니, 언제부터 거기 있었는지 돌계단에 사람이 쪼그리고 앉아 있었다. 비쩍 말라 왜소한 체격에 눈썹이 하얗게 센 노승이었다.

뚫어지게 빵을 응시하는 양이 먹고 싶어 하는 눈치였다. 도경은 노인에게 다가가 가지고 있던 빵과 음료를 전부 내주고 돌아섰다. 시각을 확인하며 슬슬 본당으로 가 보려고 하는데 어깨 너머에서 들려온 무심한 음성이 발목을 잡았다.

"쯧쯧, 업보가 무거워 힘들겠구나."

도경은 안색이 파리해져 돌아보았다. 듣는 이에게 그것이 얼마나 불쾌한 표현인지도 모르고 스님은 빵을 오물거리며 태연히 말했다.

"사주에 관성이 없는데 유입되는 운도 없으니 평생 혼자 살며 소처럼 일만 할 팔자라. 아무리 노력해도 가난을 면치 못하겠다."

"지금 저한테 말씀하신 건가요?"

"너 하나로 가족 모두가 고생이 많아."

"그게 무슨 말씀이세요?"

"가족이 부유하면 네 팔자도 덩달아 편안했겠지. 잘 먹고 잘 살면서 과거의 업보를 어찌 다 갚누? 생을 거듭하며 그 업이 사라질 때까지 고통받게 될 게다."

"업이요? 제가 무슨 업을 지었다는 거죠?"

도경은 거칠어진 어조로 목소리를 높였다.

남들과 달리 팔자나 업보 같은 소리를 우스갯소리로 받아넘기지 못했다. 자라면서 귀에 못이 박이도록 들었던 말도 안 되는 트집들. 이제 할머니가 돌아가셨으니 그 지긋지긋한 미신에서도 벗어날 줄 알았는데, 다른 장소, 다른 사람에게서 같은 말을 들으니 부아가 나면서도 가슴이 덜컥 떨어졌다.

"조금 더 자세히 말씀해 주시면 안 될까요?"

"벗어나고 싶으냐?"

"당연하죠. 무슨 방법이라도 있나요?"

그동안 할머니의 주장을 굿판을 벌이려는 무당의 상술 정도로 치부했다. 하지만 낯선 스님에게서 이상한 소리를 들으니 도경은 이제 와 섬뜩해져 의견을 물었다.

"결자해지."

"네?"

"스스로 저주를 풀어야지."

"저주……요?"

멍하니 특정 단어를 따라 말한 도경은 삽시에 차가워져 표정이 사라졌다. 심각했던 분위기가 지워지고 노승을 바라보는 두 눈에 불신의 기운만 어른거렸다.

저주받은 팔자. 재수 없는 아이. 전생의 업보.

하나같이 할머니가 입에 달고 살던 표현이었다. 그러고 보니 저 노승은 생년월일도 묻지 않고 사주를 논했다. 그제야 돌아가는 상황을 파악한 도경은 허탈해져 실소를 흘렸다.

집안의 사업이 망하기 전까지 할머니는 매년 이곳에 거액의 현금을 시주하셨다. 가세가 기운 뒤에도 스님들과 가까워, 화병이 돋을 때마다 절에 달려와 그들을 붙잡고 하소연했다.

"간절함이 있어야 부처님의 은덕을 입을 수 있는 게다."

화가 난 도경은 노인의 조언을 듣는 척도 하지 않았다.

"스님, 혹시 저희 할머니 아세요? 선애 보살님이요."

"옜다."

노승은 대답 대신 무언가를 휙 던져 주었다. 포물선을 그리며 저에게 떨어진 그것을 도경은 엉겁결에 받아 쥐었다. 아주 예스럽고 낡은 수주머니로, 끈을 풀어 열어 보니 세월의 흔적이 짙게 묻은 염주 팔찌가 들어 있었다. 도경은 그것을 꺼내 이리저리 살펴보았다.

"뭐예요, 이건?"

"빵값이다. 덕분에 먼 길 즐겁게 가겠구나!"

어느새 음료까지 싹 비운 노인은 자리를 털고 일어섰다. 툭 치면 쓰러질 듯 노쇠해 보였으나 걸음걸이가 상당히 가볍고 활기찼다.

순식간에 농락당했음을 깨달은 도경은 멀어지는 노승을 못마땅하게 쏘아보다가 그가 버리고 간 빈 병과 빵 봉지를 내려다보았다. 손이 부족해 넘겨받은 나무 팔찌를 손목에 차고 수주머니는 바지 주머니에 대충 찔러 넣었다. 체념 어린 한숨을 내쉬며 아무렇게나 버려진 쓰레기를 주워 들었다.

한 번씩 존재조차 몰랐던 채권자가 돈을 갚으라며 나타났다. 그들은 언니한테, 혹은 오빠한테 쫓아가다 못해 도경의 자취방이 어디인지 캐고 다닐 때도 있었다. 채권자의 심정을 모르는 바 아니나 도경은 억울했다.

번창하던 사업이 망하고 아버지는 몇 번 더 재기를 노리다 실패했다. 가장 큰 원인은 믿고 따랐던 선배의 배신. 형제나 다름없다던 그는 돈 사고를 친 뒤 잠적했고, 도경의 가족은 연대보증을 선 아버지의 잘못된 선택으로 얼마나 되는지도 모를 사채에 허덕이며 고통을 겪었다. 도대체 법이 무엇인지, 아버지는 왜 그렇게 사람을 믿어 쓰지도 않은 돈을 갚아야 하는지 속상하고 답답했다.

절에서 내려와 아르바이트까지 마치고 귀가하던 길, 도경은 집 앞에서 서성이는 낯선 남자들을 발견했다. 나름 산전수전 겪으며 살아온 인생이기에 대번에 위험을 직감했다. 저들은 평범한 채권자가 아닌, 사채와 관련한 인력이 분명해 보였다. 겁이 난 도경은 엉거주춤 뒤로 물러서다 지체 없이 돌아섰다.

"이봐, 학생!"

등을 찌르는 고함이 공포를 일으켰다. 언론을 통해 무수히

접했던 폭력 사건도 머릿속에 줄줄이 재생되었다. 도경은 숨이 차도록 앞만 보고 달리다 근처 정류장에서 막 출발하려는 버스가 있어 허겁지겁 올라탔다.

남자들이 택시를 타고 쫓아올까 봐 버스에 앉아서도 좌불안석이었다. 도경은 가슴을 졸이며 한참을 가다가 사람이 많은 도심 한복판에서 후다닥 뛰어내렸다.

까만 밤이 내려앉았다. 그것이 한층 불안을 자극해 뒤도 돌아보지 않고 무작정 달렸다. 딱히 갈 곳은 없었다. 부모님은 절을 나서자마자 낡은 트럭을 몰고 지방으로 내려갔다. 언니와 오빠도 다른 도시에 거주해 거리가 먼 데다, 자칫 사채업자를 데려가는 형국이 될까 봐 연락할 엄두가 나지 않았다.

어디에도 기댈 곳이 없어 눈물이 솟았다. 끝이 보이지 않아 더욱 절망스러웠다. 이런 참담한 삶에서 벗어날 수 있다면, 그래서 남들처럼 조금이라도 평범하게 살 수 있다면 무슨 짓이든 할 수 있을 것 같았다.

빠앙.

정처 없이 달리다 갑작스럽게 울린 경적에 펄쩍 놀라 멈춰섰다. 정확한 위치는 알 수 없으나 어느 사거리까지 도달해 있었다. 이다음엔 어디로 가야 하나, 좌우로 고개를 돌리다 찻길 건너 빌딩 외벽에 설치된 대형 스크린에 시선이 꽂혔다. 화면에서는 봉화사에서 입적한 어느 큰스님에 관한 뉴스가 나오고 있었다.

도경은 입이 벌어져 낯익은 얼굴을 주시했다. 봉화사라면 오늘 아침 할머니의 종재를 지낸 곳이고, 화면에서 인자하게 웃고 있는 저 스님은 그곳에서 만난 노승이었다. 멍한 상태로 스크린을 올려다보던 도경은 자료 화면에 자막이 뜨는 순간 경악을 금치 못했다.

효정 스님 입적 - 닷새 전부터 의식 불명

몸에 한기가 들어 팔뚝의 솜털이 쭈뼛 올라섰다. 머릿속이 하얘진 도경은 무의식적으로 뒷걸음질하다가 바로 옆, 횡단보도에 보행 신호가 들어와 무작정 뛰어들었다.

얼마 되지 않아 신호등이 깜박거렸다. 도경은 다급히 속도를 올리는데…….

귀신에 홀린 기분이 이러할까.

아무리 달려도 횡단보도가 계속 이어졌다. 쉴 새 없이 두 발을 움직이고 있지만, 저 앞에 보이는 신호등과의 거리가 좁혀지지 않았다.

왜 이러지?

도경은 기를 쓰고 허우적거리다 헤드라이트를 켠 차들이 운행을 시작하자 다리에 힘이 빠져 움직임을 멈췄다. 기이하게도 엔진 소리가 들리지 않았다. 눈앞의 세상이 바쁘게 돌아가고 있는데 도시의 소음은 씻긴 듯 완전히 사라졌다.

차도 한복판에 남겨져 멍하니 정면을 응시했다. 어지러운 빌딩 숲을 배경으로 으슥한 산골의 풍경이 겹쳐 보였다. 헛

것을 보나 싶어 눈을 깜박거려도 달라지지 않았다. 각각의 장소가 하나로 겹친 듯 눈앞에선 차들이 도로를 쌩쌩 달리는데 도경 혼자만 인적 없는 숲속의 밤 한가운데에 덩그러니 서 있었다.

스산한 기운이 목덜미를 스쳤다. 정적에 휩싸인 도심엔 소쩍새 우는 소리만 아련했다. 왈칵 두려움이 솟구친 동시에 어디선가 맑은 목소리가 들렸다.

"뉘시오?"

깜짝 놀라 옆으로 고개를 돌리니 놀랍게도 달물결이 일렁이는 호수가 있었다. 숨 막히게 아름다우면서도 비현실적인 광경이었다. 그리고 그곳엔 한 여자가 있었다. 자세히는 보이지 않으나 한복을 입고 머리를 하나로 땋아 내린 모습이었다.

도경은 홀린 듯 그쪽으로 걸음을 옮겼다. 조금 전과 달리, 발을 움직일수록 어둠 속의 여자와 가까워졌다. 기묘하고 이상한 세계로 빨려들어 가는 중인 듯 몸이 으스스했다. 자꾸 소름이 끼쳐 팔을 문지르다가 얼마 못 가 낯빛이 하얗게 질려 접근을 멈췄다.

불과 몇 걸음 앞, 한복을 입은 여자의 얼굴이 이상했다. 도경은 방금 본 그것을 강하게 부정했다. 때마침 도심에서 희미하게 스며든 헤드라이트 불빛이 빠르게 그녀를 스치고 지나갔다. 잠깐의 찰나 여자의 얼굴을 똑똑히 확인한 도경은 등골이 오싹해져 경직되었다.

……나?

거울을 보는 듯 똑같은 생김새였다. 다른 점이라고는 옷차림과 헤어스타일 정도.

무언가 크게 잘못되고 있음을 자각한 순간 갑자기 주위가 환해졌다. 눈을 뜰 수 없을 만큼 강렬한 빛이 솟구쳐 전신을 에워쌌다. 비명을 질러도 신음조차 새어 나오지 않았다. 시야도, 소리도, 감각과 의식까지도 도경은 거대한 빛에 삼켜졌다.

악몽을 꾸었다. 어둠이 아닌 밝은 빛에 잡아먹히는 꿈. 육체와 영혼이 빛에 휩싸여 가루처럼 흩어지는 기이한 꿈.

"음……."

가느다란 신음이 입술을 비집고 흘러나왔다. 몸이 무겁고 손가락 하나 까딱하기 어려웠다.

사고라도 당한 건가?

의식이 반쯤 돌아온 도경은 쓰러지기 직전의 상황을 떠올려보려고 노력했다. 하지만 전후 사정을 채 파악하기도 전에 가까이서 누군가 울먹거렸다.

"도경아!"

제 이름을 부르는 간절한 목소리. 그렇지만…… 낯선.

"아가, 정신이 드는 게냐?"

"아가씨!"

그리고 혼선.

사태 파악을 위해 딱 붙어 떨어질 줄 모르는 눈꺼풀을 억지로 밀어 올렸다.

현기증이 심하고 시야가 흐렸다. 눈을 깜박거리는 동안 허공에는 낯선 얼굴의 두 여자가 연이어 쏙쏙 나타났다. 완벽한 5 대 5 가르마에 쪽을 찐 머리. 비녀까지 꽂고 있는 모습이 어디 기념행사에라도 다녀오신 분들 같았다.

"도경아, 날 알아보겠느냐?"

그중에서도 비녀가 유난히 화려한 노부인은 아까부터 제 이름을 애타게 불렀다. 도경은 저 사람이 누구인지 궁금할 수밖에 없었다.

암만 봐도 초면인데…….

"누구세요?"

힘없이 물으니 부인은 사색이 되어 앉은 몸을 휘청거렸다.

"마님!"

옆에 있던 다른 여자는 드라마에서나 나올 법한 호칭을 부르며 눈물을 흘렸다. 주위는 순식간에 소란스러워졌다.

"이게 어떻게 된 일이냐? 이 아이가 왜 이러는 것이야!"

"발을 걷어라. 진맥을 다시 해!"

누군가의 호통에 챙의 폭이 좁은 갓을 쓴 중년의 남자가 무릎걸음으로 다가왔다.

갓? ……갓이라니!

낯선 곳, 낯선 사람, 예스러운 옷차림. 기괴한 분위기였다.

덜컥 겁이 난 도경은 무리해서 상체를 일으켰다. 하지만 그조차도 쉽지 않았다. 몸에는 기력이 하나도 없었고 무엇을 걸치고 있는지, 이불을 걷었음에도 하얗고 펑퍼짐한 옷자락이 움직임을 방해했다. 가까스로 몸을 일으킨 후에는 수염이 덥수룩

한 남자가 맥을 짚겠다며 천으로 손목을 감싸는 바람에 소스라쳤다.

"왜 이러세요!"

"도경아!"

낯선 이들에게서 제 이름을 듣는 게 오늘따라 무서웠다. 빚쟁이들에게 붙잡혀 어딘가로 끌려온 게 아닐까, 괜한 두려움마저 들었다. 도경은 주위의 손길을 전부 뿌리쳤다. 여기서 나가야 한다는 생각에 다짜고짜 몸을 일으켰다. 기겁한 여자 둘이 도로 주저앉히려고 해 강하게 반발했다.

"아가씨를 잡아라. 어서!"

어디서 나타났는지 여자 여럿이 우르르 달려들었다. 방 안은 아수라장이 되었다. 몸부림을 치며 거세게 저항해 봤으나 컨디션이 극악이었다. 기진맥진한 도경은 방전된 로봇처럼 옆으로 픽 쓰러지고 말았다.

"도경아!"

"아가씨!"

저를 부르는 낯선 이들의 외침에서 걱정하는 마음이 절절히 전해졌다. 처음 보는 이들이 저러고 있으니 우스꽝스러운 꿈을 꾸는 중인 듯 이상했다.

······꿈.

그래, 이건 꿈인지도 모른다. 떠들썩하게 꿈자리를 뒤흔들지만 깨고 나면 아무것도 남지 않는 그런 꿈. 초점이 흐려진 도경은 이해할 수 없는 눈앞의 상황을 그렇게 정리했다.

한결 마음이 놓이자 잠이 쏟아졌다. 어수선한 주위를 뒤로하고 눈꺼풀이 점점 내려앉았다. 졸음이 가득한 시야에 마지막으로 보인 건 손목에 차고 있는지도 몰랐던, 봉화사의 노스님이 건네준 그 단주(短珠, 짧은 염주)였다.

우중조우 雨中遭遇

　며칠 새 피골이 상접했다. 두 눈은 충혈되고 하얗게 부르튼 입술은 까칠했다. 바짝 얼어 허리를 세운 도경은 슬그머니 눈동자만 움직였다.

　짐승의 털로 두둑이 속을 채운 비단 보료를 시작으로 경대와 지함을 차례로 훑다가, 칸마다 매화, 국화, 연꽃, 모란이 새겨진 나전 주칠 문갑을 바라보았다. 고급스러운 나비장과 세밀하게 그린 화조도, 온실에서 가져왔다는 작약, 꽃을 피운 분재도 한 번씩 스치듯 훑어보았다.

　하나같이 귀하고 값진 물건들. 화려하면서도 섬세하게 조화된 아름다운 방이었다. 또한 시간이 흘러도 익숙해지지 않는, 공포를 일으키기에 충분한 장소였다. 도경은 머리가 지끈거려 눈을 감았다.

며칠 전, 잠에서 깨어나 꿈같은 현실과 마주했다. 소복 같은 자리옷과 느슨하게 하나로 땋아 내린 긴 머리카락. 사극에서 볼 법한 사람들의 차림과 말투, 그리고 별당의 풍경. 손목에서 달랑거리는 단주를 제외하곤 도경이 서울 한복판에 있었다는 흔적은 어디에도 없었다.

아니, 아니다!

심지어 그 염주 팔찌조차 이상했다. 스님한테 받았을 땐 굉장히 오래된 것이었는데, 잠에서 깨 다시 보니 바로 어제 만든 것처럼 새것으로 바뀌어 있었다. 혹시라도 다른 것과 혼동했나 몇 번을 확인해도, 세월의 흔적이 사라진 점을 제외하면 단주는 노승한테 받은 그것과 같은 것이었다.

어떻게 이런 일이 생겼는지 납득할 틈도 없이, 경악한 얼굴의 낯선 부인은 도경을 붙잡고 흐느꼈다.

'어미가 기억나지 않는 것이냐? 네 이름은? 아버지와 오라비들은?'

'⋯⋯.'

'어찌 이런 일이 있을 수 있단 말이냐!'

도경이 아무런 대답도 못 하고 뻣뻣하게 굳어 있자 부인은 손수건으로 입을 틀어막고 서럽게 울었다. 그러자 옆에 있던, 자칭 유모라는 여자가 훌쩍거리며 도경을 위로했다.

'아가씨께선 며칠 전 갑자기 의식을 잃고 쓰러지셨습니다. 그간 마님께서 무척 괴로워하셨는데, 이리 무사히 깨어나셨으니 기쁘셔서 저러시는 겁니다. 당장 기억나는 게 없다고 해도 무리하지 마십

시오. 기억은 차차 돌아올 겁니다.'

'넌 혜명 윤씨 가문의 귀한 고명딸이다. 늦둥이로 태어나 가족 모두의 귀애를 받던, 소중한 내 딸이란 말이다!'

모친이라는 분의 외침은 먹먹할 정도로 처절했다. 그래도 도경은 여기가 혜명 윤씨 집안이라는 말 외에는 그 어떤 것에도 집중할 수 없었다.

"아가씨."

조용한 부름에 감았던 눈을 뜨니 소리도 없이 유모가 들어와 있었다. 도경의 시비이자 말동무라는 열비도 함께였다.

"어디가 불편하십니까?"

"아니요."

습관처럼 나온 말버릇에 방 안의 공기가 써늘하게 얼어붙었다. 유모는 슬픈 눈으로 도경을 응시하다가 차분히 타일렀다.

"제게 공대하시면 안 됩니다."

이미 여러 번 지적받은 사항이었다.

"……으, 응."

낯선 존칭, 입장이 바뀐 듯한 공대와 하대. 도경은 어색해서 어쩔 줄을 몰랐으나 유모는 그제야 만족한 표정이었다.

"어느 정도 몸을 추스르셨으니 오늘부터 하나씩, 아가씨에 대해 알려 드리고자 합니다. 그래도 괜찮으시겠는지요?"

말을 낮춰 대답하기가 민망해 고개만 살짝 끄덕였다.

"우선 여쭙겠습니다. 아가씨께선 어느 댁의 누구이시며 올해 몇이 되셨습니까?"

"혜명 윤씨 가문의 윤가 도경. 나이는 스물⋯⋯."

더듬더듬 들은 대로 답하던 도경은 무의식중에 제 진짜 나이를 대려다 눈치를 살폈다.

"열여섯. 아가씨께서는 현재 열여섯이십니다."

유모는 따뜻한 미소를 머금고 대답을 정정해 주었다. 그런 다음 도경이 알아야 할 새로운 정보를 줄줄 읊었다.

"좌의정이신 부친과 경원 홍씨 집안 출신의 모친이 계시지요. 아버님의 함자는 '이' 자, '환' 자, 어머님은 '유' 자, '혜' 자. 오라버니는 셋. 무원, 주원, 희원이며 각각 승정원의 동부승지, 사헌부의 장령, 홍문관의 부응교로 재직 중이십니다. 지금 살고 계신 이곳은 안국방의 사저이며⋯⋯."

유모의 설명은 계속되었다. 발성이 명료해 듣기에는 좋았으나 안타깝게도 도경의 귀에는 안착하지 못했다. 부친이라는 분의 함자를 듣고 나니 머릿속이 엉망진창이 되었다.

"⋯⋯잠깐."

혼란을 가다듬던 도경은 한참이 지나서야 소음처럼 느껴지는 유모의 설명을 막았다.

"다시 말해 보⋯⋯ 봐. 아버님의 존함이 뭐라고?"

"이 자, 환 자 되십니다."

⋯⋯윤이환?

도경은 경악으로 물들었다.

"왜 그러십니까? 혹 떠오르는 기억이라도 있으신지요?"

"그럼 영의정은?"

"예?"

"아버님이 좌의정이시라며! 그럼 영의정 대감도 계실 거 아니야?"

성급한 재촉에 유모는 조심스레 안색을 살피며 답을 주었다.

"채여준 대감께서 오랫동안 그 자리를 지키고 계십니다."

말도 안 돼!

아연해진 도경은 황급히 눈을 내리떴다. 경상 아래 맞잡은 두 손이 불안하게 떨렸다. 적막이 내려앉은 방 안엔 장지문 너머에서 들려오는, 추적추적 비 내리는 소리만이 가득했다.

머리가 아프다는 핑계로 주위를 물리쳤다. 낮잠을 자는 척 모두를 방심케 한 도경은 별당을 몰래 빠져나와 후원 쪽으로 방향을 잡았다.

혹시 몰라 이 집에서 알아 둔 유일한 길이자 근처에 간문이 있는 곳. 겨울을 재촉하는 소슬한 비가 내려 천운이었다. 그덕에 도경은 눈에 띄지 않고 무사히 집을 나와 빗발치는 동우 (冬雨) 속에 미친 듯이 몸을 내던졌다.

윤이환이라니! 채여준이라니!

저들은 미쳤다. 조상신을 모시는 사이비 집단이거나, 사람을 잡아다 감쪽같이 속이고 그 반응을 관찰하는, 심리학과 관련해 실험하는 이들일지도 모른다.

내가 혜명 윤씨라는 건 또 어떻게 알고…….

윤이환과 혜명 윤문. 역사적으로 유명한 인물과 집안이었기에 도경은 윤 대감뿐 아니라 그의 고명딸에 관해서도 상세하게 알고 있었다.

황금기에 도달했던 혜명 윤씨 가문을 몰락으로 이끌었던 비극의 씨앗.

후대에 이르러 야사에 종종 등장하는 윤이환의 고명딸은 비씨(妃氏, 왕비로 간택된 아가씨)로 낙점되자마자 미천한 계급의 사내와 통정한 사실이 들통나 실록에까지 기록된 여자였다.

윤이환은 여식의 사통을 알고도 왕실을 능멸하다.

부친의 여러 죄목 중 하나로 열거돼 짧게 지나가긴 했지만, 그 일이 도화선이 되어 집안은 멸문당했다.

부친과 오라버니들이 몰살당하는 동안 윤씨 처자는 혼자서만 살겠다고 도주했다. 제 한 몸을 지키고자, 끝까지 곁을 지킨 몸종을 희생시킬 정도로 비정하기 짝이 없었다. 하물며 멀리 달아나지도 못했다. 궁지에 몰린 그 여자는 도성 근처 호수에 스스로 몸을 던져 생을 마감했다.

자극적인 스토리였기에 방송이나 책에서 윤씨 처녀에 관한 콘텐츠가 나오면 관심 있게 보곤 했다. 실록에 기록된 한 줄을 제외하고 나머지는 신빙성이 떨어지는 것을 알면서도, 참으로

이기적이고 멍청한 여자라고 볼 때마다 비난했다.

그런데…… 내가 그 윤씨 처녀라고?

나더러 그걸 믿으라고?

내가 왜!

도경은 뒤도 돌아보지 않고 무작정 달렸다. 저런 불법적인 조직에서 벗어나는 길은 도망치는 것 외엔 방법이 없다. 공권력의 개입도 필요했다. 이 지긋지긋한 한옥촌을 벗어나는 즉시 차도에라도 뛰어들어 도움을 요청할 작정이다.

한참을 뛰었다. 또 한참을 걸었다.

언제부터인가 드문드문 보이던 초가가 본격적으로 펼쳐졌다. 몸이 얼어 감각이 사라지고, 어쩌다가 마주치는 행인은 하나같이 전통적인 복장을 하고 있다. 그들은 실성한 사람이라도 본 듯 움찔하여 도경을 피해 갔다.

하도 걸어 발바닥의 통증이 심해졌다. 그럼에도 고집스럽게 걷고 또 걷다가 어느 갈림길에 이르러 전진을 멈췄다. 사방을 둘러봐도 고풍스러운 풍경이 끝날 기미가 안 보였다.

지친 도경은 고개를 바로 하다 저 앞, 막 모퉁이를 돌던 한 남자와 눈이 마주쳤다. 갓을 쓰고 유백색 도포를 입은, 젊은 얼굴에 오만이 깃든 남자였다. 사람을 두엇 거느린 그는 무엇이 문제인지 걸음을 멈추고 이쪽을 뚫어지게 쏘아보았다.

'뭐지? ……왜 저렇게 봐?'

느낌이 좋지 않았다. 일단 피하려고 하는데, 이 무슨 조홧속일까. 비가 멈춘 것도 아니건만, 끈질기게 정수리를 두드리던 빗줄기가 일시에 사라졌다. 힐끗 돌아본 도경은 깜짝 놀랐다. 어찌 된 영문인지 낯선 사람과 하나의 지우산(紙雨傘) 아래 마주 서 있었다.

우산의 주인은 우아한 곡선의 흑립을 쓰고 백색의 철릭과 남색의 답호를 걸친, 키가 훤칠하게 큰 젊은 남자였다. 고급스러운 의복의 색감 때문인지 특유의 기운 때문인지 그는 사방이 흙탕물로 지저분한 거리에서 저 홀로 흠결 없이 고고했다. 시원한 눈매와 기품 넘치는 분위기가 공들여 완성한 오래된 초상화 속 인물을 보는 느낌이었다.

"하아……."

망연히 그를 올려다보다 뜻하지 않게 열에 달뜬 숨소리가 새어 나왔다. 남자는 한심해하는 눈길로 도경을 내려다보았다. 그러게 왜 빗속에서 궁상을 떨고 있냐는 듯, 왜 하필 내 눈에 띄어 이리도 곤란하게 하냐는 듯.

한마디 말도 없이 눈빛으로 혼나는 느낌이라 굉장히 황당한데, 그가 상체를 앞으로 기울였다. 무엇을 하는지 의식할 새도 없이 한쪽 손이 그에게 붙잡혔다. 기다란 엄지가 손바닥을 쓸어 오므리고 있던 도경의 손을 폈다.

피부를 통해 전해진, 슥 쓸어내리는 감촉이 너무도 따뜻해 목덜미의 솜털이 일제히 곤두섰다. 눈동자만 움직여 남자를 주시하니 그는 귀찮은 일을 해치우듯 도경의 손에 우산을 대충 쥐여 주고 돌아섰다. 훅하니 밀려들었던 그윽한 난향이 바람에 떠밀려 삽시에 흩어졌다.

순식간에 벌어진 일이라 아무런 대응도 하지 못했다. 벌써 저만치 멀어진 남자의 뒷모습을 도경은 멍하니 바라보기만 했다. 손잡이에 남아 있는 타인의 온기가 이상하게 가슴에 스미어 감정을 건드렸다.

우산을 쓴 채 얼마나 제자리에 서 있었을까.

문득 한 소년이 눈에 들어왔다. 기껏해야 열 살 남짓, 어른의 보호가 필요한 나이에 저보다 더 어린 누이를 등에 업고 벌벌 떨며 걷고 있는 아이였다. 두 아이는 볏짚을 꼬아 얽은 거적을 함께 쓰고 있었는데, 더러운 건 둘째 치고 가운데가 찢어져 빗물이 줄줄 새는 형편이었다.

얼이 빠져 정신을 차리지 못하던 도경은 꾀죄죄한 행색의 오누이를 향해 얼어붙은 두 다리를 움직였다.

"자."

길을 가로막고 우산을 내밀었다. 아이들은 눈이 휘둥그레져 도경을 쳐다보았다.

"괜찮아. 받아."

미소를 보내고 싶어도 추위에 경직돼 얼굴 근육이 마음대로 움직여 주지 않았다. 도경은 오누이가 쓰고 있는 거적을 빠르게 낚아채 내던졌다. 그런 다음 처음 보는 남자가 저에게 그러했듯 소년의 손에 다짜고짜 우산을 쥐여 주었다.

얼결에 오라버니 등에서 내려온 여아가 신기해하며 우산을 올려다보았다. 오누이가 정신없어하는 틈을 타 도경은 제 머리에도 손을 댔다. 아침에 열비가 꽂아 준 장신구를 잡히는 대로 빼서 아이들에게 넘겨주고 돌아섰다.

"……감사합니다! 감사합니다, 아가씨!"

등에 와 부딪히는 어린 소년의 목소리가 안쓰러웠다. 덕분에 도경은 헛된 희망을 버리고 현재 몸담은 이 낯선 세상을 직시했다.

아이들의 가난엔 어떠한 가식도 서리지 않았다. 자신이 어려서부터 함께해 한눈에 알 수 있는 결핍의 그늘이 두 아이의 얼굴에도 고스란히 씌어 있었다.

저 빈곤과 추위가, 허기짐과 고단함이 누군가를 속이기 위한 연기일 리가.

이곳은 더 이상 부정할 수 없는, 피할 수도 없는 현실이었다. 처음부터 믿지 않았던 게 아니었다. 단지 믿고 싶지 않았을 뿐.

초자연적인 일이 벌어졌다는 두려움이 지나자 또다시 직면한 어떤 사실이 도경은 무서웠다. 윤씨 처녀로만 알려진 역사 속 그 여자의 이름이 윤도경이었다. 어려지긴 했지만, 거울에 비친 이 얼굴도 매우 낯익었다. 저들이 아가씨라고 부르는 이 몸의 얼굴은 몇 년 전의 제 모습, 그러니까 대한민국에서 나고 자라 대학생이 된 윤도경의 열여섯 시절의 모습 그대로였다.

어디 그것뿐인가. 횡단보도에서 기이한 빛에 휩싸이기 전, 아름답게 펼쳐진 호숫가에 서 있던 그 여자. 지금 이 시대에 딱 맞는 차림새의 그녀는 저와 쌍둥이처럼 똑 닮은 얼굴이었다.

'재수 없는 애가 태어나서 모든 게 엉망이 되었다고!'

할머니의 한 맺힌 원망이 귓가에 생생히 살아났다.

'결자해지. 스스로 저주를 풀어야지.'

수수께끼로 남은 어느 노스님의 대답도 뒤늦게 의미심장하게 다가왔다. 팔자에 이름이 하나라는 주장과 과거의 업보가 무겁다는 말까지 도경의 불안을 자극했다.

인정하고 싶지 않았다. 모든 흐름이 착각이고 환상이라고, 차라리 최면에 걸렸다고 믿고 싶은 심정으로 뛰쳐나왔다. 전부…… 소용없는 짓이었다.

체념한 도경은 미래에 대한 고민을 나중으로 미루었다. 어차피 당분간 이 상태로 살아야 한다면 얼어 죽기 전에 안국방 집으로 돌아가는 것이 급선무였다.

뒷문으로 나와 직진만 했으니 돌아갈 때도 그리하면 될 터. 단순하게 생각하고 걸음을 옮기다 금세 난관에 봉착했다. 중간중간 애매하게 갈라진 길이 한둘이 아니었다. 안 되겠다 싶어 길을 묻고자 했으나 아침부터 이어진 줄비의 영향으로 거리는 한산했다. 간혹 오가는 이들도 도경과 눈이 마주치면 슬금슬금 피하기 일쑤였다.

막막해진 도경은 눈에 보이는 아무 울타리에 손을 짚고 주저앉았다. 이미 한참 전에 체력이 고갈되었다. 발바닥과 다리를 집어삼킨 통증은 전신으로 퍼져 머리까지 쿡쿡 쑤시고 있다. 옷에서 김이 모락모락 오르고 사지가 빳빳하게 얼어 이러다가 정말 죽을 수도 있겠구나, 위기감이 고조되었다.

"그게 참말인가?"

붙어 앉은 싸릿대 너머에서 흥분한 아낙의 목소리가 넘어온 건 바로 그때였다.

"저 건너편, 휴업 중인 주막에 앉아 계신 분이 영의정 댁 종손이시라고?"

"그렇다니까!"

"두 분이시던데? 유백색 도포 입으신 분하고⋯⋯."

"그분 말고. 흰색 철릭에 쪽빛 답호 입으신 분."

"아, 그분!"

"그런 분이 어째 우구도 없이 비를 쫄딱 맞고 오셨는가 몰라. 이런 누추한 곳까지 말이야."

우연히 듣게 된 여인들의 대화에 두 명의 남자가 차례로 머릿속에 스쳐 갔다. 유백색 도포를 입고 있던 오만한 기색의 남자와 우산을 건네주었던, 남색 답호를 입은 그 남자. 혹시 우산을 준 그자가⋯⋯,

채여준의 손자?

솔깃해진 도경은 통증도 잊고 여인들의 대화에 귀를 기울였다.

이 시기를 돌이켜 봤을 때 현재 조정에서 대립하는 무리의 중심엔 두 개의 가문이 존재했다. 만물이 탄생한 그 순간부터 부와 명예를 쥐고 있었을 것 같은 고귀한 예성 채씨 집안. 맨주먹으로 시작해 아등바등, 강한 승리욕과 불굴의 집념으로 작금의 부귀영화를 차지한 혜명 윤씨 집안. 팔도에서 인정하는 도성의 대표적인 명문가와 세도가였다. ⋯⋯머지않은 미래에 예성 채문에서 칼을 빼 들어 혜명 윤문을 철저히 도륙하기는 하지만.

"몰래 가서 슬쩍 뵙고 올까? 나 아직 한 번도 채 대감 댁 도련님들을 뵌 적이 없는데."

"에이, 주책이야!"

"멀리서 잠깐 얼굴만 보고 오면 되지! 예성 채문 직계들은 몸속에 고상한 피가 흐른다며? 혹시 알아, 눈 호강하다가 내 피도 같이 고상하게 정화될지?"

호기심 어린 한 아낙의 농담에 모두가 깔깔거리며 재미있어 했다.

"한데 큰 도련님 말이야, 왜 아직 정혼 소식이 없을까? 진즉에 출사해 이번에도 아주 중요한 직책에 오르신 모양이던데."

"나이 아직 한창이시잖아. 이제 슬슬 알아보고 계시겠지."

"하긴, 그 댁이 뭐가 급해 정혼을 서두르겠어. 거기가 어디 보통 자리야? 혜명 윤문 쪽에서 아무리 날고 기어 봐, 예성 채씨 가문에 비할 수 있나."

예성 채문을 향한 아낙들의 호감은 거의 흠모하는 수준이었다. 도경은 점점 더 저들의 대화에 귀를 기울였다.

"딸을 가진 북촌의 마님들이 왜 그 댁하고의 혼사에 목을 매고 있게? 중전마마보다 나은 자리가 예성 채문의 종부 아니겠어? 왕실에 시집가면 뭐 해, 기도 못 펴고 명줄만 짧아지지. 우리 중전마마를 봐, 세자빈 시절부터 벌써 몇 해째 누워 계시는 거야. 용이 아부지가 그러는데, 얼마 못 사실 거 같다는구먼."

여인들은 연민을 머금고 저마다 쯧쯧 혀를 찼다.

"이러고 자시고 할 거 없어. 예성 채문 종부 자리가 최고야,

최고! ……근데 어느 댁 아가씨가 그 댁 종부로 낙점되시려나? 무슨 소문이라도 들은 거 없어?"

저들은 채 대감 댁 혼사가 자신들의 일인 양 흥미진진해했다. 까르르 웃으며 어느 댁 규수가 가장 유력한지 소문을 기반으로 한 명씩 꼽아 보기 시작했다.

도경은 기분이 이상했다. 바닥 민심까지 완벽히 쥐고 있는 예성 채씨 집안과 세력 부풀리기에만 급급했던 혜명 윤씨 집안. 이것의 차이가 훗날 두 가문의 희비를 가르는 기반이 되었을까.

제아무리 떵떵거리며 산다고 해도 약 2년 뒤, 혜명 윤문은 망하게 되어 있다. 이 몸이 빌미를 제공하고, 고매하신 예성 채문이 칼잡이가 되어 현재의 균형을 산산이 깨트린다.

다르게 풀이하면, 윤씨 처녀가 빌미를 주지 않았더라도 저쪽에선 어떻게든 약점을 잡아 혜명 윤문을 공격했을 거란 의미였다. 민심도 그들 편에 서 줄 테니 눈치 볼 것 없이 냉혹하게 검을 휘두를 것이다. 가장 무서운 건, 그것이 더 이상 역사가 아닌 앞으로 닥쳐올 자신의 미래가 되었다는 사실이다.

……세상에!

뒤늦게 현실을 자각한 도경은 기겁하여 자리에서 벌떡 일어섰다.

그 전에 원래대로 돌아간다면 모를까, 2년 뒤에도 이곳에 있어야 한다면 눈앞에서 맞닥뜨릴 재앙이었다. 상상만으로도 끔찍해 패닉에 빠졌다. 어떡해야 할지 몰라 우왕좌왕하다가 예성 채문의 종손을 찾아 무작정 발을 뗐다.

부랴부랴 걷다 보니 어느덧 주막. 남색 답호를 입은 남자를 어렵지 않게 찾아냈다. 예상대로 그는 우산의 주인이었다. 술자리가 끝났는지 안개비가 촉촉이 내리는 거리에서 유백색 도포를 입은 선비를 배웅하는 중이었다.

도경은 제자리에 서서 뚫어지게 채씨 집안 남자를 응시했다. 몸이 한계에 다다라 부들부들 떨리고, 초점이 흐려졌다 선명해지기를 반복하면서도 속에서는 여러 가지 생각이 폭발했다.

내가 벌써 누군가와 사통하는 중일까?

설마 그것을 저쪽에서 이미 알고 있는 것은 아니겠지?

제발 그 전이길, 아직 아무 일도 일어나지 않았길!

눈가가 시큰하게 젖어 들었다. 세상이 빙빙 돌아 비틀거리는데, 거리에 홀로 남은 남자가 불시에 이쪽을 홱 돌아보았다. 도경은 가슴이 덜컥 떨어져 필사적으로 그에게 매달렸다. 그의 시선을 놓치지 않으려고 기를 쓰고 두 눈을 맞추다가 와르르 몸이 무너졌다.

눈 깜짝할 새 세상이 뒤집히고 머리가 바닥을 내리쳤다. 기울어진 세상에서 마지막으로 본 건 표정 없는 얼굴로 무심히 돌아서는 예성 채문 종손의 뒷모습이었다.

두들겨 맞은 듯 전신이 아프고 괴로웠다.

"하……."

의식이 돌아온 도경은 가느다란 신음을 흘리다 무거운 눈꺼풀을 열었다.

흐릿한 시야를 갈무리해 주위를 살피니, 몸을 누인 곳은 비좁고도 허름한 방. 누군가 마른 것으로 갈아입혔는지 몸에는 헐렁한 무명옷을 걸치고 있었다.

놀라서 급하게 몸을 일으킨 도경은 이내 미간을 찌푸렸다. 몰아치는 두통으로 머리를 짚으면서도 이곳이 어디인지 알아보기 위해 한 걸음 앞에 있는 문을 열었다. 그러자 또 다른 협소한 방이 나타났고, 예기치 못했던 한 남자가 눈에 들어왔다. 쓰러지는 저를 보고도 내 알 바 아니라는 듯 냉정히 돌아섰던 그 남자.

가 버린 게 아니었나?

방 안에 정좌한 그는 열린 문 사이로 바깥을 내다보다 옆에서 기척이 들리자 차갑게 돌아보았다. 가로로 길고 커다란 외꺼풀의 눈에 눈썹과 속눈썹 사이 우아하게 파인 골. 선명한 밤하늘을 연상케 하는 눈동자가 선비의 표본과도 같은 자태에 위엄을 더했다.

멀거니 서 있던 도경은 곧 놀란 가슴을 추슬렀다. 옆방으로 건너가기보다 문지방 안쪽에 다소곳이 붙어 앉았다. 이 시대의 예법에 맞춰야 한다면 응당 그리해야 할 것 같았다.

머릿속에 안국방 정경부인(貞敬夫人)의 말씨와 태도를 떠올려 침착하게 양반댁 규수 흉내를 냈다.

"감사합니다. 덕분에 길에서 눈을 뜨는 일은 면하였습니다."

"댁에 인편을 보냈으니 곧 데리러 올 거요."

"그게 무슨……. 저를 알고 계셨습니까?"

"일전에 본 적이 있소. 곤전(坤殿, 왕비를 높여 이르는 말)의 환후가 깊어 온 백성이 걱정하는 가운데, 좌상께서 몰래 전하를 모시고 그대를 선보이더군. 꽤 인상 깊은 광경이었소."

"그러셨군요. 어쩐지……."

듣는 이가 얼굴을 붉힐 만한, 굉장히 직설적인 답변이었다. 그런데도 도경은 기분이 상하기는커녕 외려 한시름 덜었다. 벌써 누군가와 눈이 맞아 저쪽에 뒤를 밟힌 것인가, 지레 겁먹고 있었다.

또한, 직전에 보여 준 이해할 수 없는 그의 태도도 수긍이 되었다. 거리에서 그는 굳이 다가와 우산을 쥐여 주면서도 매우 성가셔했다. 되돌아왔다고는 하나, 사람이 쓰러지는 순간 태연히 외면하기까지 했다. 상당히 모순적이라고 느껴졌는데 이제 보니 타당한 이유가 있었다.

아무리 병중이라고 하나 이 나라의 국모가 버젓이 살아 계신데 왕을 불러 딸을 선보였다니. 저들에겐 탐욕, 그 자체로 비쳤을 것이다.

"무슨 뜻이오? '어쩐지'라니?"

"눈앞에서 사람이 쓰러지고 있는데 매정히 돌아서시더군요. 저자의 평판이 잘못되었구나, 오해를 조금 하였으나 저를 알아봐서 그랬던 거라면…… 예, 그럴 만도 하였겠습니다."

"저자의 평판? 나를 아시오?"

"나리께서도 저를 아시는데 저라고 나리를 모를까요."

도경은 잠깐 엿들은 타인의 대화를 바탕으로 허세를 부렸다.

그는 눈썹을 꿈틀하면서도 입을 열지 않았다. 어느 사이엔가 정면으로 마주 앉아, 풀어야 할 시재를 접한 듯 도경을 응시하고 있었다. 가시 낀 시선은 아니었다. 의문이 깃든 눈길로 얼마간 들여다보더니 다른 질문을 던졌다.

"무슨 연유로 나를 뚫어지게 쳐다보았소?"

"우연히 받은 친절에 감명받았습니다."

"친절?"

"건네주신 우산 말입니다."

"그렇다면 실토하지 않을 수 없군."

도경은 딱히 감동받은 얼굴이 아니었고, 남자도 그 말을 믿는 눈치가 아니었다. 그래도 확실히 해 둘 필요를 느꼈는지 그가 먼저 선을 그었다.

"난 처음부터 소저가 누구인지 알고 그것을 건넸던 것이오. 지켜보고 계시던 전하의 반응이 궁금해 위선을 떨었을 뿐, 그대에게 진심 어린 선의를 베푼 것이 아니었소."

전하?

도경은 눈이 커다래지는 것을 간신히 참았다. 유백색 도포를 입은 남자가 언뜻 뇌리를 스쳤다. 그러고 보니 그자를 따르던, 연배가 높아 보인 남자는 수염이 없었다.

……그 사람이 왕이었구나!

어떻게 이런 만남이 생길 수 있는지 신기하면서도 도경은 남자의 대답을 통해 알게 된 다른 사실에 더욱 관심을 두었다.

"듣던 바와 달리 불충한 면이 있으시군요. 감히 전하를 상대로 어심을 떠보다니요. 제 입이 가벼우면 어쩌려고 그리 불경한 말씀을 하십니까?"

"그대도 정치에 관심이 있소?"

도경이 왕을 물고 늘어지자 그가 불쑥 질문했다. 날을 세운 목소리는 아니었지만, 바라보는 눈가는 제법 싸늘했다.

"제가 훗날 간택이라도 될까 봐 염려되십니까?"

"욕심을 버리고 마음 편히 오래 사는 것은 어떠하오?"

"처음 만난 자리에서 단속부터 하시는군요."

"생각보다 어리숙해 보여서 하는 소리요. 일종의 조언이라고 해 두지."

도경으로서는 허투루 듣고 넘길 수 있는 말이 아니었다.

현재 두 가문의 세력이 비등비등해 보이지만 최후의 승자는 저들이 된다. 대비전과 결탁했던 윤이환이 그렇게까지 무너지게 되는 건 왕실에서도 묵인하였기에 가능한 결과였다. 결국 혜명 윤문은 예성 채문에게 졌을 뿐 아니라 왕실에 의해 토사구팽 되었다는 의미기도 했다.

하면 결자해지를 위해 내가 할 수 있는 일은 무엇일까?

도경은 바쁘게 머리를 굴리다 돌연 황당한 생각이 떠올랐다. 터무니없게 느껴지지만 꼭 그렇지만도 않은, 이대로 아무것도 못 해 보고 멸문당하느니 시도라도 해 보면 좋을 것 같은.

긴장한 탓인지 관자놀이를 타고 구슬땀이 주르륵 흘러내렸다. 한여름의 오후처럼 방 안이 덥게 느껴졌다. 몸이 떨릴 정도로 이상한 느낌의 더위였다. 도경은 마른땀을 훔치며 운을 떼었다.

"예성 채문에서는 왕실과 혜명 윤문의 공고한 결탁이 부담스러우시겠지요."

"쓸데없이 참견하지 마라, 그 말이 하고 싶은 거요?"

"혹시라도 저를 막아서야 한다면 방법이 있다, 귀띔을 드리고 싶었습니다."

"나는 말장난을 싫어하오."

내내 정중하려고 노력했던 그가 엄격한 빛을 띠고 경고했다. 허튼소리를 한다고 오해하는 모양이었다. 해서 도경은 돌려 말하는 것을 그만두고 간결하게 의사를 내비쳤다.

"저는 따로 원하는 자리가 있습니다."

"따로 원하는 자리라니?"

"……예성 채씨 가문의 종부."

고요한 적막이 내려앉았다. 더위 때문인지 민망해서인지 도경은 얼굴이 화끈거렸다. 그래도 시선을 피하지 않았다. 몇 번을 생각해도 다시없을 좋은 수였다. 윤씨 규수를 예성 채문의 종부로 만들어, 윤이환이 대비가 아닌 저들과 새롭게 결속을 다지게 하는 것. 그럼 비극은 일어나지 않을 테고 자신은 원래의 자리로 안전하게 돌아갈 수 있을지도 모른다.

조바심이 나서 숨을 죽이고 그의 대답을 기다렸다. 송골송골

솟아오른 땀방울은 어느새 등까지 흠뻑 적시고 있었다. 남자는 한참이 지나서야 반응했다.

"좋소."

"예?"

"내주지, 그 자리."

한 줌 성의 없이 냉조만이 담긴 대답이었다. 잠시나마 가슴이 쿵 뛰었던 도경은 조용히 수치심을 삼켰다.

"왜 말이 없소? 너무 쉬워 흥미가 떨어졌나?"

"저는 진심이었습니다."

"나 역시 진심이오."

직전까지 그에게서 감돌던 냉소마저 싹 날아갔다. 순간적으로 찬기가 도는 그를 보며 도경은 머리가 멍해졌다. 주변의 사물이 조금씩 일그러져 보이고 있었다.

"나에게도 그대는 쓸모가 있소. 하니 이런 식의 도발은 삼가도록 하시오. 내가 정말 그대와 혼인하고 싶어질지도 모르니까."

"제가……."

중요한 말이 오가는 중인데, 어쩌면 가문의 운명이 바뀔 수도 있는 순간인데 눈꺼풀이 쇠붙이를 매단 듯 무거웠다. 도경은 억지로 눈을 치켜뜨며 말했다.

"제가 괜찮다고 한다면……."

몸이 흔들리고 세상이 흔들렸다.

"원하는 자리를…… 주시겠습니까?"

숨이 가빠 헉헉거리면서도 기어이 질문을 매듭짓고, 표정 없이 지켜보는 남자의 대답을 기다렸다. 두 사람은 기 싸움이라도 하듯 서로를 빤히 보기만 하다가 동시에 움직였다. 도경은 기력이 쇠해 상체가 옆으로 무너졌고, 남자는 빠르게 몸을 날려 도경이 쓰러지기 전 품에 감싸 안았다. 냉정했던 이전과는 달리 이번에는 받아 주기 위해 준비하고 있던 사람처럼 동작이 기민했다.

"사람이 어찌 이리 미련하오!"

그의 목소리가 아득하니 멀리서 들려왔다. 번쩍 들려 자리에 눕혀지는 동안 그와 맞닿은 부위가 떨어지고 싶지 않을 만큼 시원했다. 실내가 더운 것이 아니라 몸에서 열이 나고 있었음을 도경은 그제야 깨달았다.

무의식중에 차가운 그의 손을 덥석 움켜잡았다. 그 시원한 손을 제 목과 얼굴에 마구 비비고 싶은 충동을 억지로 참으며 도경은 끝까지 그의 의견을 캐물었다.

"대, 대답은……?"

그것이 마지막이었다. 정신이 혼미해진 도경은 그 이상 버텨 내지 못했다. 남자의 얼굴이 부옇게 번져 보이더니 그대로 까무룩 의식을 잃었다.

다시 눈을 떴을 땐 안국방 집으로 돌아와 있었다. 길가에 쓰러져 있는 걸 어느 주막의 주모가 발견하였다며, 큰일을 치를 뻔했다고 유모가 훌쩍거렸다.

도경은 아무 말도 하지 않았다. 입을 떼기도 버거울 만큼 몸이 아팠다. 고열에 시달리며 헛소리를 하다가 심한 기침을 토하고 정신을 놓았다. 의원은 폐창(肺脹, 기침병)이 의심된다고 했다.

"피접을 결정하였다. 너도 혼란스러웠겠지. 조용한 곳에서 심신을 다스리다 건강히 돌아오도록 해라."

한참을 앓다가 어느 정도 몸을 가눌 수 있게 되었을 때 정경부인이 눈물을 머금고 소식을 전했다. 도경은 어른들의 결정에 순순히 따랐다. 사인교에 몸을 싣고 안국방을 출발해 요양지로 떠났다.

흔들리는 가마에 앉아 주막에서 쓰러지기 전의 상황을 돌이켜 보았다. 파격적인 그 제안에 남자는 뜻 모를 장단을 맞춰 주다가 결정적인 질문엔 아무런 대답도 하지 않았다. 정신을 잃은 도경이 안국방으로 옮겨지는 과정에서는 함께 있었던 흔적을 지우고 자취를 감추었다. 그렇기에 집안사람 중 그 누구도 주막에 예성 채문의 종손이 있었음을 알지 못했다.

완곡한 거절이었을까.

남자의 행보는 그렇게밖에 해석되지 않았다. 한 편의 부끄러운 과거로 남게 된 꼴이었으나, 이제 와 돌이켜 보면 당연한 수순이었다.

그날은 정신이 없어 연결 짓지 못했지만, 그는 정치적 입지 외에도 문장과 경학 등에 뛰어난 학자로 후대에까지 잘 알려진 인물이었다. 대학에 입학해 처음 사귄 친구가 그 사람의 열렬한 팬이었기에 얼결에 그의 문집을 읽어 본 적도 있었다.

……이름이 뭐였더라?

기억이 일부 흐릿했으나 당시 도경은 몇몇 시를 이미 들어본 터라 작가가 채여준의 장손이었다는 사실에 흥미를 느꼈다.

'너 채여준 알지?'

'채여준?'

'옛날에 재상 오래 한 사람 있잖아.'

'아, 역사 속의 그 채여준!'

'그래. 이 사람이 그 채여준 장손이야.'

친구는 손에 들고 있던 책을 흔들며 분명 그리 말했다.

'이 집안 남자들이 대대로 엄청 미남이었다는 기록도 있어. 글만 봐도 너무 섬세하고 아름답지 않아? 아내랑 금슬도 좋았다더라.'

친구 말에 따르면 과거의 그는 이미 누군가를 아내로 맞이했다. 부부 사이가 좋았다니 자식을 많이 낳고 손주도 보았겠지. 그런 그들의 관계를 이기적인 이유로 망치려고 했으니 망신 정도로 끝난 게 다행이었다.

도경은 가마의 창을 열었다. 열비가 바로 옆을 따르고 있었다.

"날이 춥습니다."

"궁금한 게 있어서."

"무엇이 궁금하십니까?"

"이전에 말이다, 내가 혼자서만 없어진 적이 종종 있었니?"

"아니요!"

열비는 펄쩍 뛰며 부정했다. 교꾼들을 경계하느라 음성을 낮추고 나직하게 속삭였다.

"외출 시엔 늘 쇤네와 유모가 따랐고, 그렇지 않을 때도 둘 중 한 명은 항시 아가씨의 곁을 지켰습니다. 집에서도 마찬가지였고요."

"정말이니?"

"예. 그러니까 저번처럼 혼자 밖에 나가시면 절대 안 됩니다."

생각만 해도 끔찍하다며 열비는 신신당부했다.

도경은 고개를 끄덕이며 옅은 미소로 그녀를 안심시켜 주었다. 그나마 다행이었다. 아직은 어리석은 짓을 저지르기 전인 듯하니. 그러면서도 한편으로는 궁금했다.

조상님은 대체 누구를 만나 불같은 사랑을 하셨을까?

이미 벌어졌던 일, 상대가 누구였든 음심이 동해 한때의 욕정에 사로잡혔던 게 아니었기만을 바랐다.

"이제 그만 쉬십시오."

"하나만 더."

열비가 창을 닫으려 하자 도경이 만류했다.

"또 궁금한 게 있으십니까?"

"이거."

열비의 상냥한 물음에 도경은 왼쪽 손목에 차고 있는 단주를 보여 주었다.

"내가 언제부터 이걸 차고 있었지?"

"정확히는 쉰네도 잘 모릅니다. 얼마 전부터 갑자기 눈에 띈 거라서요."

열비는 정말로 의아해하는 표정이었다.

"그 전에는 안 차고 있었다는 소리니?"

"예."

"어디서 났는지도 모르고?"

"그게 좀 이상했습니다. 몸에 지니고 계신 걸 저희가 모를 리 없는데. 그래서 유모는 아가씨가 깨어나지 못하셨을 때 마님께서 채워 주신 게 아니냐고 하더라고요. 그때 한창 사찰에 드나드시며 부처님께 절을 올리셨거든요."

"그래. 듣고 보니 그런 것 같다."

고개를 끄덕인 도경은 그쯤에서 단주에 대한 이야기를 마무리 짓고 가마의 창을 닫았다.

사실 정경부인도 손목의 팔찌를 본 적이 있었다. 저게 뭔가 하는 눈빛으로 들여다본 부인은 어디서 난 거냐, 출처를 묻다가 마침 의원이 도착해 얼렁뚱땅 넘어갔다.

혹시나 싶어 오늘 열비에게도 확인한 것인데, 유모의 반응까지 듣고 나니 확신은 더욱 강해졌다. 낡은 것이 새것으로 변하기는 했지만, 이 단주는 사찰에서 만난 그 노승한테서 받은 것이 틀림없었다.

그럼…… 이것이 나를 여기까지 데려온 것일까?

왜?

도경은 손목에 찬 단주를 만지작거리며 저절로 떠오르는 어떤 말을 중얼거렸다.

"결자해지."

많은 의미가 함축된 답이었다.

스님과의 대화를 곰곰이 되짚어 보자면 윤회, 환생, 전생 등과 같은 단어가 머릿속에 둥실둥실 떠돌아다녔다. 중생이 번뇌와 업에 의해 삼계(三界) 육도(六道)를 돌고 돌며 대가를 치르는 그런 스토리. 물론 삼계 육도까지는 아니어도 정황은 신기하게 꼭 들어맞았다.

같은 얼굴. 같은 이름. 같은 핏줄.

도경은 거부감이 일었다. 이런 초자연적인 일을 겪고 있으면서도 윤씨 처자가 자신의 전생일지도 모른다는 가정이 도저히 받아들여지지 않았다. 그저 아무 상관 없는 타인의 흉내를 내는 느낌이었다.

하지만…… 내가 여기서 성공적으로 조상님의 실수를 바로잡는다면?

그리하여 종국엔 혜명 윤씨 집안이 아슬아슬하게라도 멸문을 피해 간다면?

그렇다면 이 단주가 나를 다시 본래의 자리로 되돌려 주지 않을까.

아마도 그땐 모든 것이 변해 있을 것이다. 갚아야 할 업이 사라졌으니 우리 가족도 가난에 시달릴 이유가 없겠지. 아버지의 회사는 망하지 않았을 테고, 할머니에게 난 늦둥이로 태어난 어여쁜 손녀일 것이다.

단순한 가정만으로도 행복해 천천히 눈을 감았다. 간절한 바람이 깃든 상상 속에서 도경은 가족과 함께 웃고 있었다. 언니한테 말로만 들었던, 장미 덩굴이 담장을 뒤덮었다는 그 예쁜 집에서 모두가 한데 모여 평화롭게 사는 모습이었다. 할 수만 있다면 반드시 이루고 싶은 아름다운 꿈이었다.

가마가 도착한 곳은 도성 근처 산자락에 위치한 운치 있는 기와집이었다. 부축을 받아 밖으로 나오니 중년의 여자가 기다리고 있었다. 화려한 차림새와 날카로운 눈빛이 인상적인 그녀는 당당히 자신을 소개했다.

"교령이라 합니다."

유모는 그녀가 선친에게서 물려받은 상단을 자금력이 탄탄한 알짜배기로 키워 낸 타고난 수완가라고 귀띔해 주었다. 사족(士族)의 부녀들도 대부분 그녀와 거래한다니, 그 위치가 어느 정도나 되는지 가늠이 되었다. 특히 윤씨 집안의 신임이 두터워 정경부인의 사적인 심부름까지 도맡는다는 부연에서는 정경 유착의 낌새가 강하게 피어올랐다.

여장을 풀고 아랫목에 몸을 뉘었다. 두툼한 금침에 몸을 파묻고 있자니 교령이 들어와 자신의 역할을 간단히 설명했다.

"앞으로 직강 나리와 소인이 주기적으로 아가씨를 방문하기로 하였습니다. 참고로, 직강 나리는 아가씨의 막내 외숙 되십니다."

"막내 외숙?"

"다소 엉뚱한 면이 있으시지만 학문이 뛰어나고, 의학에도 조예가 깊으시지요. 요즘은 약초 연구에 열심이시라고 들었습니다."

도경은 희미한 웃음을 흘렸다. 그 말인즉, 교령과 외숙이 각각 훈육과 건강 관리를 도맡았다는 뜻일 터였다.

아무래도 윤 대감과 정경부인께서 이번 일로 충격이 크신 듯했다. 멀쩡했던 막내딸이 어느 날 갑자기 가족을 알아보지 못하고 이 사달을 일으켰으니 그럴 만하였다. 체면을 중시하는 시대적 배경상 상태가 호전될 때까지 외딴곳에 보내 놓자고 결정할 수밖에 없었을 것이다. 안 그래도 적응할 시간이 필요했던 도경에게는 차라리 잘된 일이었다.

별저에서의 생활은 그럭저럭 순조로웠다. 새해가 밝도록 꼬박 누워서 지냈던 도경은 그 시간만큼 들이부은 값비싼 탕약의 효험으로 점차 건강을 회복했다. 잠자는 시간보다 깨어 있는 때가 길어지더니, 스스로 미음을 뜨고 탕제를 들었다. 얼마 후엔 자리에서 일어나 가볍게 후원을 산책했다.

그러는 동안 노환을 이유로 스스로 물러난 채여준에 이어 드디어 윤이환이 영의정에 제수되었다. 암울한 미래를 향해 한 치의 오차 없이 흘러가는 상황을 지켜보는 것은 그야말로 고역이었다. 아무리 발버둥을 쳐 봐도 당장에 할 수 있는 일이 없었다. 신분이 다른 남자와 절대 통정하지 않겠다고 굳게 다짐하는 것 외에는.

그래서 차근차근 정리라는 것을 해 보았다. 책을 통해 배운 내용과 현재 상황이 어떻게 다르고 같은지, 자신이자 조상님인 이 몸이 어떤 상황에 놓여 있는지 정확히 알아 둘 필요가 있었다.

우선, 윤이환이 사저에서 임금을 모시고 윤도경을 선보인 건 사실이었다. 유모는 말을 아꼈지만, 결과는 좋지 않은 듯했다. 거리에서 왕과 마주쳤을 때 저를 보는 그의 눈길도 결코 곱지 않았다. 이는 최측근이라고 분류되는 윤이환을 왕이 신뢰한다기보다 견제하고 있다는 뜻도 되었다. 작금의 이러한 정치적 상황을 교령은 한 줄로 간단히 요약했다.

"대감을 향한 대비전의 신임이 굳건하기 때문입니다."

선왕의 신임을 받았던 윤이환은 그분의 사후, 과부가 된 대비와 손을 잡고 갓 보위에 오른 젊은 왕을 막후에서 좌지우지했다. 아무리 모후의 뜻이라지만 권력이 한쪽으로만 기우는 걸 왕이 반길 리 없었다. 본인의 뒷배라 할 수 있는 외가와 윤이환을 두고, 밖에서 예성 채문의 종손과 어울리는 것도 그런 연유였을 것이다.

도경은 외줄 타기 같은 현재의 흐름이 불안했다. 대비전의 변심을 알고 있어 더욱 심란했는데, 미래를 모르는 교령은 천하태평이었다.

"걱정하지 마십시오. 선왕께서 어떻게 보위에 올랐는지 알고 계시지 않습니까. 적통이었던 형님께서 핏덩이 왕자만 남기고 승하하시는 바람에 왕자군(王子君, 임금의 서자에게 주던 작위) 출신이었던 선왕께서 기적적으로 대통을 이으셨지요."

역사적으로 매우 유명한 이야기였다. 대군으로 나고 자라 모두의 축복 속에서 왕이 된 남자와 그런 형님께 열등감이 깊었던 서자 출신의 아우. 본래대로라면 평생 숨죽이고 살았어야 할 아우는 갑작스러운 이복형님의 죽음으로 인생이 바뀌었다.

문제는 그 죽음이 예사롭지 않았다는 데 있었다. 형님이었던 선선대왕은 한창의 나이에 갑자기 쓰러졌다. 원인을 몰라 어의들이 허둥대는 사이 만삭이었던 왕후께선 원자를 생산하고 그 다음 날에 훙서했다. 그리고 달포 뒤, 백일도 되지 않은 아들을 남겨 두고 젊은 왕마저 붕어했다.

정국은 혼란에 빠져들었다. 밤마다 괘서가 나붙고 민심이 흉흉했다. 사림을 비롯한 절반의 사대부는 대행왕(大行王, 왕이 죽은 뒤 시호를 올리기 전에 높여 이르던 말)이 독살당했다고 주장하며 새로 등극한 왕을 그 배후로 의심했다.

이를 계기로 조정은 자연스레 둘로 쪼개졌다. 갓 즉위한 서자 출신의 왕을 떠받드는 세력과 유일한 적통이자 졸지에 고아가 된 갓난아기 왕자를 지키려는 세력. 그들은 각각 혜명 윤문과 예성 채문을 중심으로 똘똘 뭉치며 현재까지 팽팽한 대립을 이어 오고 있었다.

"오래전의 일이지만 소인은 아직도 기억이 생생합니다. 아주 난리가 났었지요. 이러다 변란이라도 나는 게 아닌가, 시시각각 촉각을 곤두세웠습니다. 그런데 신경전만 계속될 뿐 피바람은 불지 않더군요. 왜 그랬는지 아십니까?"

교령은 그것이 전부 윤이환의 덕이라고 칭송했다. 불안정한 정국을 수습하고, 선왕을 곁에서 보필했으며, 지금의 전하께서 무사히 보위에 오르도록 힘쓴 일등 공신이라고.

참으로 모순적인 말이었다. 이쪽에서나 공신이지, 저쪽 입장에서 보자면 주군을 시해했을지도 모를 강력한 용의자의 공범일진대. 무력으로 상대를 진압하지 않은 것도 협치를 우선했기 때문이 아닌, 요동치는 민심을 무시할 수 없었던 까닭임을 모르지 않았다.

그런데도 교령은 호언장담했다. 예성 채씨 가문에서 홀로 남은 명원 대군을 비호하는 한, 대비전은 윤이환에게 절대적으로 의지할 수밖에 없을 거라고. 머지않아 전하께서도 당신께 진짜 필요한 인물이 누구인지 깨닫게 되실 거라고.

안타까운 일이었다.

대비전의 의리는 보잘것없었고, 젊은 왕은 끝끝내 예성 채문과 손을 잡게 될 텐데.

내가 사실 미래를 알고 있다, 솔직하게 털어놓고 현실적인 대책을 세워 보고 싶어도 어디까지나 생각에 불과했다. 그 누구도 이런 말을 믿어 줄 리 없기에 도경은 입술을 붙이고 씁쓸한 미소만 머금었다.

역사는 늘 큰 줄기로만 기록되기에 도경은 한 번씩 벽에 부딪혔다. 특히 예성 채문과 관련한 부분을 떠올릴 때마다 막막한 기분이 들었다.

그들이 앞장서서 혜명 윤문을 처단한 데는 대외적인 이유 외에도 여러 의견이 분분했다. 분명 그 부분을 읽은 기억이 있는데 내용이 무엇이었는지 도통 떠오르지 않았다. 도경은 하루하루 머리를 쥐어뜯으며 어떻게든 핵심 내용을 기억해 내려고 골몰했다.

몸이 낫고부터는 외숙의 도움을 받아 글공부도 시작했다. 전공 서적을 통해 많은 양의 한자를 공부했던 도경이기에 큰 문제는 없었다. 외숙은 올 때마다 열과 성을 다해 탕약을 달여 주고 가르침에 힘썼다. 화로 앞에 앉아 밤을 구워 주거나 우스갯소리도 곧잘 늘어놓았다.

퍽 유쾌했던 그이지만 얼음이 녹기 시작하면서부터는 태도가 조금씩 달라졌다. 별저에 도착하는 날이면 얼굴만 잠깐 들여다보고는 쌩하니 밖으로 뛰쳐나갔다. 헐레벌떡 무명옷으로 갈아입고 대문을 나선 그는 해가 지기 전까지 뒷산을 헤매며 망태 가득 산 약초를 캐서 돌아왔다.

교령과 외숙의 방문만이 유일한 낙이었던 도경에게는 서운한 일이었다. 하루는 대놓고 볼멘소리를 했더니 그가 씨익 웃으며 이렇게 말했다.

"봄이 오지 않았느냐."

"날이 아직 쌀쌀합니다."

"네가 안에만 있어 잘 모르는 것이다. 밖은 안 그래. 볕이 얼마나 따뜻하다고."

외숙은 분합문을 활짝 열어 검지로 밖을 가리켰다.

"자, 보거라. 산이 온통 푸릇푸릇하지?"

"그건 그렇지만……."

"안 그래도 내 오늘 너한테 물으려고 하였다."

"무엇을요?"

"도경아, 나랑 같이 약초 캐러 가지 않겠느냐?"

"예?"

"어디 보자……."

외숙은 대답도 듣지 않고 도성에서 가져온 꾸러미를 더듬거렸다. 한껏 호기심을 자극한 그는 무명의 저고리와 치마를 자랑스럽게 꺼내 보여 주었다.

"봐라, 내가 무엇을 챙겨 왔는지."

"이건……?"

"약초 캘 땐 이런 의복이 활동하기가 좋아. 밖에서 준비하고 있을 테니 갈아입고 나오너라."

"지금 말입니까?"

"그래. 지금 당장."

외숙은 거절할 틈도 주지 않고, 자신도 준비해야 한다며 서둘러 나갔다. 혼자 남은 도경은 주저주저하다가 옷을 갈아입고 마당으로 나가 보았다.

"아가씨!"

유모와 열비가 쪼르르 달려왔다. 외숙의 부탁으로 응달에 약초를 널다가 도경의 옷차림을 보고 기겁한 얼굴이었다. 아직 쾌차하지 않았다고 만류하는데도 외숙은 유난 떨지 말라며 두 사람을 물리쳤다. 어깨에서 허리까지 사선으로 망태를 걸쳐 주기도 했다.

"아이고, 잘 어울린다! 이러고 있으니 진짜 약초꾼 같구나."

외숙은 시원하게 웃으며, 어정쩡하게 서 있는 도경의 등을 막무가내로 떠밀었다. 밀리고 밀리다 마침내 대문 밖으로 나선 도경은 입이 반쯤 벌어져 감탄을 흘렸다.

얼마 전까지만 해도 황량했던 들판이 온통 푸른색 물결로 넘실거렸다. 코끝에 스미는 토양의 내음도 확연히 짙어졌다. 풀잎이 바람에 차르르 흔들릴 때마다 하얗게 쏟아지는 햇살을 머금고 싱그러운 연둣빛으로 반짝거렸다.

어느덧 봄.

미처 눈치채지 못하는 사이 새로운 계절이 문 앞에 성큼 다가와 있었다.

바뀐 운명

　세월에 마모되어 낡고 허름한 붓골의 어느 목조 건물 이층. 점포 주인이 윗방이라고 일컫는 이층의 다락은 밖에서 보기보다 천장이 높고 넓은 공간을 확보하고 있었다. 사시사철 시끌벅적한 외부와는 달리 두툼한 나무 벽을 경계로 전혀 다른 세상이 펼쳐지는 곳이었다.

　그중에서도 실내의 창가, 활짝 열린 들창을 통해 봄바람이 불어오는 그곳에 의관을 정제한 젊은 선비가 있었다. 낡은 탁상 앞에 바른 자세로 앉아 힘차게 붓을 놀리는 그는 염려하게 피어난 동매(冬梅)를 보는 듯 곧고 기품 있는 인상을 풍겼다.

　"더는 위험합니다."

　하나 그토록 완벽한 선비에게도 불만을 품은 자가 있었으니, 벌써 이각(二刻, 30분)이 넘도록 그의 옆에 붙어 꼼짝도 안 하고 서 있는 청년이었다. 올해 열아홉, 예성 채문에 소속된 무사 중 가장 어린 나이인 그는 형님을 위하는 아우처럼 진심으로 상전을 걱정했다.

"저자에 많은 기별이 불법으로 돌고 있다곤 하나, 도련님은 미원(薇院, 사간원)에 몸을 담고 계십니다. 누군가 꼬투리를 잡아 문제 삼으려고 한다면 일이 커질 수 있습니다."

"잔소리나 하려고 쫓아왔을 리는 없고. 용건만 간단히 하여라."

"여기서 올릴 수 있는 말이 아닙니다."

"……."

"도련님!"

"자자, 고정하십시오."

무슨 소리를 들어도 흔들림 없이 붓을 놀리는 선비와 그 옆에서 불안해하는 어린 무사. 기이한 대치가 계속되자 둘 사이로 중년의 한 사내가 불쑥 끼어들었다. 온갖 잡일에 손을 대면서도 도성에서 가장 빠르고 정확한 소식만 다루고 있다는 점포의 주인, 일명 박 서리였다.

기척도 없이 올라와 두 사람을 지켜보던 그는 방실방실 웃으며 재헌을 회유했다.

"그만 붓을 내려놓으시지요, 나리. 듣자 하니 정이가 긴히 드릴 말씀이……."

"됐다……."

"예?"

조곤조곤 설득하는 중에 들려온 재헌의 혼잣말에 박 서리가 놀란 눈을 하였다.

"설마 벌써 끝내신 겁니까?"

"한 시진 안에 끝낸다고 하지 않았는가."

"그래도 그렇지, 이렇게 빨리⋯⋯!"

그만하랄 땐 언제고 박 서리는 헤벌쭉 웃으며 행복해했다. 재헌이 일어나 흐트러진 옷매무새를 가다듬는 사이 탁상으로 다가가 필사된 기별지를 살펴보았다.

조보(朝報, 조정의 소식을 알리는 관보)를 토대로 새로이 작성된 기별은 민감한 사안을 제외하되, 수요자들이 궁금해할 실용적인 내용으로 깔끔히 재구성되어 있었다. 해서체의 반듯한 필치 역시 유려하면서도 균일했다. 수북이 쌓인 기별을 한 뭉텅이 집어 닥치는 대로 넘겨 보아도 어디 하나 모자람이 없었다.

"내용은 말할 것도 없고, 서체 역시 자연스럽게 읽히며 눈에 쏙쏙 들어오는 게 실로 달필다우십니다. 이두(吏讀, 한자의 음과 뜻을 빌려 우리말을 적은 표기법)의 표기까지 깔끔합니다요."

박 서리는 감탄을 쏟으며 재헌을 향해 두 눈을 반짝였다.

"오늘은 이쯤 하겠네. 사흘 뒤에 또 들르지."

"매번 수고비도 아니 받으시고, 소인 몸 둘 바를 모르겠습니다."

감사를 표하는 박 서리에게 재헌은 가벼이 눈인사를 건네고 아래층으로 내려갔다. 언제나 그러했듯, 서사(書肆, 책을 갖추어 놓고 팔거나 사는 가게)에 볼일이 있었던 손님인 양 이번에도 그는 당당하게 앞문으로 나가 수많은 인파에 자연스레 합류했다.

어디선가 나타난 두 사내의 등장은 북새통을 이루었던 시전의 분위기를 확 바꾸었다. 왁자지껄 떠들던 목소리가 줄어들고 여인들의 수런거림과 나지막한 웃음소리가 늘어났다.

그들은 장신의 두 사내가 어디에서 튀어나왔는지 관심 두지 않았다. 길고 늘씬한 팔다리, 반악의 환생을 보는 듯한 미려한 외모, 고급스러운 색감의 의복 등 한눈에 시선을 사로잡는 외관에 눈길을 빼앗길 따름이었다.

빠르지도 느리지도 않고 여유롭게, 두 개의 그림자는 일정한 간격을 두고 시원시원하게 걸어 복잡한 골목을 벗어났다. 길었던 침묵은 깨끗하고 쾌적한 북촌의 거리에 이르러서야 깨어졌다.

"지난겨울부터 암암리에 돌고 있는 풍문이 있습니다."

"풍문?"

"윤이환 대감의 여식 말입니다. 외가에 내려갔다고 알려져 있으나 실은 광증을 앓아 사람들의 눈을 피해 다른 곳에서 요양 중이라고 합니다."

시종일관 앞으로만 향해 있던 재헌의 시선이 처음으로 흘끔, 옆으로 움직였다. 그 자신도 의식하지 못했을 정도로 빠른 반응이었다.

"자세히 말해 보아라."

"들은 바에 의하면 작년 겨울 초입, 궂은 날씨에 홀로 집을 뛰쳐나와 배회하는 모습이 목격되었답니다. 실성한 이처럼 돌아다니던 규수는 이후 어느 주막에 방을 잡고 들어가 정체도 알 수 없는 사내와 한참을 같이 있었다고 합니다."

왜곡된 소문은 상당히 자극적이면서도 개연성이 떨어졌다. 졸지에 광인과 연애 놀음을 한 꼴이 된 재헌은 기가 차서 헛웃음이 나왔다.

금방이라도 쓰러질 듯 몸이 흔들리면서도 당돌하게 대꾸하던 그 여인. 갈 곳을 잃은 듯 처참한 몰골로 거리에 서 있던 이가 맞나 싶을 정도로, 눈을 뜬 그녀는 다른 사람 같았다.

그래서 대화를 길게 이어 갔다. 달빛 아래서 딱 한 번 보았던 얼굴. 그 후로 머릿속에 떠올리지도 않았던 사람. 도대체 그녀의 어떤 점이 특별해 내가 첫눈에 알아보았나 궁금하기도 했다. 하지만 여인은 당혹스러운 제안으로 실소를 머금게 하더니, 그 의도를 파악하기도 전에 의식을 잃었다.

윤이환의 여식이 예성 채문의 종부가 되려 한다?

농담만으로도 도성이 뒤집힐 소리였지만 무모하기까지 한 그녀의 대답이 썩 흥미로웠다. 대체 무슨 일이 있었기에 그 지경이 되어 황당한 제안을 해 왔을까. 한 번 더 만나 볼 의향이 있었으나 그녀는 감감무소식이었고, 이상한 소문만 떠돌고 있다.

이제야 그 사실을 알게 된 재헌은 상당히 불쾌했다. 주막에서의 일이 새 나가지 않도록 자신이 직접 단속했다. 이제껏 한 번도 실수하지 않았는데 누가 감히 제 일에 흠집을 내고 있단 말인가. 그것도 불안정한 상태였던 그녀만을 표적 삼아.

"윤 대감과 관련한 일이라면, 그것이 무엇이든 가회방에 돌아가 말씀을 올리는 게 소인의 역할입니다."

재헌의 침묵이 길어지자 잠자코 기다리던 정이 본론을 말했다.

"이 소문 역시 그래야 한다는 걸 잘 알고 있습니다. 풍설이긴 하지만 내용이 꽤 구체적인 데다가……."

"헛소문이다."

기분이 상한 재헌은 걸음을 멈추고 그의 말을 일축했다.

"하나……."

"너도 터무니없다고 느꼈기에 여태 침묵하였겠지."

"광증 부분은 믿지 않았습니다."

정은 재헌의 지적을 부분적으로 인정했다.

"그렇지만 윤 소저에게 숨겨 둔 정인이 있을 수도 있겠다고 판단하였습니다. 주막이 밀회 장소였던 걸로 보아 아마도 상대는 신분이 낮은 자이겠지요. 사내를 만나기 위해 몰래 집을 빠져나왔고, 그 사실을 알게 된 윤 대감과 정경부인이 서둘러 외가로 내려보낸 것이라면 정황상 앞뒤가 맞아떨어집니다."

"아니. 잘못 짚었다."

"어찌하여 그것이 헛소문이라고 단언하시는 겁니까?"

정은 도저히 이해할 수 없다는 표정이었다. 그에 대한 재헌의 대답은 가히 직설적이었다.

"소문 속 사내가 나다."

"……예?"

"주막에서 윤 소저와 한참을 같이 있었다던 그 사내."

"그게 무슨……?"

"네 보기엔 어떠하냐. 내가 윤 소저의 정인일까?"

정은 아연실색하여 말을 잇지 못했다. 피식 스치는 상전의 찬기 어린 미소가 농담인지 진담인지. 경험치가 부족한 어린 무사의 머리가 어질어질해졌다.

"도련님!"

때마침 귀에 익은 목소리가 우렁차게 울렸다. 두 사람을 발견하고 조르르 달려온 이는 어려서부터 재헌의 시중을 들어 온 석이였다. 그는 고개를 갸웃하며 얼이 빠진 정을 들여다보더니, 주인을 반기는 강아지처럼 재헌을 향해 환한 미소를 지었다.

"마침 귀택하던 중이셨나 봅니다."

"나를 찾으러 나온 것이냐?"

좀처럼 정신을 차리지 못하는 정을 세워 놓고 재헌이 다정히 물었다.

"예. 집에 내관이 와 있습니다."

얼마 전까지 의정부의 수장이셨던 조부와 현재 이조를 이끌고 계시는 부친. 가회방 사저엔 대전에서 보낸 내관들이 종종 들락거렸다. 어려서부터 자주 보아 익숙한 일임에도 재헌은 소식을 듣자마자 표정이 굳었다. 선왕 시절 있었던 좋지 않은 기억이 아직도 영향을 미치는 까닭이요, 이전에는 두 어른부터 뵙던 내관들이 이젠 직접적으로 그를 찾고 있기 때문이었다.

그 미묘한 파장을 알아챈 석이가 얼른 설명을 덧붙였다.

"쇤네가 살짝 엿들었는데 말입죠, 내관이 사냥터에서 오는 길이라고 하였습니다."

재헌은 까딱 고개를 움직였다. 전하께선 어제 오후 도성 근처 사냥터로 향하셨다. 떠나시면서 골치 아픈 일 몇 가지를 은근슬쩍 떠넘기기까지 하셨는데, 그것으론 성에 차지 않으셨는지 아예 사냥터로 불러내려는 모양이다.

석이를 만나지 않았다면 모를까, 신하 된 도리로, 전언을 듣고도 지체할 수는 없다. 재헌은 서둘러 걸음을 떼다가 막 감정을 수습한 정을 돌아보았다.

"따라오너라. 네가 긴히 해 주어야 할 일이 있다."

정수리에서 시작된 묵진한 피로가 아래로 흘러내려 발끝까지 닿았다. 단단하게 뭉친 그것은 특히 관자놀이와 어깨, 눈 주위에 성난 듯이 솟아 있어 재헌은 한 번씩 아픈 곳을 꾹꾹 눌러 주었다.

말을 달려 사냥터에 도착한 그 순간부터 강행군이 시작되었다.

"늦었다, 정언(正言, 사간원 정6품 관직)."

기다렸다는 듯 활부터 던져 준 왕은 그에게 쉴 틈도 주지 않고 도로 말에 오르라고 재촉했다.

"오늘은 네가 나의 대행이다. 너의 실패는 나의 실패요, 너의 성공은 나의 성공일지니, 내가 부끄럽지 않도록 좋은 결과를 가져오너라."

왕은 심기가 한껏 비틀려 있었다. 자전(慈殿, 임금의 어머니)의 강권으로 떠밀리듯 사냥을 나온 것이 못내 치욕스러운 눈치였다.

중요한 인사를 앞두고, 선왕을 따랐던 조신들은 저희끼리 똘똘 뭉쳐 대비전을 찾아갔다. 입맛에 맞는 이들을 미리 뽑아 놓고 대비를 앞세워 젊은 왕을 압박하려는 처사였다.

애석하게도 대비는 윤이환의 사람과 본인의 친정 식구들로 구성된 그들을 전적으로 신뢰했다. 그것이 불경임을 따끔하게 야단치기는커녕 되레 주상을 궐 밖으로 내보내 껄끄러울 수 있는 상황을 조신들이 모면토록 해 주었다.

이런 적이 처음이 아니요, 핑계 또한 각양각색이었다. 국상을 치르느라 힘들었을 주상을 위로하고자, 길어지는 중궁전의 병환으로 지친 심신을 달래 주고자 대비는 온천욕과 사냥 등을 권하며 어떻게든 대전을 비우도록 종용했다. 왕이 반발이라도 하는 날엔, 자식을 걱정하는 어미의 마음을 몰라 준다며 서러운 눈물을 뚝뚝 흘렸다.

어쩔 수 없이 이번에도 물러선 성상은 자괴감에 휩싸여 뿔난 아이처럼 행동했다.

"지금부터 두 조로 나누어 경기한다. 한 시진 안에 더 많은 사냥감을 잡아 오는 쪽이 이기는 것이다. 이긴 쪽에게는 후한 상을, 진 쪽에게는 고약한 벌을 내릴 것이니 최선을 다하도록 하라!"

사냥이라기보다 치열한 전투에 가까웠다. 왕의 대행인 재헌과 그를 위시한 군사는 절대로 져선 아니 됐다. 상대편 역시 벌을 받기 싫다는 일념으로 거칠게 대응했다. 반칙이 횡행하고 부상자가 속출한 경기였다.

천신만고 끝에 재헌은 임금께 승리를 바쳤다. 이로써 불충은 면할 수 있었으나 사지가 쑤셨다. 창졸간 불려 와 과도하게 근육을 사용한 탓이었는데, 왕은 땀이 식기도 전에 또다시 그를 불러냈다.

"저들이 쉬는 동안 너는 나를 따라오너라. 오랜만에 습사나 함께 하자."

거절은 허용되지 않았다. 재헌은 이미 뻐근해진 어깨로 활시위를 수십 번 당겼다.

밤에도 잠들지 못했다. 모두가 고단한 몸을 편히 누인 동안 그는 상선이 가져다준 기록을 살펴야 했다. 이런 일이 있을 때마다 왕은 완벽에 집착했다. 환궁 후 상참에 들어 중신들 앞에서 압도적인 모습을 보여야 한다는 초조함이 불러온 결과였다.

그 탓에 재헌은 수북이 쌓인 문건을 밤새도록 읽고 해결책을 고민했다. 직책과는 무관한, 오로지 개인의 능력으로만 해내야 하는 일이었다.

이런 일과가 사흘 내리 연속되자 귀에서 이명이 들렸다. 식사할 때마다 모래를 씹는 것 같았다. 내일이면 전하께서 환궁하신다는 점이 그나마 위로가 되었다.

재헌은 머리를 찌르는 두통을 참으며 마지막 임무인 잠행을 준비했다. 사냥터를 벗어나 민가를 둘러보겠다는 어명에 따라 근처 고을과 그곳에서 일어났던 사소한 사건까지 전부 검토했다.

도적이나 맹수가 출몰하지 않는 곳. 근래 몇 년 흉악한 범죄도 일어나지 않은 곳. 미행을 말릴 명목이 없어 호위 인력이나마 꼼꼼하게 꾸리려고 했지만,

"뭘 이리 주렁주렁…… 됐다. 간단하게 해!"

왕이 건넨 핀잔에 머릿수를 대폭 줄였다. 마지막에 저지른 어리석은 실수였다.

천지가 지옥이었다. 전하께서 잠행을 마치고 사냥터로 귀환하시던 중 어둠 속에서 튀어나온 자객 여럿이 순식간에 일행을 급습했다.

"전하를 보호하라! 어서!"

상선의 다급한 외침에 가장 먼저 몸을 던져 왕을 보호한 이는 재헌. 검에 베여 생살이 갈라진 충격에 신음하면서도 그는 상을 피신시키고 자객을 막았다.

즉위한 지 이태도 되지 않은 젊은 왕이었다. 집중 공격을 받아 죽는 한이 있어도 임금의 성체에 상처 하나 나선 아니 됐다. 이는 신하로서 행해야 할 기본적인 도리 때문만은 아니었다. 예성 채문의 종손으로서 그는 가문의 존속과 가족의 안전, 그리고 형제나 다름없는 대군을 지켜야 할 사명이 있었다.

임금께 변고가 생겼으니 영상과 호판은 기다렸다는 듯 대군을 배후로 몰아갈 것이다. 그렇다면 예성 채문이 얽히는 게 당연한 수순인바. 가뜩이나 혼란스러워질 상황에서 왕이 옥체까

지 상한다면 조정은 파국을 피할 수 없게 된다.

하여 재헌은 죽을힘을 다해 검을 휘두르다가 성상께서 피신하신 것을 확인하고 아무 말에나 올라타 자객을 유인했다. 가도 가도 끝이 없는 지옥 속을 미친 듯이 달렸다. 한참을 달리다 더는 안 되겠다 싶은 찰나 쇠붙이가 날아왔다. 잠깐의 시차를 두고 말이 하늘을 향해 앞발을 높게 치켜들었다. 힘이 빠진 재헌은 공중으로 튕겨 나가 산비탈 아래로 굴러떨어져 정신을 잃었다.

얼마나 혼절해 있었는지, 또 무슨 힘이 남아 몸을 일으켰는지 자각조차 없었다. 동이 튼 새벽, 한 걸음씩 발을 옮길 때마다 생살이 찢겨 나가는 고통이 그를 괴롭혔다. 끊어질 듯 거칠게 토하는 숨이 자신의 것인지 짐승의 것인지. 의식이 거의 썰려 나간 상태에서 재헌은 휘청휘청 몸을 옮겼다.

제명에 죽지 못하겠구나.

어려서부터 종종 그런 생각을 했다. 선왕의 손아귀에 언젠가 이 생(生)이 채 피기도 전에 꺾일지도 모르겠다고. 한데 목숨을 위협했던 선왕께서 붕어하시고 일면식도 없는 자객의 손에 이 꼴이 났으니 공허함이 밀려왔다.

어디선가 콸콸 흐르는 물소리가 들렸다. 구부정한 몸을 이끌고 흐느적흐느적, 금방이라도 쓰러질 듯 발을 떼던 그는 이제 그만 고단한 삶을 아무 데나 누일까 하는데…….

"나리?"

놀람이 깃든, 낯선 여인의 맑은 음성이 꺼져 가던 마지막 의지를 버리지 못하게 막았다. 아래로 향한 시야엔 단출한 흑혜와 치맛자락이 들어왔다. 수수한 무명옷을 따라 흐릿해진 시선을 쭈욱 올린 재헌은…….

윤도경?

미처 소리 내지 못하고 입술만 달싹거리다 무릎이 푹 꺾였다. 몸에서 기력이 빠져 여인의 품속으로 그대로 머리가 떨어졌다. 부드럽고 촉촉한 풀잎 속에 얼굴을 화악 묻는 듯한 착각이 일었다.

막 해가 솟은 어느 계곡이었다. 바위에 몸을 기댄 재헌은 희미하게 남은 의식만 간신히 붙잡고 있었다. 눈동자를 고정하고 온몸으로 저를 받아 낸 여인을 응시했다. 새하얀 목덜미가, 가녀린 두 손이 붉은 피로 물들어 있었다.

그녀는 경악했고 또 침착했다. 무슨 일이 있었느냐, 비명과도 같은 질문을 던지다 떨리는 손을 바쁘게 움직였다. 무엇인지도 모를 액이 그의 입을 통해 넘어왔다. 전부 삼키지 못하고 흘러내리자 그녀가 다그쳤다.

"삼키세요. 삼키셔야 합니다!"

아이를 염려하여 야단치듯 단호한 어조였다. 서슴없이 머리를 당겨 제 품에 안는 행동. 목을 팔로 받치고 정체 모를 약물을 입에 대 주는 품새. 꿀꺽꿀꺽 액을 넘길 때마다 잘하고 있다며 어르는 모습이 자식에게 쓴 약을 먹이는 어미와 같았다.

마음이 약해졌다.

우리 어머니가 조금 더 오래 사셨더라면…….

그랬다면 그분은 선왕께 불려 가 고통당하는 어린 아들을 한 번쯤은 치맛자락 뒤로 숨겨 주셨을까. 배 아파 낳은 아들의 머릿속에 지금도 선명히 새겨져 있었을까. 눈앞의 저 여인은 어느 아침 눈떴을 때 기억에서 감쪽같이 사라진 어머니란 존재를 떠올리고 싶게 했다.

고작 여덟의 나이였다. 머릿속에서 모든 기억이 통째로 사라진 것이. 그 속엔 어머니도 포함되어 있었다. 대군도 기억하는 그의 어머니를, 아들인 재헌은 모친의 상을 치르는 도중 전부 잊었다.

어머니를 땅에 묻던 날, 슬퍼하려 해도 슬퍼할 수 없었다.

'흐흑, 형님, 어머니가 어디 가시는 겁니까? 어머니를 붙잡아 주십시오! 가시지 말라고 해 주십시오! 다시는 투정 부리지 않겠습니다. 제가 어머니 말씀을 더 잘 들을 겁니다!'

제 소매를 붙잡고 엉엉 우는 아우의 눈물을 낯선 시선으로 바라보았다. 어머니의 얼굴이, 웃음이, 향기가. 함께했던 모든 추억이 하루아침에 사라져 그분의 이야기를 들어도 아무런 느낌이 없었다. 어쩌다가 한 번씩, 주체할 수 없을 만큼 그리움이 가슴을 짓누르는 날이면 그것이 어머니가 남기고 간 흔적이 아닐까 추측할 뿐이었다.

핏물인지 눈물인지 모를 뜨거운 물줄기가 뺨을 타고 흘러내렸다. 그러다가 깜박, 널을 뛰던 의식이 밑으로 꺼졌다가 올라왔을 때 그녀와 눈이 마주쳤다. 여인의 고요한 시선은 여러 감정이 점철된 그의 눈물에 머물러 있었다.

고개를 돌리라고, 감히 나를 그런 눈으로 보지 말라고 쏴붙이고 싶어도 목소리가 나오지 않았다. 밑바닥에 숨겨 둔 가장 나약한 자신을 누군가에게 내보인다는 건 참담한 일이었다. 그런데도 이 지독한 눈물은, 모진 일을 겪으면서도 항상 메말라 있던 감정이라는 것은 애꿎은 상황에서 제멋대로 뿜어져 나왔다.

더는 그녀의 시선을 받아 줄 수 없었다. 차라리 이대로 모든 것을 그냥 놓아 버리고 싶은데, 그녀가 손을 뻗어 뺨을 타고 흐르는 물줄기를 닦아 주었다. 손등에서도 그녀의 온기가 전해졌다.

연민, 측은함, 안타까움.

절대로 받아 줄 수 없는 동정이란 감정이 여인의 눈 속에 형형색색 출렁이고 있었다.

불쾌해야 하는데, 더욱더 화가 나야 하는데…….

뾰족하게 자라나던 내면의 가시가 되레 독기를 잃고 열없이 수그러들었다. 재헌은 가슴이 시려 그녀를 바라보았다. 간당간당 쥐고 있던 의식의 끈이 언제인지도 모르게 싹둑 끊어졌다.

솟을대문을 거쳐 행랑채를 지나면 큰 사랑채를 중심으로 저 멀리까지 건물 수십 채의 용마루가 위용을 자랑했다. 십장생이 골고루 양각된 망와와 서까래 끝에 부연(婦椽)을 덧얹은 겹처마, 사군자를 선각한 돌계단. 능히 선경이라고 불릴 만한 이곳은 누대에 걸쳐 수많은 재상과 당상관을 배출한 도성 최고의 명문, 예성 채씨 종가다.

그중에서 가장 크고 웅장한 규모를 자랑하는 큰 사랑채의 서실(書室. 서재)엔 늠름한 풍채와 위엄을 갖춘 백발의 노인이 정좌하고 있었다. 상앗빛 편복에 동파관을 쓴 그는 지난해 조정에서 물러나 한거 중임에도 대내외적으로 막강한 영향력을 행사하는 채여준 대감이었다.

"현재로선 정확히 어떤 종류의 독인지 알기 어렵습니다. 하나 일반적이지 않은 독성과 증세로 보았을 때, 타국에서 넘어온 희귀 독이 아닐까 추측됩니다."

서실에는 채여준의 장남인 이조 판서 채승우 역시 자리하고 있었다. 대궐에서 잔뼈가 굵은 어의일지라도 이 둘의 조합은 한없이 어려웠다. 특히 초조함을 누르지 못한 이판의 질문 공세로 그는 말 한마디 한마디에 신중을 기울였다.

"하면 독의 성질을 알아야 치료가 가능하겠군."

"일반적으로는 그러하나, 처음 발견한 이가 해독제를 적절히 사용하였습니다. 덕분에 위기는 넘겼지만 예상치 못한 증세를 보일 수도 있으니 한동안은 유의가 필요합니다."

"지금도 저리 괴로워하는데 또 다른 증세를 보일 수도 있단 말인가?"

"정확한 건 지켜봐야 알 수 있을 것입니다. 전하께서도 심려가 크시니, 당분간 소인이 챙기겠습니다."

"자네가 고생이 많았네."

아들의 사고 소식을 들은 이후 뜬눈으로 밤을 지새운 이판이 수척해진 얼굴로 감사의 인사를 전했다.

"천우신조로 귀인을 만난 덕일 뿐 소인이 한 일은 거의 없었습니다. 외상의 처치도 적절하였고, 해독제 역시 양질의 값비싼 것으로 많은 양을 내주었을 겁니다. 과거의 무수한 사례에서 알 수 있듯 검에 묻은 독으로 수많은 이들이 유명을 달리하였지요. 조금이라도 늦었다면 상황은 돌이킬 수 없었을 겁니다. 하니 인사는 귀인께서 받아야 마땅합니다."

소견을 마친 어의가 조용히 물러났다. 서실의 문이 닫히자 줄곧 침묵했던 채여준 대감이 처음으로 억눌렀던 감정을 표출했다.

"이 은혜를 어찌 갚아야 할지……."

왕을 기습한 무리와 손자의 행방불명.

지난밤, 급박하게 문을 두드리며 도착한 악보(惡報)는 평화로웠던 가회방을 발칵 뒤집었다. 인력을 총동원해 밤새도록 주변을 뒤졌으나 손자의 흔적조차 찾을 수 없었다.

초상집을 방불케 하는 분위기 속에서 다음 날 정오쯤 낭보(朗報)가 전해졌다. 사건 현장과는 전혀 다른 방향이라 군졸들이 찾아볼 생각도 하지 않았던 도성 근처 계곡. 그곳을 지나던 어느 반가의 오누이가 재헌을 발견해 목숨을 살렸다는 전언이었다.

사람을 보내 알아보니 놀랍게도 그들은 전 부제학 민지용의 친손주였다. 어린 대군을 지키기 위해 의기 있게 나섰다가 선왕의 분노를 사 유배지에서 생을 마감한 채여준의 오랜 지기. 당시 채 대감은 벗의 죽음을 막지 못했다는 죄악감에 남은 가족만이라도 돌보고자 했지만 그러지 못했다. 가장이 된 벗의 아들이 누를 끼칠 수 없다며 식솔을 이끌고 소리 소문 없이 도성에서 사라졌기 때문이다. 벌써 십수 년도 넘은 이야기였다.

"가족 모두가 낙향한 줄 알았거늘⋯⋯."

"도성에 온 지 석 달 남짓 되었다고 들었습니다. 민치승 그 사람은 여전히 고향에 남아 있고, 부인이 아이들만 데리고 올라왔다고 하더군요. 두 모녀가 큰아이의 과거 뒷바라지를 하는 모양입니다."

부친의 죄책감을 잘 아는 이판이 수청방 하인을 통해 알아본 소식을 전했다.

"살림집도 살펴보았느냐? 가세가 어떠하다더냐?"

"송구합니다. 소자가 챙겼어야 했는데 그간 무심하였습니다."

그들의 곤궁한 처지를 이판은 에둘러 보고했다.

채여준은 쓸쓸히 고개를 끄덕였다. 부제학의 귀양이 결정되며 재산의 일부를 몰수당하고 그 아들마저 삭직되었다. 그럼에도 유배 뒷바라지며 숙부인(淑夫人, 조선 시대에 정3품 문무관의

아내에게 주던 봉작)의 약값까지 전부 홀로 감당했으니, 그 집의 형편이야 안 봐도 뻔했다.

늘 한편에 품고 있던 죄책감이 한층 크게 부풀어 올랐다. 지금껏 실질적인 도움을 주지 못해 미안했는데 차라리 이렇게나마 명분이 생겨 다행이기도 했다.

"태호와 서윤이. 우리 집안을 살린 아이들이나 다름없다. 이제라도 다시 만나게 되었으니 현명하게 보은할 방법을 고민해 보자꾸나."

"예, 아버님."

두 대감은 천천히 안도의 숨을 내쉬었다. 재헌이 건강을 회복하려면 넘어야 할 산이 아직은 까마득하지만 어쨌든 최악은 면했다. 소식을 접하고 억장이 무너졌던 그들에게는 그것만으로도 감사한 일이었다.

시전에 다녀온 서윤이 부엌에 짐을 내려놓고 땀을 닦았다. 잠깐이라도 쉴 틈은 없었다. 냉수 한 잔을 들이켜기가 바쁘게 어질러진 주위를 정리했다. 먼 친척 댁에 일감을 얻으러 가신 어머니와 빨래터에 갔을 유모를 대신해 집 안팎을 소제하고 저녁 준비를 해야 한다.

양갓집 규수의 생활과는 다소 동떨어진 일과였지만 빠듯한 살림살이를 생각하면 하지 못할 일도 아니었다. 얼마 전부터는 유모가 구해 온 삯바느질까지 함께 하고 있었다. 서윤은 이러한 처지를 비관하지 않았다. 뼛속 깊이 새겨진 가문에 대한 자긍심이 자칫 절망스럽게 느껴질 수 있는 현실을 버티게 해 주었다.

비록 지금은 한빈할지라도 조부와 부친은 사림의 존경을 받고 있다. 과거 청백리를 배출한 집안이기도 했다. 이는 재물로도 살 수 없는 고결한 명예이자 다른 이와 구별되는 소수의 특별함이었다. 그러니 현재의 가난은 문제 되지 않았다. 물질적인 결핍이야 오라비가 대과에 급제하기만 하면 전부 해결될 터이다.

비좁은 부엌을 금세 청소하고 대야를 꺼냈다. 방바닥과 마루를 걸레질할 요량인데, 물을 뜨다 멈칫하곤 코를 킁킁거렸다. 어디선가 타는 냄새가 진동했다.

……불?

화들짝 놀란 서윤은 냄새를 따라 뒤꼍으로 달려갔다. 그곳에는 외출 중인 줄 알았던 태호가 빨래터에 있는 줄 알았던 유모와 불을 지피고 있었다.

"오라버니!"

태호가 파들짝 놀라 돌아보았다. 갑자기 부르는 소리에 놀랐다고 하기엔 그의 동요가 과한 느낌이었다.

"언제 오셨습니까? 거기서 뭐 하시는 거예요?"

"어, 어……. 버, 벌써 왔니?"

표정이며 말투가 한눈에도 부자연스러웠다. 서윤은 의아해하며 태호를 바라보다 유모가 치맛자락 뒤로 무언가 숨기고 있음을 알아챘다.

"유모, 뒤에 그거 뭐야?"

수상한 자세를 뚫어지게 응시하며 멈췄던 걸음을 다시 뗐다. 안절부절못하던 유모는 서윤이 점점 가까워지자,

"송구합니다, 아가씨!"

냅다 사죄의 말을 올리고 불 속으로 무언가를 내던졌다. 눈이 휘둥그레진 서윤은 그것이 산에서 가져온 망태기였음을 깨닫고 대경실색했다.

"이게 무슨 짓이야!"

다시 꺼내려고 달려드는 서윤을 태호가 황급히 붙잡았다. 실랑이를 벌이는 사이 새끼를 엮어 만든 망태는 활활 타올라 까만 재로 사라졌다.

보고도 믿기지 않았다. 그것은 계곡에서 채 정언을 처음 발견했을 때 약병과 함께 그의 옆에 놓여 있던 것이었다. 안에는 갖가지 약초가 그득히 차 있었다. 경황이 없는 와중에도 서윤은 그것을 직접 챙겨 왔다. 채씨 가문의 종손을 살린 이가 저것의 주인일 터, 귀인을 찾는 데 조금이라도 도움이 될까 싶어서였다.

며칠 전, 태호는 망태와 약병을 가회방에 잘 전달했다고도 말했다. 그것들과 관련해선 깨끗이 정리된 줄로만 알았는데 저것이 왜 여기서 불태워지고 있단 말인가.

어이가 없어 멍해졌던 서윤은 문득 눈에 띄는 어떤 것이 있

어 유심히 살폈다. 활활 타오르는 불 옆에 잘게 부서진, 분명 작은 약병이었을 부스러기가 있었다.

몸에서 힘이 빠졌다. 그동안 무슨 일이 벌어지고 있었는지 듣지 않아도 알 것 같았다.

"오라버니, 제게 거짓말을 하셨군요."

"일부러 그런 게 아니다!"

실망 어린 누이의 질책에 태호는 죽상이 되어 소리쳤다. 유모도 옆에서 거들었다.

"잘못은 소인이 하였습니다. 도련님은 아무 잘못이 없으십니다!"

"가만히 있어, 유모!"

독이 되는 충성심을 서윤은 단호히 물리쳤다. 그러곤 눈길을 피하는 태호에게 따지듯 캐물었다.

"어찌하여 저걸 전달하지 않으셨습니까? 정언 나리를 살린 이의 것일지도 모르는 물건입니다. 오라버니, 대체 무슨 일을 하고 계신 겁니까?"

"어쩔 수가 없었다. 돌이키기엔 오해가 너무 크게 부풀려졌어."

"그게 무슨 말씀이셔요?"

"서윤아."

태호는 울기 직전이 되어 한탄했다.

"나는 사실대로 이야기했다. 우리가 정언 나리를 발견해 업고 내려왔다고. 그런데 세상이 멋대로 오해했어. 저들은 우리가 그의 목숨을 살린 것으로 알고 있다."

"하면 진실을 밝히셨어야지요!"

"이미 장안에 소문이 자자한 걸 어찌 밝힌단 말이냐! 내가 진상을 알았을 땐 너무 늦었다. 여기서 갑자기 그것이 아니라고 한다면 저들은 또다시 제멋대로 지껄이겠지. 남의 공을 가로채려다 여의치 않자 되지도 않을 변명이나 늘어놓는다고 말이다!"

태호는 격앙되어 소리쳤다. 그래 놓고 금세 어깨가 처져 처량하게 말했다.

"우리가 괜한 오명을 뒤집어쓸 수도 있다."

"하여 이대로 가만히 계시겠다는 겁니까? 그분을 살린 이가 버젓이 존재하고 있는데?"

"그래서 말인데, 너 그날 정녕 그 여인의 얼굴을 보지 못한 것이냐?"

"생김새까진 보지 못했습니다."

"차림새가 평범하였다고?"

"반가의 여인은 아닌 것 같았습니다."

아직도 기억이 생생했다. 한 여인이 미친 듯이 숲길로 뛰어드는 모습이.

너무나도 다급히 뛰기에 호기심이 생겼고, 서윤은 계획에도 없이 방향을 틀어 물가로 내려가 보았다. 아마도 그 여인일 것이다. 죽어 가던 채 정언의 목숨을 살린 이가.

그날의 일을 되짚어 보던 서윤은 태호를 설득하려고 애썼다.

"오라버니, 그녀는 사람을 부르러 뛰어가는 중이었을 겁니다. 필시 그 근처 마을에 거주하고 있겠지요. 지금이라도 찾아보면……."

"이미 찾아보았다."

"예?"

서윤은 뜨악하게 오라비를 바라보았다. 요 며칠 그가 바쁘게 나다녀 과거 공부 준비로 분주한 줄 알았다. 다른 생각 같은 건 할 겨를도 없을 줄 알았는데 이를 어떻게 받아들여야 할까.

누이의 표정이 굳은 줄도 모르고 태호는 혼자만의 생각에 골몰했다.

"나서는 이가 아무도 없어. 근처 고을 사람들에게 아무리 물어도 혼자 약초를 캐러 다니는 여인은 들어 본 적도 없다고 하더구나."

"그래서 뭘 어찌시겠다는 겁니까?"

"서윤아, 도성의 사대부들 사이에서 우리 집안이 다시 언급되고 있다."

태호는 뭐에 홀린 것 같은 표정이었다.

"성상께서 등극하시어 늦게나마 할아버님과 아버님께 사면령이 내려왔다고 하나 바뀐 것은 없었다. 우리는 소외되었고, 사람들 사이에서 잊혀 갔어. 한데 이번 일을 계기로 저들은 다시 우리 집안을 기억하며 칭송하고 있다."

"우리가 한 일이 아닙니다."

서윤은 안타까움을 머금고 정정해 주었다. 오라비의 심정을 모르지 않았다. 쪼들리는 살림 탓에 자존심을 다친 적도 수없이 많았다. 그래도 이건 아니었다. 정당하지 못했다.

"더는 오해를 방관하지 마십시오. 그것도 죄악입니다."

"오해는 무슨 오해! 우리도 채재헌의 목숨을 살리는 데 일조했어!"

태호는 무섭게 성을 냈다.

"네가 그자를 발견하지 못했다면, 내가 등에 업고 죽어라 산길을 내려오지 않았다면 그가 어찌 살 수 있었겠느냐? 그곳에 버려져 산짐승의 먹이가 되었을 것이다!"

"오라버니!"

"서윤이니? 태호와 뒤꼍에 있는 게냐?"

곧장 반박하려던 서윤은 갑작스레 들려온 모친의 음성에 말이 막혔다.

"……예, 마님, 오셨습니까!"

눈치를 살피던 유모가 후다닥 달려가며 대답했다.

둘만 남은 오누이는 얼굴을 붉힌 채 아무 말도 하지 못했다. 어머니가 귀가하셨으니 언쟁을 이어 가고 싶어도 더는 그럴 수 없게 되었다. 서윤은 제자리에 굳은 듯 서 있었다.

"잠시만이다."

그 틈을 타 태호가 끝까지 본인의 의지를 관철했다.

"소낙비는 피하고 봐야 할 것 아니냐. 이 광기와 같은 찬양이 가라앉을 때쯤 내 가회방을 찾아가 사정을 설명할 것이다. 부디 그때까지만 모르는 척해 다오."

동정을 바라는 비통한 음성이었다. 서윤이 아무 말도 하지 않자 그는 불을 끌 물을 길어 오겠다며 뒷마당을 떠났다. 평소와 달리 부랴부랴 걸음을 옮기는 양이 껄끄러운 자리를 피하려는 의도가 역력해 보였다.

서윤은 그런 오라비를 잡지 않았다. 오해를 바로잡겠다면서 어찌하여 망태기를 태우고 약병을 부수었냐고 차마 물어볼 용기가 나지 않았다. 누구보다 잘 안다고 자부했던 오라버니가 오늘따라 낯설게 느껴져 착잡한 한숨이 새어 나왔다.

언제였던가. 성상을 모시고 잠행을 나갔다 어디인지도 모르고 따라간 곳이 안국방 윤이환의 거각(巨閣)이었다. 그날따라 불쑥 미행을 따르라고 명하시기에 무슨 일이 있겠거니 짐작하였으나, 예상보다 더욱 황당한 일이었다.

함께 안으로 들자는 권유를 눈치껏 마다하고 후원에서 호위를 자처했다. 등불이 스미지 않은 담벼락 아래에 서서 만월의 운치를 감상할 때 한 여인이 수종을 거느리고 나타났다. 자박자박, 음전하게 돌계단을 오른 그녀는 오라비와 함께 왕이 계신 방으로 들어갔다. 야심한 시각, 윤이환이 사저까지 젊은 왕을 끌어들인 이유를 단번에 이해한 광경이었다.

계절이 바뀌어 그녀를 다시 본 건 입동을 앞두고 궂은비가 내리던 날이었다. 길을 지나다 우연히 여인을 알아본 재헌은

'어떻게?'라는 자문에 스스로도 놀라고 당혹스러운 와중에도 빠르게 다가가 우산을 씌워 주었다.

전하께서 지켜보고 계신다는 걸 알면서도 개의치 않았다. 윤도경은 도움이 필요해 보였고, 저 멀리 계시는 상께선 도와주실 용의가 전혀 없어 보였다. 그리하여 재헌은 상대가 누구였든 행했을 도의적인 걸음을 옮겼다. 필요하다면 사람을 불러 주려고 했는데 휙 돌아본 그녀와 가까이서 눈이 마주친 순간……

그것은 무엇이었을까.

머릿속에 섬광이 터지며 가슴이 묵직하게 뒤흔들렸다. 생전 처음 맞닥뜨리는 이상하고도 난해한 감정에 그가 할 수 있는 건 당황하여 냉기를 풀풀 흘리는 것뿐이었다.

퉁명스레 우산을 쥐어 주고 도망치듯 서둘러 돌아섰다. 짙은 물비린내를 뚫고 그녀가 머리에 발랐을 동백기름 향기가 날아와 재헌의 후각을 자극했다. 어지럽고 향기로워 경계하였다. 일상이라는 잔잔한 흐름 속에 특별했던 그 순간을 희석시켰다.

하지만 그날 이후, 빗물이 떨어져 대지를 촉촉이 적시는 날이면 예기치 않게 불쑥불쑥 말간 얼굴 하나가 떠올랐다. 망연히 올려다보던 처연한 자태와 열에 달뜬 숨소리, 너무나도 새까매 오히려 투명했던 눈동자.

도대체 무엇이었을까.

느닷없이 가슴을 잡아챈 강렬했던 그 느낌. 수많은 서책을 탐독하였지만 어디에서도 읽어 본 적 없는, 참으로 생경한 경험이었다.

"으윽……."

잠결에 몸을 뒤척인 재헌은 괴로운 신음을 토하며 인상을 찡그렸다.

건강한 모습으로 집을 나섰던 그는 벌써 여러 날 병색이 완연해 약 기운에 의지하고 있었다. 펄펄 끓는 고열로 시야가 흐리고 정신이 몽롱했다. 상처 역시 심해, 조금만 뒤척여도 통증이 밀려와 숨도 쉬기 어려웠다.

"형님!"

익숙한 음성이 묵직한 잠기운을 흐트러뜨렸다. 억지로 눈을 뜨니 근심이 가득한 재윤의 얼굴이 한눈에 들어왔다. 이제 막 대궐 일에 적응해 분주하면서도 하인들과 돌아가며 재헌의 곁을 지킬 만큼 우애 깊은 아우였다.

"괜찮으십니까? 탕제를 더 들일까요? 석아!"

"예, 작은 도련님."

한쪽에 물러나 있던 석이가 벌게진 눈으로 몸을 들썩였다. 어의가 내주는 탕약엔 숙면을 취하게 하는 효과가 포함되어 있었다. 그것이 통증을 잊게 하기에, 명만 내리면 당장에라도 뛰어나갈 태세였다.

재헌은 터지는 신음을 참으며 하얗게 부르터 피딱지가 내려앉은 입술만 간신히 달싹였다.

"새로운 소식은…… 없었느냐?"

"새로운 소식이라니요?"

"산에서……."

"민씨 남매가 궁금하신 거군요."

아우의 확신에 재헌은 힘없이 고개를 내저었다. 반쯤 감긴 눈으로 허공을 응시했다.

한 번씩 잠에서 깨어나 민씨 남매에 관한 이야기를 들을 때마다 막연하게 떠오르는 어떤 형상이 있었다. 흐릿한 윤곽으로만 남아 있던 그것은 시간이 흐를수록 핏빛으로 뒤덮인 특정 인물로 바뀌었다. 꿈으로, 환영으로 나타나 재헌의 의식을 지배했다.

처음에는 혼란스러웠다. 말간 얼굴의 그녀가 피범벅이 되어 저를 보고 있었다. 섬뜩하도록 사실적이었지만 어디서부터가 꿈이고 현실인지를 몰라 함부로 입 밖에 낼 수도 없었다.

그런데 요즘, 꿈이 점점 구체화되고 있었다. 저를 품에 안은 여인, 가늘고 하얀 손목에서 달랑거리는 단주, 애잔함과 안쓰러움이 담긴 눈빛. 뜨거운 눈물과 화인처럼 남은 그녀의 손길. 조금 전에도 그 비슷한 꿈을 꾸었다.

그것이 현실인지 허상인지 알 수 없지만 머릿속 잔상이 점점 또렷해지는 만큼 더 늦기 전에 확인이라도 해 보고 싶다. 재헌은 의식이 점차 옅어지는 것을 느끼며 중얼거렸다.

"정…… 정이를 불러 다오."

"그 아인 집에 없습니다, 형님. 큰 사랑의 지시를 받고 수청방의 인력과 함께 사건이 있었던 사냥터로 떠났습니다. 관에서는 아무것도 찾지 못했다고 하지만 할아버님은 그들이 놓친 것이 있을지도 모른다고 하셨습니다."

재윤은 건포를 물에 적셔 식은땀이 흐르는 재헌의 이마와 목덜미를 닦아 주었다.

"지금은 아무 생각 말고 마음을 편히 하십시오. 시간이 걸리겠지만 정이가 도착하는 대로 형님께 데려오겠습니다. 그리고 내일 오후, 민태호 그자가 방문할 예정입니다. 짧게라도 좋으니 형님을 뵙고 싶다고 하는데 어찌할까요?"

"아니야……."

"누운 채로 은인을 뵙는 게 내키지 않으십니까?"

"재윤아……."

눈꺼풀이 점점 내려앉았다. 더는 버틸 힘이 없었다.

"그 사람……."

"예?"

찾아 줘…….

재헌은 비몽사몽간에 우물거리다 스르르 눈을 감았다. 어둠에 휩싸여 의식이 저 아래로 가라앉으면서도 꿈인지 생시인지 모를, 핏빛으로 뒤덮인 그 여인의 모습만이 마지막까지 선명하게 남아 있었다.

도경은 누마루에 서안을 내어놓고 붓글씨 연습에 한창이었다. 외숙에게서 글을 배우기 시작하며 우연히 시선을 사로잡은 서체가 있었다. 첫눈에 마음을 빼앗겨 무료한 시간도 달랠 겸

악필을 교정하고자 꾸준히 공들여 모사해 오는 중이었다. 이제는 제법 능숙해져 흐트러짐 없이 써 내려가는데, 곁에서 먹을 갈던 열비가 감탄을 터트렸다.

"와, 정말 똑같습니다! 하루하루 일취월장하십니다, 아가씨."

사기를 북돋아 주기로 작정했는지 표정까지도 진실해 보였다.

"고맙다. 이게 다 팔 빠지게 먹을 갈아 준 너의 덕이다."

도경이 능청스럽게 받아치자 글씨를 말리던 유모가 호호호 소리 내어 웃었다.

낯선 곳에 떨어진 지 벌써 반년이 넘었다. 초반, 공황 상태에 빠졌던 도경은 점차 마음을 비우고 이곳의 생활에 적응했다. 현대 문명에 길들여진 탓에 불편한 점이 한둘이 아니었지만 운 좋게 재상 댁의 여식이 되어 좋은 점도 많았다.

함께 지내는 이들과도 오손도손 어울렸다. 가족이 있어도 늘 외로웠던 도경에겐 색다른 경험이었다. 유모와 열비, 외숙은 물론이요, 교령과도 꽤 친밀해졌는데 그녀가 방문하는 날이면 아침부터 기다리고 있다가 떠들썩하게 반겨 주는 것이 예사가 되었다.

"아가씨!"

……지금처럼 예고도 없이 갑작스럽게 나타나는 경우를 제외하고는.

열비와 실없는 대화를 나누던 중 불시에 들려온 그녀의 목소리에 도경은 크게 놀라 소리쳤다.

"교령!"

오늘은 그녀가 오는 날이 아니었다. 게다가 급한 일이 있어 쫓아온 사람처럼 낯빛도 좋지 않았다.

"어쩐 일인가? 닷새 뒤에나 볼 수 있을 줄 알았는데."

"급히 여쭐 말씀이 있어 일정을 앞당겼습니다. 소인 안으로 들겠습니다."

유모와 열비가 어수선한 주위를 정리하는 동안 교령은 섬돌로 달려가 혜를 벗고 누마루로 돌아왔다.

"다과라도 내오겠습니다."

"아닐세. 그냥 여기 있게."

교령은 몸을 일으킨 유모를 제지하고 서안 앞에 자리했다. 불안해진 도경은 붓을 내려놓고 그녀의 안색을 살폈다.

"무슨 일이 있는가? 갑자기 찾아와 여쭐 말이라니?"

"지난번 계곡에서의 일을 다시 한번 자세히 말씀해 주십시오."

"그건 왜……?"

의아해하던 도경은 까닭이 있겠거니 싶어 질문을 멈추고 요구에 응했다.

"그때 말한 게 전부였네. 손을 씻으러 계곡에 내려갔다가 다친 사람을 발견했고, 증세가 심각해 해독제를 내주었지. 그것만으로는 안 되겠다 싶어 사람을 부르려고 했는데, 숲으로 뛰어들자마자 어디선가 산행하던 이들이 나타났어."

잊을 수 없는 그날의 일을 도경은 조곤조곤 설명했다.

주막에서 의식을 잃은 사이 홀연히 사라졌던 그 남자. 앞으로 만날 일 없을 줄 알았던 예성 채문의 종손이 처참한 몰골로 다시금 눈앞에 나타났다.

그는 왼쪽 어깨의 상창이 유독 심각했는데, 상처 주위에 퍼런 기가 올라오는 것이 꼭 독이 묻은 검에 당한 것 같았다. 마침 뱀에 물리거나 독초를 만졌을 경우를 대비해 외숙이 건네준 해독제가 있어 먹이긴 했지만 그런 걸로 해결될 일이 아니었다.

응급 처치를 끝내자마자 치마를 움켜쥐고 산길로 뛰어들었다. 별저로 돌아가 도움을 청하기 위해서였는데 누군가의 외침이 발목을 잡았다. 깜짝 놀라 돌아보니 하늘빛 치맛자락을 날리며 한 여인이 달리고 있었다. 반가의 규수로 보이는 그녀는 남자의 상태를 확인하곤 어딘가를 향해 목소리를 높였다.

'오라버니, 어디 계세요! 유모! 여기 사람이 있습니다! 빨리 좀 와 보셔요!'

그 뒤로 한 남자와 통통한 체격의 여자가 연달아 나타났다. 그들은 합심하여 다친 사람을 둘러업고 요란하게 자리를 떠났다.

도경은 목을 길게 빼고 그들을 지켜보았다. 지혈해 둔 상처가 터지기라도 할까 봐 걱정되었는데, 별안간 이름 모를 규수가 휙 돌아보았다. 도경은 소스라쳐 나무 뒤로 몸을 숨겼다. 혜명 윤문의 여식은 현재 외가에 가 있다고 알려져 있으니 되도록 타인과의 접촉을 삼가라는 당부 때문이었다.

당황하여 식은땀을 흘리다 일단 그곳에서 벗어나기로 했다. 다친 이가 걱정되긴 했지만, 저들이 마을 쪽으로 방향을 잡았으니 의원을 불러오는 것보다 훨씬 나을 터였다.

도경은 뒤도 돌아보지 않고 힘껏 달렸다. 온통 피범벅이었기에 별저에 돌아와 거짓말은 하지 않았다. 유모와 열비, 마침 방문하는 날이 겹쳐 오후에 도착한 교령에게 있었던 사실 그대로를 이야기했다. 다만 두 가지, 변을 당한 남자가 예성 채문의 종손이었고, 그와는 이전에 만난 적이 있었다는 사실만은 비밀로 해 두고.

그 후 도경은 별저에 틀어박혀 꼼짝하지 않았다. 덩치 큰 남자를 온몸으로 받아 낸 뒤여서 한동안 몸살을 앓았다. 몸을 회복하고 나서도 이전처럼 자유로이 쏘다닐 엄두가 나지 않았다. 가끔, 아니 그보다는 더 자주 그 남자가 무사한지 걱정되긴 했으나 티를 내진 않았다. 적어도 겉으로는 평소와 다름없는 시간을 보냈는데 느닷없이 찾아온 교령이 그때의 일을 다시 물으니 불길한 예감이 들었다.

"왜 그러십니까? 무슨 문제라도 생긴 건지요?"

유모도 찜찜한 기분이 드는지 수심을 띠고 연유를 물었다. 교령은 대답을 주지 않고 다른 질문을 연이었다.

"변을 당한 사내가 아가씨를 보지 못했다는 게 확실합니까?"

"물론이네. 그자는 의식이 없었으니까."

도경은 주저 없이 대답했다.

당시 그는 눈을 반쯤 뜨고 있었지만 의식이 온전치 못했다. 초점 없이 풀어진 눈동자를 한 모습은 눈이 굳게 잠겨 실신한 사람을 보는 것보다 몇 배는 더 무서웠다. 설사 그런 눈으로 저를 보았다고 한들 의식이 돌아와도 제대로 기억할 리 없었다.

"대체 무슨 일로 이러는가?"

"산속에서 죽을 뻔했던 그 사내가 채여준 대감의 장손이었습니다."

"예에?"

유모와 열비가 격한 반응을 쏟아 냈다. 덩달아 놀란 도경은 속이 뜨끔하여 움츠러들었다. 그를 안다는 사실을 숨기길 잘한 것도 같고, 하면 안 될 거짓말을 한 것도 같았다.

"그걸 어찌 아셨습니까?"

심각해진 유모가 주위를 경계하며 자세히 물었다.

"마님께서 찾으시어 가 봤더니 귀띔해 주시더군. 일이 터진 게 이 근방이라 소식을 듣고 무척 놀라셨던 모양이야."

"설마 어머니께 그날의 일을 말씀드린 것은 아니겠지?"

정경부인이 거론되자 도경은 바짝 긴장했다.

"안국방에 말씀 올리지 않겠다, 아가씨께 드린 약조를 소인이 어찌 감히 깰 수 있겠습니까. 아가씨를 본 이가 아무도 없으니 이대로 조용히 묻히길 기다리는 것도 개인적으론 괜찮다고 판단하였습니다."

"그럼 됐네. 난 시끄러워지는 게 싫을 뿐이야."

"그래도 앞으론 조심하셔야 합니다. 왕실 사냥터 근방에서 변고가 있었다고 하더군요."

"변고?"

줄줄이 이어진 놀라운 소식에 모두가 어안이 벙벙해졌다.

"미행을 마치고 어군막으로 돌아가던 상감마마의 일행을 누군가 기습하였답니다."

"하면 큰일이 아닙니까!"

겁에 질린 유모가 새된 소리를 질렀다.

"다행히 전하께선 무사하시네. 채 정언 나리는 자객을 대적하다 여기까지 오게 된 모양이고."

유모를 진정시킨 교령은 도경에게도 단단히 주의를 주었다.

"근처 어딘가에 무도한 자들이 숨어 있을지도 모를 일입니다. 하니 이번 일이 잠잠해질 때까지 아가씨께서도 외출을 삼가고 조심, 또 조심하셔야 합니다."

도경은 말 잘 듣는 아이처럼 고개를 끄덕였다. 자객이니 기습이니 하는 무시무시한 단어를 듣고 있자니 계곡에서의 피비린내가 생각나 속이 메슥거렸다.

물안개가 자욱했던 빗속에서도 저 홀로 정갈하고 기품이 흐르던 그 남자. 그때의 첫인상이 강렬했기 때문인지 세상의 그 어떤 오염 물질도 그를 헝클어뜨릴 수 없을 줄 알았다. 하여 만신창이가 되어 힘없이 늘어진 그를 봤을 때 필요 이상의 반응이 튀어나왔다.

이제는 시간이 흘러 놀랐던 마음은 진정되었지만 한 번씩 도경은 궁금했다. 마지막에 눈이 굳게 감긴 그 남자가 지금쯤 고비를 넘기고 무사히 살아났는지.

교령에게 슬쩍 그의 안부를 물을까 하다가 괜한 오해를 살까 봐 그만두었다. 심란해진 도경은 궁금한 마음을 억지로 삼키다 곧 이럴 필요가 없음을 자각했다.

왜 잊고 있었을까.

그는 괜찮을 것이다. 건강히 살아남았으니 그 많은 문집을 내고, 혼인을 하고, 부인과 사이가 돈독했다는 기록도 남아 있겠지.

도경이 아는 한 그의 인생은 순조로웠다. 조정에서 차근차근 입지를 다지다 조부와 부친에 이어 세력의 한 축을 이끌었다. 타고난 정치꾼이라기보다 학자적 성향이 강해 목멱산(남산의 옛 이름) 기슭에 위치한 가문의 별저에서 아름다운 시와 문장을 엮어 여러 권의 문집도 완성했다.

도경은 번역된 그의 문집을 도서관에서 빌려 본 적도 있었다. 섬세하고 서정적인 문장을 읽으며 학같이 고고하고 감수성이 뛰어난 선비를 상상했다. 실제로 본 그는 청수한 선비라기보다 냉철한 지성과 명문가의 기상을 갖춘, 거두의 역할이 훨씬 잘 어울리는 인상이긴 했지만.

도경은 그에 관한 모든 정보를 아는 대로 떠올려 보다 저도 모르게 혼잣말을 웅얼거렸다.

"그 사람 이름이……."

뭐였더라?

입에 착 감기는, 본인의 문장과 닮은 듯한 느낌의 이름이었는데 속에서만 맴돌 뿐 시원하게 떠오르지 않았다.

"채……."

"채 대감 댁 종손 말입니까?"

교령의 물음도 듣지 못했다. 도경은 혼자만의 생각에 깊이 잠겼다.

"재 자, 헌 자를 쓰십니다. 채재헌 나리요."

"아!"

불현듯 들려온 비슷한 발음에 희미했던 그 이름이 번뜩 떠올랐다.

"채재윤!"

"예?"

"채재윤이었지, 그 사람?"

"아니요. 재헌입니다."

생뚱맞은 대답에 도경의 고개가 옆으로 살짝 기울었다.

"……재, 윤?"

"재, 헌이요."

또박또박 발음한 교령은 갑자기 왜 저러시나 하는 표정으로 설명을 추가했다.

"채재윤 나리께선 그 댁 차손이십니다. 이판 대감의 둘째 영식이고요."

"둘째……?"

도경은 머릿속이 백지가 되었다. 멍해진 눈동자가 중심을 잡지 못하고 흔들렸다. 교령에게서 나온 이름은 알고 있던 정보와 전혀 달랐다. 머릿속을 아무리 뒤져도 채재헌이라는 이름은 들어 보지 못했다.

그런 이름은 없었는데…….

몇 번을 되짚어도 문집을 집필한 이는 채여준의 장손이자 채승우의 장남인 채재윤이었다.

이름이 잘못 알려진 건가?

도경은 갈피를 못 잡고 별의별 가능성을 전부 꺼내 보다가 돌연 어떤 사실이 새롭게 떠올라 헛숨을 들이켰다. 그러고 보니 채재윤, 그자에겐 요절한 형님이 한 분 계셨다.

놓치고 있던 하나를 바로잡자 감감했던 기억의 조각들이 수면 위로 그 정체를 드러내 한 줄기의 완벽한 이야기로 정리되었다.

> 어린 시절, 묵향 가득한 형님의 문장을 읽고 있노라면 풋내 나는 나의 글이 부끄러워 두 뺨을 붉히곤 하였다. 세월이 흘러 이제 이순(耳順, 60세)을 바라보는 나이. 주름진 손으로 예전의 글을 다시 꺼내 보니, 지금도 청춘에 머무는 형님의 문장이 아름다워 가만히 글자를 더듬는다.

교령의 말이 맞았다. 채재윤은 차손으로 태어나, 형님이 죽고 종손이 되었다. 절경으로 명성이 자자한 예성 채문의 별저에서 그는 한 번씩 한창나이에 생을 마감한 형님을 그리워했다. 그 시리고 애틋한 마음은 그가 남긴 저서에도 고스란히 남아 있었다.

만월이 밝은 밤, 감우당의 원림(園林)에 홀로 들어서니
월광 아래 수줍게 만개한 꽃들이 요요하다. 빛나던 주인
은 이미 오래전에 떠나고 없는데 꽃과 새와 바람과 달빛
이 가득한 이 장원만은 여전히 그를 기다리고 있음이라.

연속해서 떠오르는 그 남자의 죽음과 관련한 내용이 섬뜩해
도경은 머리가 멍해졌다. 비를 맞으며 오들오들 떨고 있던 그
날 손바닥을 통해 전해진, 그가 살아 있음을 증명했던 온기를
기억해 더욱 충격이 강했다.

"아가씨. ……아가씨!"

"응……?"

도경은 망연히 시선을 들었다.

"무슨 생각을 그리하십니까?"

"아니야."

고개를 흔들며 대답을 피하자 교령은 의문을 띠면서도 질문
의 방향을 바꾸었다.

"채 대감 댁 둘째 도련님을 어찌 알고 계십니까?"

"착각이었네. 어디선가 어렴풋이 그 이름을 들었던 거 같아
서."

도경은 태연히 둘러대면서도 새로이 기억해 낸 역사 속 내용
으로 혼란스러웠다.

윤이환은 존재감이 미미했던 왕자를 옹립하려 했다는 대외
적인 이유로 숙청당했다. 임금에게 자객을 보냈으나 번번이 실

패하자 여식이 천한 이와 사통하였음을 알면서도 비씨로 들여보내려 했다는 것이다.

후대에 이르러 이를 곧이곧대로 믿는 사람은 없었다. 대비와 우호적인 관계를 유지했던 그가 굳이 다른 왕자에게 접근할 이유가 없었기 때문이다. 그저 방탕한 딸을 둔 탓에 이 시대에 상상도 할 수 없었던 스캔들에 휘말렸고, 마침 그의 권세가 부담스러웠던 왕실에서 예성 채문과 결탁해 처리했다는 견해가 우세했다.

그러나 역사의 해석이라는 게 대부분 그렇듯 이 사건과 관련한 다른 시각 역시 존재했다. 조정에서 맞붙었던 대립을 제외하고 원래 예성 채문에서는 윤이환의 사적인 도발을 상대해 주지 않았다는 것이다. 그랬던 그들이 본래의 기조를 버리고 혜명 윤문을 쳐 내기로 작정한 이유는 채씨 집안 종손의 죽음과 연관이 있다는 주장이었다. 잠행을 다녀오던 임금 일행을 누군가 기습했고, 그때의 사건으로 예성 채문은 건강했던 종손을 잃고 쑥대밭이 되었다고.

소수의 의견이라 휘리릭 읽고 넘어갔던 내용이 이제야 명확히 떠올라 도경은 섬뜩했다. 야사로 취급받던 이야기와 현재의 상황이 얼추 맞아떨어져 머리가 터질 것 같았다.

설마, 이번 일의 배후가…… 윤 대감?

왜?

아니, 그보다…….

도경은 떨리는 마음으로 급히 확인했다.

"혹 채 대감 댁 소식도 들었는가? 그…… 채재헌 나리 말이야, 계곡에서 상태가 굉장히 안 좋아 보이셨거든."

"자세한 건 소인도 알 수 없으나 고비는 넘겼다고 들었습니다."

"아…… 다행이네."

점잖게 고개를 주억거리면서도 몸에 한기가 들었다. 끔찍한 상처에 독 기운이 퍼져 가던 모습이 아직도 눈앞에 선연했다.

만약 그때 해독제를 갖고 있지 않았다면 어찌 되었을까?

상상만으로도 암담해 입술을 꽉 깨물었다. 같은 시각에 그를 발견했어도 해독제의 사용 여부에 따라 사람의 생사는 얼마든지 갈릴 수 있었다.

잠행을 나간 임금이 기습을 당하는 게 자주 있는 일도 아니고, 원래대로라면 이번 사건으로 채재헌은 죽었어야 했다. 그러나 그는 살아났다. 다른 누구도 아닌, 제 손으로 그를 살려 냈다.

그럼……?

뒤늦게 그 뜻을 이해한 도경은 심장이 쿵쾅쿵쾅 두방망이질 쳤다.

바뀐 건가?

팔뚝을 타고 소름이 쫙 돋았다.

……바뀌었다. 가문의 운명이 확실히 바뀌었다!

혼란으로 가득했던 도경의 눈가에 서서히 희열이 번졌다. 미래를 뻔히 알면서도 외딴곳에 떨어져 아무것도 못 하고 있는 것이 답답했는데 이런 식으로 문제가 해결될 줄은 몰랐다. 사건의 배후가 누구인지 더는 궁금해할 필요도 없었다. 드디어 집으로 돌아갈 수 있게 되었으니!

"아가씨."

"응?"

기대에 부푼 도경은 대답을 하면서도 시선을 아래로 떨어뜨려 단주를 응시했다.

"왜 그러십니까?"

"그냥……."

성의 없는 반응을 끝으로 절대로 잊을 수 없는 작년의 그 일을 상기해 보았다. 까만 밤, 강렬한 빛, 잠에서 깨듯 시공간을 초월한 세상에서 눈을 떴던 그 순간을.

그러니까 오늘 밤, 어쩌면 잠자리에 들어 아침에 눈을 뜨면 원래 살던 곳으로 되돌아가 있을 거란 확신이 들었다. 생각만으로도 안심돼 도경은 손목에 찬 단주를 소중히 어루만졌다.

비가 억수같이 쏟아지는 밤이었다. 공포보다는 충격이, 충격보다는 슬픔이 도경의 몸과 마음을 헤집었다. 낯선 곳에 갇혀 정신을 놓고 오열했다.

콰쾅!

하늘에서 벼락이 내리치는 순간 한 사내가 성큼 나타났다. 머리부터 발끝까지 온통 검은색의 옷차림. 번개가 칠 때마다 주변이 번쩍거렸으나 상대의 얼굴은 희미했다.

"뛰세요! 달리셔야 합니다!"

어느덧 산속 깊은 곳을 달리고 있었다. 누군가의 비명이 고막을 찢었고, 도경은 눈물과 빗물에 젖어 숨도 쉬지 못하고 내달렸다. 살고자 하는 의지가 아니었다. 회한에 사무쳐, 가슴 아픈 눈물을 피처럼 토하며 생의 마지막을 향해 달리고 있었다.

"흐흑……."

관자놀이를 타고 눈물이 흘러내렸다. 잠결에 흐느끼던 도경은 제가 내는 소리에 퍼뜩 놀라 눈을 떴다.

또르륵 또르륵, 작은 새가 기분 좋게 지저귀는 아침이었다. 눈가가 흥건하게 젖은 도경은 물먹은 솜처럼 몸이 무거웠다. 힘없이 눈물을 닦다가 불현듯 원래의 삶으로 돌아가지 못했음을 깨닫고 멍해졌다.

뭐지?

도경은 눈을 깜박이며 천장을 올려다보았다.

길에서, 산에서. 무려 두 번이나 우연히 채재헌과 연이 맞닿았다. 한 번이라면 모를까, 두 번은 우연일 수 없었다. 그래서 하늘의 뜻인 줄 알았다. 이 손으로 직접 그의 목숨을 살려 가문의 명운을 바꾸라는 하늘의 뜻.

그런데 이 꼴이 무엇이란 말인가. 밤사이 아무 일도 일어나지 않았다. 도경은 여전히 윤이환의 딸로서 도성 밖 별저에 누워 있다.

아직 끝난 게 아니었나?

몸에서 힘이 쭉 빠져나가 신음했다. 어쩌면 윤씨 처자가 죽었던 열여덟의 여름을 무사히 넘길 때까지 여기서 살아야 하는지도…….

실망한 도경은 한숨을 쉬며 힘겹게 상체를 일으켰다. 근처에 놓인 자리끼로 목을 축이고 밤새 저를 괴롭힌, 이제는 익숙해지기까지 한 악몽을 되짚어 보았다. 근자에 들어 반복해서 꾸고 있는 이상한 꿈이었다. 눈을 뜨고 나면 또렷하게 기억에 남지 않는, 소위 개꿈이라고 불러도 무방한 내용인데 매번 가슴이 아프고 눈물이 흘렀다.

무슨 꿈이 이리도 요란할까.

심란해져 이마를 짚는 도중 밖에서 인기척이 나더니 유모의 음성이 들렸다.

"아가씨, 기침하셨습니까?"

"응. 들어와."

얼굴에 남아 있던 눈물 자국을 서둘러 지웠다. 대충 표정을 가다듬고 고개를 들자 문이 열리고 유모가 안으로 들어왔다. 도경은 흠칫하여 몸이 굳었다. 당황스럽게도 그녀는 상복 차림이었다. 뒤따라 들어온 교령 역시 마찬가지였다.

"옷이……. 무슨 일 있어?"

불안이 엄습해 두 사람이 자리에 앉자마자 까닭을 물었다.

"간밤에 중전마마께서 승하하셨습니다."

"뭐?"

도경은 깜짝 놀라 숨을 들이켰다.

윤씨 처녀가 열여덟의 여름, 비씨가 된 것만 알았지 중전께서 언제 훙서하셨는지는 정확히 알지 못했다. 현재는 열일곱의 봄. 국혼 이야기가 나오려면 아직 시간이 남은 줄 알았는데 그분께서 벌써 서거하셨다니 도경으로서는 당혹스러운 일이었다.

"소인은 도성으로 돌아가야 합니다. 조만간 안국방에서 따로 소식이 당도할지도 모르니 아가씨께서도 마음의 준비를 하고 계십시오."

교령은 간단한 귀띔 후 도성으로 출발했다.

별저에 남은 도경은 온종일 생각에 잠겨 입장을 정리했다. 앞에 놓인 선택지는 두 가지였다. 얌전히 국혼에 임하느냐, 처음부터 아예 그런 이야기가 나오지 않도록 조치하느냐.

도경은 주저 없이 후자를 선택했다. 고의는 아니나 이미 누군가의 운명을 바꾸었다. 그 사람이 살아나서, 그 덕에 가문을 위협하는 결정적 요소가 제거돼서 개인적으로는 다행이었다.

하지만 역사의 흐름을 일부 거슬렀다는 점이 두려움을 일으켰다. 그것이 이번처럼 긍정적인 결과로 이어지면 상관없으나 그 반대의 경우라면 또 다른 업보를 쌓게 되는 것일 수도 있었다. 그리하여 도경은 멸문을 피하기 위해 어쩔 수 없는 경우를 제외하고 가능하면 개입을 삼가고 싶다.

국혼 역시 마찬가지다. 조상님은 중전이 되지 못했으니 이번에도 마땅히 그리되어야 한다. 적당히 격이 맞는 집안과 혼사를 맺고 조용히 여생을 마치게 하는 것이 최적이었다.

결심을 굳힌 도경은 안국방에서 전해질 소식을 차분히 기다렸다. 그런데 며칠이 지나도 안부를 묻는 서찰 외엔 어떠한 지시도 내려오지 않았다. 교령과 외숙도 특별히 들은 바가 없다며 다른 때처럼 별저를 드나들었다. 이상한 일이었다.

중궁의 자리가 비었으니 훈육을 한답시고 득달같이 불러올릴 줄 알았는데…….

예상은 한참이나 빗나갔다. 안국방의 어른들이 도경을 다시 불러들인 것은 그 이듬해 봄, 엄청난 소식과 함께였다.

적당한 명분

길고 지루했던 겨울이 스러졌다. 북향화는 가지 끝에 새순을 틔웠고, 아직은 차가운 바람에 기대어 낮볕의 풋풋한 기운이 두 뺨을 간질였다.

해가 중천에 걸린 오후, 높고 웅장한 전각들 사이로 도경이 상궁을 따라 조신하게 걷고 있었다. 길게 땋아 내린 칠흑빛 머리의 한쪽은 진주와 백옥으로 장식돼 햇살 아래 다채로운 빛을 발했다. 빨갛고 풍성한 치마는 만개하기 직전의 동백과 같았고, 화문을 수놓은 연미색 당의는 범접할 수 없는 고귀함이 흘렀다.

흡사 부왕께 떼를 쓰러 가는 왕녀 아기씨처럼 보이지만 기실 도경은 바짝 얼어 마른침을 삼키기에 바빴다. 고개를 조아리고 열에 맞춰 걷고 있는 궁녀들을 볼 때마다 덩달아 긴장돼 어깨에 힘이 들어갔다.

대궐의 규모는 실로 엄청났다. 북촌도 그랬지만 이 시기의 궁궐 또한 초등학생 때 가 봤던 종로구의 그곳과는 천양지차였다. 끝도 없이 이어지는 전각과 정교한 건축물, 사방에서 뻗어 나오는 권위는 보는 이로 하여금 저절로 겸손한 마음을 갖게 했다.

도경은 막 촌에서 올라온 사람처럼 주위를 힐끔거리다 곧 역사 속 또 다른 인물인 대비를 만난다는 사실이 실감 나 오금이 저렸다.

그간 글월을 통해, 혹은 정경부인이 별저를 방문했을 때, 왕실로 시집가지 않겠다는 의견을 분명히 피력했다. 정경부인 역시 고명딸을 대궐로 시집보내고 싶어 하지 않아 했는데 날벼락이 떨어졌다. 도성에 도착하자마자 며칠 후 대비를 알현해야 한다는 소식이 전해진 것이다.

'일단 궁중 용어와 예법부터 익히도록 해라. 대비전에서 직접 내려온 명이니 지금은 따를 수밖에 없다.'

정경부인은 난처해하면서도 이성적으로 행동했다. 화가 난 도경은 그럴 수 없었다. 가까스로 흥분을 억누르고 다소 공격적으로 따지고 들었다.

'여쭐 말씀이 있습니다.'

'무엇이냐?'

'아버님께선 정녕 다른 뜻이 없으십니까?'

'다른 뜻이라니?'

'국구(國舅, 임금의 장인)가 되려는 욕심이 정말로 없으신지

묻고 있는 겁니다.'

'무슨 말을 그리 섭섭하게 하느냐. 대감께선 오직 네가 행복하기만을 바라신다.'

하면 어찌하여 야밤에 몰래 전하께 저를 선보이신 겁니까?

도경은 그 자리에서 반박하고 싶은 욕구를 간신히 참았다. 어차피 간택은 왕실의 고유 권한이었다. 집에서 아무리 떠든다고 한들 대비전에서 일방적으로 결정해 버리면 이쪽에선 할 수 있는 일이 없었다.

과거의 윤 규수도 간택 절차 없이 대비의 지목으로 비씨가 되었다. 곤위를 오래 비워 둘 수 없었던 점과 재정의 낭비를 막고자 부득이하게 그리하였다고 알려져 있다. 따라서 도경은 단순하게 가정해 보았다. 만약 오늘, 그분 눈에 차지 않게 행동하면 어떻게 될까 하고.

밉상으로 행동하는 제 모습을 상상하다 고개를 흔들었다. 까딱 선을 넘어 대비의 분노라도 산다면 일이 더욱 꼬일 수 있다. 하면 어떡해야 이 위기를 모면할 수 있나, 걸으면서도 고민이 깊어졌다.

주위의 풍경이 더는 눈에 들어오지 않았다. 당의 자락 안에 가지런히 모아 두었던 손도 아래로 흘러내려 치맛자락을 움켜쥐고 있었다. 도경은 흐트러진 제 모습을 자각조차 못 하는데 문득 손등으로 깃털 같은 무언가가 스치고 지나갔다.

어?

은밀하면서도 유혹적인 감촉에 이끌려 저도 모르게 걸음을 멈췄다. 도경은 제 손과 옷자락을 매끄럽게 쓸고 지나간 누군가를 홀린 듯이 돌아보았다.

한 걸음 뒤, 마찬가지로 몸을 반쯤 틀어 이쪽을 돌아보는 남자와 눈이 마주쳤다. 휘익, 그를 스치고 지나온 바람에서 은은한 난향이 묻어났다.

머리에 쓴 관모와 단학이 수 놓인 흉배. 나라의 관리가 분명한 젊은 남자는 무슨 까닭인지 낯이 익었다.

어디서 보았을까.

망연하게 올려다보다 그가 관복 차림의 채재헌이라는 사실을 깨닫고 눈이 커졌다. 원래대로라면 지난봄에 비극적인 죽음을 맞이해야 했던 사람. 그런 이가 건강을 회복해 위엄 넘치는 모습으로 눈앞에 서 있으니 굉장히 감격스러웠다.

반가운 마음에 그를 향해 환한 미소를 짓다가 어색해져 표정이 굳었다. 돌아오는 눈빛이 지극히 싸늘했다. 분명 저를 알아본 얼굴인데 그에게선 뜻밖이라는 기색도 보이지 않았다. 오늘 예정되었던 입궁을 이미 알고 있는 표정이었다.

도경은 민망해져 얼굴이 불타올랐다. 산에서의 일을 전혀 모르는 사람한테 다짜고짜 반가움을 표했으니 저런 반응이 나올 만도. 바보 같은 짓을 하고 말았다며 주춤하는 찰나 그의 눈동자가 움직였다. 머리부터 발끝까지, 차림새를 쭉 훑어 내린 남자는 속물이라도 대하듯 마지막으로 도경의 얼굴을 일별하고 차갑게 돌아섰다.

뭐 저런 황당한 경우가……!

무안해져 귓가가 시뻘게졌다.

기껏 살려 놓았더니 저런 불량한 태도라니!

도경은 울컥하여 팩하고 돌아서다 퍼뜩 걸리는 게 있어 주춤하였다. 머리에 꽂은 장신구와 자신의 복색을 이리저리 더듬고 살펴보았다. 한껏 꾸민 양이 지나치게 화려하다 못해 누군가에게 잘 보이고 싶어 안달 난 차림이었다.

아!

저 남자가 어떤 오해를 했는지 알 것 같아 낭패감이 들었다. 급히 돌아보지만, 그는 이미 멀어져 있었다. 덩그러니 홀로 남겨진 도경은 억울했다. 화려하고 반짝이는 것을 좋아하는 정경부인의 취향에 따라 유모와 열비가 입혀 주는 대로 가만히 있었을 뿐이었는데…….

"무슨 일이십니까?"

터지는 한숨과 더불어 뒤에서 엄격한 목소리가 날아왔다. 길을 안내하던 상궁이 벌어진 간격을 알아채고 돌아온 것이었다. 꼬투리라도 잡힐까 봐 도경은 후다닥 자세를 바로잡았다.

"아닙니다."

"대비마마께서 기다리고 계십니다."

"송구합니다."

깍듯이 사과하자 상궁은 다시 길잡이가 되어 앞장섰다. 당황하여 흐트러졌던 도경은 도로 마음을 다잡았다. 붙잡고 해명할 수 없다면 잠시 잊는 것도 방법이었다. 지금은 대비와의 만남에 집중할 때였다.

도착 후 대비를 바로 배알하진 못했다. 하도 성화를 부려 부지런히 걸었건만 막상 안내된 곳은 전각 안에 있는 어느 작은 방이었다. 예정된 일이 아니었던지 도경을 안내한 상궁도 놀라는 눈치였다.

도경은 개의치 않았다. 뒤숭숭해진 마음을 차분히 정리할 수 있어 차라리 잘된 일이라고 여겼다. 차담상이 들어와 따뜻한 차 한 잔을 홀짝이며 속을 달랬다. 대비가 어떤 인물이었는지 찬찬히 기억을 더듬어 보았다.

그분에 대한 견해는 엇갈렸다. 누군가는 그녀를 군부인에서 왕비를 거쳐 대비가 된, 혼란스러웠던 왕실에서 중심을 잡아 준 현숙한 여인이라고 일컬었다. 그러나 일각에선 왕자군이었던 지아비의 야심을 부추겨 보위에까지 올린, 정치적 야망이 대단했던 인물이라고도 평가했다.

실제로는 어떤 분이실까?

어수선했던 속이 가라앉자 긴장되었다. 대기하는 시간이 생각보다 길어져 한층 힘이 들었다. 따뜻했던 다관이 차갑게 식고, 혹 무슨 일이 벌어진 게 아닐지 의심이 될 무렵 마침내 도경은 부름을 받았다.

구석에 처박혀 있을 땐 몰랐는데 밖으로 나와 보니 대비께서 계시는 전각은 넓고도 호화로웠다. 소리 없이 오가는 궁녀들의 얼굴엔 표정이 없었고, 분위기가 매우 엄숙해 한 걸음씩 발을 내디딜 때마다 살얼음판을 걷는 기분이었다.

궁인을 따라 안으로 들자 겹겹이 닫혀 있던 문이 차례로 열렸다. 그리고 미닫이 열리는 소리가 더는 들리지 않게 되었을 때 대기하고 있던 상궁이 깍듯이 아뢰었다.

"영의정의 독녀, 윤씨 규수이옵니다."

정경부인께 배운 대로 큰절부터 올렸다. 넙죽 엎드리면서도 꿈인지 현실인지, 이 순간이 후딱 지나 집으로 돌아가고 싶은 마음만 간절했다.

"가까이 오너라."

몸을 일으키자 다정한 목소리가 울렸다. 상궁의 신호에 도경은 떨리는 발을 내디뎠다. 가장 안쪽까지 들어가 준비된 방석에 앉자 궁녀들이 일사불란하게 움직여 문을 닫고 물러났다. 내실에는 대비와 도경, 단 두 사람만이 남았다.

"언제까지 그리고 있을 참이냐. 얼굴을 보자꾸나."

도경은 용기 내어 고개를 들었다.

대비는 꽤 가까이에 있었다. 비단 병풍을 배경으로 오조룡보 당의를 입은 모습이 위풍당당했다. 다소 마른 체구가 예민한 인상을 풍기면서도 유난히 하얀 피부에 곱게 웃는 얼굴은 여느 반가의 정숙한 부녀자와 같았다. 사늘함과 상냥함이 공존하는, 왕실 제일 어른으로서의 위용이 느껴졌다.

"어여쁘구나. 영의정 대감과 정경부인의 좋은 면만 닮았어."

"망극하옵니다."

"내 갑자기 체증이 있어 진맥을 받느라 지체하였다. 불러 놓고 기다리게 하여 미안하구나."

"다과상을 보내 주시어 시간이 어떻게 흘렀는지도 몰랐나이다. 괘념치 마시옵소서.”

“말도 예쁘게 하지.”

대비는 만족스러운 미소를 그렸다.

“그래, 차가 어떠하였느냐?”

“맛이 깊고 향기가 좋아 심신을 편히 달래 주는 차였사옵니다.”

“진피(陳皮, 귤껍질)와 백약(白藥, 도라지) 외에 나만의 비법이 들어간 귀한 차이니라. 선대왕 전하께서 즐겨 찾으셨고 요즘은 주상께서도 자주 청하시지.”

특별할 것도 없는 말이었는데 어쩐지 불길한 예감이 들었다.

“어떠하냐, 너도 내 곁에 머물며 원할 때마다 언제든 그 차를 청해 주지 않으련?”

설마 하는 사이 대비가 먼저 핵심을 훅 치고 들어왔다. 잠시 풀어져 있던 도경은 아차 싶어 다시 긴장의 고삐를 바짝 죄었다.

“황송하오나 마마, 소인 어리석고 부족하여 그와 같은 성은을 입을 자격이 없사옵니다. 부디 재고하여 주소서.”

“무엄하구나. 왕실의 청혼을 거절하는 것은 법도가 아니거늘! 그게 어떤 의미인지 알고나 있느냐?”

“황공하옵니다.”

도경은 바짝 엎드려 용서를 구했다. 사약도 성은이 망극하다며 받아 마시는 시대인 만큼 누가 시키지 않아도 허리가 절로 접혔다. 후에 중궁에 오르는 분은 따로 계시니 최선을 다해 버려 볼 것이나, 그 과정에서 대비의 눈 밖에 나지 않는 것도 중요했다.

"내 처음부터 너의 동의를 구할 필요도 없었다. 간택령을 내려 단자를 올리게 해 너를 지목하면 그만인 것을. 이런 내가 비정하다 할 것이냐?"

"당치 않사옵니다."

도경은 고개도 들지 못하고 조마조마해했다. 실제로 왕실의 청혼을 거부했다가 집안이 풍비박산 난 경우를 잘 알고 있었다. 채재헌이 살아 있고 통정하지 않았다고 한들, 이 일이 커져 집안이 흔들린다면 지금껏 여기서 조심하며 살아온 시간도 무위로 돌아간다.

다행히 대비는 더 이상 화내지 않았다. 고요한 침묵이 내실 전체를 에워쌌다. 도경은 시선을 바닥에 둔 채 인내하는데, 얼마 후 제일 듣고 싶지 않은 이야기가 시작되었다.

"유림은 물론이요, 조정의 관리, 더 나아가 백성 중에서도 선왕 전하께 차마 입에 담지 못할 의심을 하는 이들이 많다."

드디어 현 왕실이 안고 있는 최대 약점이 거론되었다. 지식으로 알고 있을 때는 그러려니 했는데 당사자 중 한 명의 입으로 직접 들으니 오싹하기 그지없었다.

"무도한 그들은 지금도 선왕 전하와 주상을 인정치 않는다. 오직 명원 대군만이 진정한 정통성을 갖는다며 그를 용상에 올려야 한다는 발언도 서슴지 않지. 이는 엄연한 역모이나, 대군을 보호하는 이가 채여준 대감이다. 고령이라는 이유로 조정을 떠나긴 했지만, 그는 건재하다. 사대부뿐 아니라 사림과 민심까지, 그보다 더 막강한 영향력을 행사할 수 있는 이가 또 누가 있을까. 설사 채 대감께 변이 생긴다고 해도 저들 무리는 그 아들인 이판을 중심으로 뭉칠 테지. 예성 채문의 장손과 차손 또한 이미 뛰어난 실력으로 출사하여 조정에 둥지를 틀었으니 주상께선 끝까지 곤욕을 치르실 것이다."

조곤조곤하면서도 뭉근한 노기가 실린 음성이었다. 그토록 노력하였으나 끝까지 포섭하지 못한 예성 채문에 대한 괘씸함 같은 것이 서려 있었다. 지난해, 그 댁의 종손이 임금을 살리기 위해 제 한 몸을 던졌다는 사실은 이미 잊은 듯했다.

채여준은 선선대왕을 직접 가르친 스승이었고, 채승우는 그분의 절친한 친구였다. 선선대왕께서 붕어하시기 전 대전으로 불려 가 유훈을 받든 이들도 그 부자였다고 알려져 있다.

이후 채여준은 피접이라는 명목으로 강보에 싸인 대군을 사저로 데리고 나가 같은 해 태어난 장손과 형제처럼 키웠다. 그렇게 가족이 된 그들은 유대감으로 똘똘 뭉쳐 어느 누구도 함부로 균열을 일으키지 못했다.

"왕실과 혜명 윤문의 결합은 언제 터질지 모르는 화약고나 다름없는 세력으로부터 주상을 안전하게 보호하고자 함이다. 너를 잃는다는 게 나에게 어떤 의미인지 알겠느냐?"

무거운 책임감을 안기는 말이었다. 도경은 대비의 심정을 이해하면서도 선뜻 동조할 수 없었다. 겉보기엔 예성 채문을 견제하고 윤 대감을 전적으로 믿는 것 같지만 왕실은 순식간에

116

안면 몰수하고 돌아섰다. 영원한 적도, 동지도 없는 정치판에서 감정적인 호소에 휘둘릴 필요가 없는 이유였다.

도경은 마음을 다잡고 차분히 아뢰었다.

"소인의 부친과 오라비들은 처음부터 선대왕마마께 충성하였습니다. 소인이 곤위에 오르든 그렇지 않든, 금상 전하를 향한 혜명 윤문의 충성심은 절대 변하지 않을 것이옵니다."

"……그래. 틀린 말은 아니구나. 윤 대감이 곁에 있어 선대왕 전하께서도 늘 든든해하셨지."

왕대비는 순순히 수긍했다. 한참 애를 먹을 줄 알았던 도경으로서는 의외였는데, 이어서 들려온 대답이 참 생뚱맞았다.

"좋다. 네게 기회를 주마."

"기회라…… 하셨사옵니까?"

도경은 어리둥절하여 고개를 들었다.

"나의 불안을 잠재워 준다면 내 굳이 너를 고집할 이유도 없지 않느냐."

"소인 어리석어 마마의 심중을 헤아리지 못하겠나이다."

"명원 대군과 예성 채문이 주상께 역심을 품지 않았다는 확신을 내게 가져오너라."

이건 또 무슨 말씀이신가.

절대로 받들 수 없는 하명이기에 도경은 대답에 신중을 기했다.

"하오나 마마, 소인이 어찌 그들을 만날 수 있으며, 설령 우연히 마주친다고 해도 속마음까지 들여다볼 수 있겠나이까."

"그 부분은 내가 해결해 주마."

무슨 생각을 하는지 대비의 입가에 야릇한 미소가 돌았다.

"해마다 봄이 오면 예성 채문의 직계는 목멱산에 위치한 별 저에 머문다. 온 가족이 함께 파종하고 밭을 가꾼다고 하더구 나. 여름에는 피서를 즐기고, 가을에는 국화를 감상하고, 겨울 에는 백설의 정취에 흠뻑 빠져드는, 채 대감이 특히 좋아하는 장소라 하지."

도경도 익히 들어 아는 곳이었다. 채재윤이 남긴 문집에 종 종 등장했던 바로 그 별업이 틀림없었다.

"이판 대감의 고모 되시는 정부인(貞夫人, 조선 시대에 정2품· 종2품 문무관의 아내에게 주던 봉작)께서 올해 그곳으로 몇몇 규 수들을 초대해 자수를 가르치기로 했다는구나. 성장한 조카 손 녀에게 솜씨를 전수하는 김에 가까운 집안의 혼기가 찬 규수들 에게도 배움의 기회를 주려는 모양이야. 그래서 나도 내 친정 조카아이를 부탁할 생각이다. 거기에 너를 함께 넣어 주마."

"소인을…… 말이옵니까?"

무척이나 당혹스러운 제안이었다.

"왜, 싫으냐?"

"그런 것이 아니옵고……."

"정부인께선 뛰어난 자수 솜씨로 정평이 난 분이시다. 사족 의 부녀라면 누구나 한 번쯤은 가르침을 받고 싶어 하지. 하니 그곳에서 너의 이익을 챙기고 후일 나에게 대답을 가져오너라. 그들은 추호의 역심도 품지 않았다, 네가 보고 느꼈을 때 그리 확신한다면 나도 너를 고집하지 않으마."

굉장히 황당하면서도 간교한 계책이었다. 영상의 여식을 저들의 가장 내밀한 곳까지 들여보내 밀정으로 이용하려 하다니.

까딱 잘못하여 후에 대답과 다른 움직임이 일어난다면 도경은 모든 책임을 뒤집어써야 할 판이었다. 순순히 명에 따르든, 목숨을 걸고 예성 채문의 구석구석을 정확히 살펴 알리든, 양자택일하라는 대비의 최후통첩이 아닐 수 없었다.

"어떠하냐. 내 제안을 받아들이겠느냐?"

도경이 사태를 제대로 이해했다고 느꼈는지 대비는 엄격한 빛을 띠고 대답을 촉구했다.

"예, 마마. 소인 성심을 다할 것이옵니다."

하여 도경은 선택을 주저하지 않았다.

인심이란 함부로 단언할 수 없는 영역이나 다행스럽게도 역사적 결과를 잘 알고 있었다. 대군과 예성 채문은 반란을 일으키지 않으며, 보위와 관련해선 모든 일이 순리대로 흘러간다. 그러니 도경이 하는 지금의 선택은 모험이 아니었다. 오히려 좋은 기회일 수 있었다.

윤씨 처녀가 죽은 것이 올해 여름.

차라리 이쯤에서 적진에 들어가 두 가문 사이에 생길 수 있는 갈등을 미리 차단한다면 대비께 확신을 드리는 것은 물론, 몇 달 남은 이곳에서의 생활도 무사히 마무리할 수 있을 것이다.

자신이 생긴 도경은 가만히 고개를 들었다. 시원한 대답이 마음에 들었는지 대비의 입가에 가느다란 미소가 피어 있었다.

"아가씨!"

오후 늦게 궁을 나서자 얼굴이 하얗게 질린 열비가 쪼르르 달려왔다. 나올 시각을 넘기고도 한참이나 감감무소식이었으니 홀로 조바심을 내다 지친 기색이었다.

"괜찮으십니까? 무슨 일이 있었던 건 아니지요?"

"오래 기다렸지?"

"아가씨께서 무탈하시니 쇤네도 괜찮습니다. 하도 안 나오셔서 무슨 일이 생긴 줄 알고 무서웠거든요."

열비는 눈물까지 글썽거렸다.

"대비마마께서 갑자기 진맥을 받으시느라 대기 시간이 길어졌어. 집에 가서 좀 누워야겠다. 하도 신경을 썼더니 삭신이 쑤셔."

"예, 아가씨. 아, 근데……."

가마가 있는 곳으로 발을 떼던 열비가 멈칫하고 다시 도경을 보았다.

"혹 대궐에서 누굴 만나셨습니까?"

"응?"

도경이 말뜻을 알아듣지 못하고 멀뚱히 보고만 있자 열비는 방실 웃으며 얼버무렸다.

"아닙니다. 너무 늦어 마님께서 걱정하고 계실 거예요. 어서 가십시오."

도경은 열비가 이끄는 대로 몸을 맡겼다. 대비와의 대화를 곱씹어 봐야 하지만 당장은 귀찮다. 대기 중인 가마에 도착해 몸을 싣고 사지를 늘어트렸다. 긴장이 풀린 탓인지 스르르 눈이 감겼다.

선왕은 의심이 많고 신경질적인 분이었다. 그의 분노는 언제나 약자에게로 향했다. 당신을 마음으로 따르지 않는 유림에 대한 분통을 조카인 명원 대군에게 터트렸고, 형님인 선선대왕을 잊지 못하는 사대부들을 향한 노여움을 어린 재헌에게 퍼부었다.

아홉 살의 대군이 밥 먹듯이 석고대죄를 하러 다니는 동안 재헌은 툭하면 선왕 앞에 불려 가 무릎을 꿇었다. 배동이라는 명목으로 볼모처럼 왕실에 끌려다녔던 그에게 선왕은 세자를 향한 충성을 강요하며 다리에 감각이 사라지도록 무릎을 꿇게 했다. 세력의 한 축이었던 조부와 부친을 함부로 하지 못하는 대신 상대하기 가장 만만한 예성 채문의 어린 종손을 화풀이의 대상으로 삼은 것이었다.

일찌감치 철이 든 재헌은 악몽 같은 시간을 참고 견뎠다. 그것이 가문과 대군을 위해 자신이 해야 할 역할임을 잘 알고 있었다. 왕이 어린아이에게 화풀이하는 데 만족하는 소인배이길. 끝까지 평판에 집착해 감히 사화(士禍)를 일으키지 못하는 겁쟁이이길. 재헌은 선왕이 내지르는 고함과 욕설, 때때로 매섭게 내리치는 손찌검 앞에 무방비하게 노출돼 버티고 버텼다.

그런 식의 기형적인 관계는 약 9년 정도 지속되었다. 선왕에게 시달렸던 정신적 학대 아래, 그가 선택할 수 있는 길은 정해져 있었다. 왕의 바람대로 울화에 잠식돼 사람 구실을 못하게 되거나, 하루빨리 나라의 정식 관리가 되어 스스로를 보호하거나.

재헌은 후자를 택했고, 기를 쓰고 공부해 열여덟의 나이에 대과에서 갑과로 급제했다. 아무리 왕이라지만 조정에 출사한 젊은 인재를 함부로 건드리지 못한다는 점을 노린 것이다.

이후 지병이 악화돼 신경질이 배로 늘어난 선왕은 감정을 쏟아 낼 또 다른 대상을 물색했다.

'세간의 민심이 과인에 대한 오해를 풀지 못하는 까닭은 누군가 조직적으로 유언비어를 퍼트리고 있기 때문이 아니겠는가!'

조참에 들어 통렬하게 운을 뗀 선왕은 그 배후로 민간 기별을 불법으로 발행하는 이들을 지목했다. 그들이 조정의 소식을 교묘히 왜곡해 백성에게 그릇된 인상을 심어 주고 있다는 주장이었다.

오래전, 한 차례 난리를 겪으며 발행이 금지되었던 민간 기별은 음지에서 암암리에 명맥을 이어 왔다. 조보가 배포되는 범위는 한정되어 있는데 소식지를 원하는 수요가 워낙 많아 가능한 일이었다. 그 후 세대가 몇 번이나 바뀌었고 기별지는 여전히 불법이긴 했지만, 마음만 먹으면 누구나 쉬이 접할 수 있을 정도로 흔해졌다.

하나 임금이 그것을 화의 근원으로 지목하며 또다시 위기에 처했다. 관에서는 대대적인 단속을 벌였고, 민간에서 기별을 발행하던 이들은 예전처럼 음지로 숨어들어 은밀한 유통을 계속했다.

재헌이 박 서리를 만난 건 이러한 통제가 절정에 달했을 즈음, 정확히는 선왕께서 붕어하시기 약 1년 전쯤이었다. 궐에서 서책을 빼돌리는 자가 있어 뒤를 쫓다가 우연히 덮친 곳이 그가 운영 중인 작업방이었다. 현장에 있던 이들이 전부 얼어붙은 가운데 어디선가 튀어나온 박 서리는 다짜고짜 무릎을 꿇고 애원했다.

'소인은 감히 임금님을 능멸한 적이 없으며, 그럴 배짱조차 없는 사람입니다! 우리네 같은 사람들도 세상 돌아가는 소식을 알아야 대비하며 살 수 있지 않겠습니까! 이거…… 이것 좀 보십시오!'

그는 손에 잡히는 아무 기별지를 재헌에게 보이며 사정했다. 거기엔 왕을 비방하는 내용 따윈 당연히 없었다. 재헌은 박 서리가 머쓱해질 만큼 무심히 돌아섰고, 뒤쫓아 온 관군을 데리고 다른 곳으로 이동했다. 소수가 나라의 소식을 독점하는 기별지 단속에 그는 처음부터 반대 의견이었다.

선왕을 향한 반발심이었을까. 명망 높은 집안의 종손으로 태어난 대신 숨 쉴 때마다 켜켜이 쌓이는 책임감에서 잠시나마 벗어나고 싶은 마음이었는지도 모른다.

그의 인생 최초이자 현재까지 진행 중인 유일한 반항.

그것은 박 서리가 정식으로 차려 놓은 서사에 제 발로 찾아가며 시작되었다.

'기별의 구성이 조잡하기 그지없더군.'

얼굴을 알아보고 하얗게 질린 주인장에게 재헌은 깐깐하게 잔소리를 쏟으며 구석진 자리를 차지했다.

'과감해도 될 것을 지나치게 경계해 내용 또한 빈약하기 짝이 없어. 전교의 내용과 당면한 정책, 조신들의 소장(疏狀)에 대한 전하의 비답을 조금 더 상세히 서술할 필요가 있네. 이리 허술해서야 자네가 말했던 세상 돌아가는 소식을 민간에서 어찌 알 수 있겠는가.'

재헌은 혼이 빠진 박 서리를 앉혀 놓고서 처음부터 끝까지 기별의 첨삭 지도를 직접 해 주었다. 그것을 받아 본 수요자들의 반응은 열광적이었고, 한번 꿀맛을 본 박 서리는 며칠이고 그를 쫓아다니며 주위를 서성거렸다.

재헌은 그의 접근을 받아 주지도 밀어내지도 않았다. 단, 시간이 비어 여유가 생기면 스스로 걸음 해 초고를 작성해 주고 필사까지 완벽하게 도와주었다. 그런 식의 이도 저도 아닌 관계를 맺어 온 것이 어언 4년. 반년 넘게 독으로 고생했던 작년을 제외하고 재헌은 열아홉부터 스물셋이 된 지금까지, 박 서리의 서사를 꾸준히 들락거렸다.

오늘도 그런 날이었다. 혼자만의 공간에서 왕실과 가문이 아닌, 오직 그 자신과 신념을 위해 붓을 잡는 날. 복잡한 속내를 비우고 아무 생각 없이 글에만 집중하는 날. 한데 이 달고도 소중한 날이 한 여인의 이름으로 방해받고 있었다.

윤도경.

오랜만에 보는 그녀는 낯선 듯 친숙했다. 일이 년 사이에 획획 변하는 여인의 성장이 놀라우면서도 재헌의 눈가는 서늘했다.

대전을 나오다 궁녀들을 통해 우연히 들은 소식이었다.

'들었어? 오늘 혜명 윤문의 아가씨가 대비전에 드신대!'

'어머, 곧 간택이 있으려나?'

'상이 아직 끝나지도 않았는데?'

'그게 문제가 아니지. 동궁이 비었잖아!'

아무리 찾아도 행방이 묘연했던 영의정의 독녀. 갑작스레 전해진 그녀의 행보에 재헌은 난생처음 누군가에게 뒤통수를 세게 얻어맞은 기분이었다. 설마 하면서도 정신을 차려 보니 대비전으로 이어진 길목이었다. 한층 성숙해진 외모의 윤도경도 눈앞에 있었다.

제 피를 묻힌, 환영 속의 그녀가 떠올라 머릿속이 뜨거워지면서도 한껏 차려입은 여인의 자태가 심한 불쾌감을 일으켰다. 누구에게 잘 보이기 위해 저리 정성스레 차려입었나. 내내 삐뚤어졌던 심기가 채 가시기도 전에 그녀가 대비전에 머문 시간이 상당했다는 소식이 들려왔다.

재헌은 머릿속이 어수선해 일이 손에 잡히지 않았다. 본인의 입궁을 세간에서 어떤 시선으로 바라볼지 어리숙한 그녀가 정확히 알고나 있는지 궁금했다.

"저기, 나리."

생각할수록 그녀는 모순적이었다. 셈에 밝지 않거나, 대책이 없거나, 혹은 지나치게 순진하거나…….

"나리!"

"무슨 일인가."

재헌은 꼼짝도 하지 않고 입만 움직였다.

반응이 없으면 그냥 내버려 둘 것이지, 기어이 큰 소리를 내지르는 박 서리가 이 순간만큼은 달갑지 않았다.

"저번에 부탁하셨던 그 일 말입니다. 도성 근처 산기슭에 있는 별저에 관한……."

그런데 알고 보니 이쪽도 중한 용건이었다. 재헌의 고개가 지체 없이 옆으로 돌아갔다.

몸을 추스르고 난 후 사고가 일어난 지점을 중심으로 그 근처, 사대부가 규수가 머물 만한 장소를 하나하나 뒤지는 중이었다. 산골 사이사이 알차게 조성된 고을과 별저가 어찌나 산재해 있던지 고생이 이만저만 아니었다. 그마저도 지금까지 죄다 허탕을 치고 이제 남은 곳은 하나. 접근이 쉽지 않은 데다 은밀히 알아봐야 하기에 재헌은 박 서리를 움직였다.

"알아보았는가?"

"나리의 말씀대로 접근이 쉽지 않은 곳이었습니다. 마을과의 거리가 떨어져 있어 과거는커녕 현재 누가 그곳에 있는지도 알아내기 어려웠습니다."

"하지만 자네라면 어떻게든 다른 수를 떠올렸겠지."

엄살을 떠는 박 서리에게 얼른 요점부터 털어놓으라고 독촉했다. 저리 헤헤거리며 허술한 듯 굴어도 도성의 소식을 수집하고 다루는 솜씨가 보통이 아니었다.

"일단 별저를 소유한 상단주의 행적부터 알아보았습니다. 임가 교령에 대해선 알고 계시죠?"

"도성민이라면 그 인물을 모를 수 없지."

"알아보니 그 사람이 계속 거기를 들락거렸답니다."

"그이 혼자 말인가?"

"예. 재작년 겨울부터 얼마 전까지, 달마다 두 번 그곳에서 며칠씩 지내다가 돌아오곤 하였답니다."

"재작년 겨울부터 얼마 전까지라……."

재헌은 시기만 콕 집어 중얼거렸다. 보일 듯 말 듯 안도감 같은 것이 그의 얼굴을 스치고 지나갔다. 더 듣지 않아도 될 것 같다는 표정이어서 박 서리는 호기심이 동했다.

"대체 무슨 일입니까? 혹시 그쪽에서 불법적인 일이라도 있었던 건지요?"

"그런 게 아니네. 그냥 확실히 해 두고 싶었을 뿐이야."

"무엇을 말입니까?"

조금만 구슬리면 궁금증을 풀 수 있겠다고 착각하였는지 박 서리가 질문을 연속했다. 잘랑잘랑, 방울이 울린 것은 바로 그 직후였다.

"단속이 떴군."

성가셔지려던 차 적절하게 울린 신호가 반가워 재헌은 얼른 자리에서 일어섰다. 유유히 그곳을 떠나며 뒤도 돌아보지 않고 인사를 남겼다.

"수고하게."

"저 우라질 놈의 새끼들……!"

절망에 찬 박 서리의 욕설이 허공에서 차지게 울렸다.

금상께서 보위에 오르며 민간 기별에 대한 탄압은 많이 줄었다. 문제는 한성부에서 실적을 올리기 위해 경쟁적으로 벌이는 단속이었다. 합법과 불법을 넘나들며 다방면에서 활약하는 박 서리에겐 그야말로 짜증 나는 일이 아닐 수 없었다.

싱긋 웃음을 띤 재헌은 중간에 나 있는 창을 통해 창고 지붕으로 빠져나왔다. 경사면을 날렵하게 가로질러 인적이 없는 뒷골목으로 훌쩍 뛰어내렸다. 완벽한 착지 후 몸을 일으키려고 하는데 어디선가 후각을 자극하는 동백기름 내음이 날아들었다.

저절로 떠오르는 얼굴 하나가 있어 스르르 시선을 들었다. 약 두어 걸음 앞, 투박한 전경을 배경으로 다홍빛의 치맛자락이 환한 색감을 뽐내며 바람에 흔들리고 있었다. 그대로 고개를 든 재헌은 눈빛의 농도가 짙게 바뀌었다.

그녀다!

윤도경을 알아본 즉시 그녀의 그림자가 정수리를 덮쳤다. 어, 하는 순간 왼쪽 손목에 솜털 같은 무언가가 감겨들었다. 말랑하고 간지러운 그것…… 여인의 손길이었다.

도경은 대비의 제안을 집안 식구 누구에게도 발설하지 않았다. 나중에 따로 연통할 것이니 기다리라는 하명 때문이었다.

그래도 준비는 필요하기에 교령에겐 정부인에게서 자수를 배우게 될지도 모르겠다고 부분적으로 털어놓았다. 눈치 빠른 그녀는 예성 채문 종가에 대해 알고 있는 사실을 도경에게 알려 주었다. 올해 열여섯이 되었다는 채자영과 양덕방에 대군저를 두고 가회방에서 살다시피 한다는 명원 대군. 그 밖에 전혀 모르고 있었던 그 댁 안채에 관한 사정도 들을 수 있었다.

"안채가 비었다고?"

"예. 두 대감께선 일찌감치 지어미를 잃고 자발적으로 수절 중이십니다."

"두 분 다?"

"특이하지요? 그래도 큰 대감께선 지천명을 넘겨 정경부인을 보냈으니 해로하신 겁니다. 아드님인 이판 대감께선 젊은 나이에 사별하셨으니까요. 부인께서는 막내 아기씨를 낳고 산욕열로 졸하셨지요."

교령은 쯧쯧, 혀를 차며 안타까워했다.

채승우 대감의 사회적 지위와 시대적 배경을 비추어 봤을 때 흔한 일은 아니었다. 여성에겐 정절을 강요하는 반면 그 정도의 남성이 젊은 나이에 상처했다면 대부분 새장가를 가는 게 일반적이었으니.

도경은 궁금한 부분을 참지 않고 물었다.

"이판 대감께선 어찌하여 면환하지 않으셨지?"

"속사정은 본인만 아는 거지요. 문중에서 아무리 재혼을 권해도 꿈쩍하지 않으셨다는 소문입니다."

"부인하고 사이가 좋으셨나?"

영 틀린 말이 아닌지 교령은 부정하지 않았다.

"부친이신 채 대감께서도 그런 편이긴 하셨습니다. 정경부인이 돌아가시기 전까지 3년 넘게 손수 병구완을 하시다가 지금껏 수절 중이시지요."

"그럼 삼 남매랑 대군 자가는 누가 키운 거야?"

"유모를 두고 두 분 대감께서 손수 양육하셨답니다."

이야기를 듣다 보니 평생 죽은 아내만 그리워하는 가정적인 분들 같다는 생각이 들었다.

사실 예성 채문이라면 막연히 꼬장꼬장한 분위기부터 연상되었다. 무표정하고 날카로운 눈빛, 머리가 하얗게 센 어른들, 대쪽 같은 절개와 꽉 막힌 신념으로 말도 섞기 전에 상대를 질리게 하는 그런 부류의 사람들. 그런데 교령의 이야기를 듣고 있자니 바늘로 찔러도 피 한 방울 안 나올 것 같은 그들에 대한 인상이 조금은 상쇄되었다.

교령은 삼 남매의 최근 소식도 은밀히 알아내 알려 주었다. 그중엔 채재헌이 자주 찾는다는 어느 서사에 관한 이야기도 포함되어 있었다.

"박 서리라는 자가 운영하는 점포입니다."

"박 서리?"

"기별서리(奇別書吏, 조보를 필사하여 돌리던 서리) 출신이라 사람들이 그리 부르고 있습니다. 겉보기엔 평범한 서사이나, 사실 정체도 알 수 없는 온갖 잡다한 것을 전부 취급하지요. 희귀 서적이나 금서를 구할 가장 좋은 통로라서 글을 읽는 선비들도 자주 찾는답니다."

이야기를 듣고 있자니 영화에서나 보던 신비롭고 비밀스러운 장소가 상상되었다. 궁금증을 이기지 못한 도경은 교령을 만나고 돌아가는 길, 붓골의 서사에 들러 보았다.

"상단주가 알려 준 서사가 저깁니다, 아가씨."

가마에서 내리자 열비가 손을 잡아 주며 어딘가를 가리켰다. 즐비한 점포를 배회하던 도경의 시선은 열비의 검지 끝을 따라가 정착했다.

"특별할 건 없어 보이는데요? 대체 무슨 서책을 구하시기에 여기까지 오신 겁니까?"

"너 배고프다고 했지?"

도경은 재빨리 말을 돌렸다.

"우리 돈 얼마나 있어?"

"엽전이야 두둑하지요."

"잘됐다. 가서 먹고 싶은 거 다 사 먹어."

"예?"

갑작스러운 주문에 열비는 얼떨떨해져 제 허리춤의 두루주머니를 더듬거렸다. 도경은 땀을 식히는 중인 교꾼들을 돌아보았다.

"저이들 먹을 거랑 마실 것까지 넉넉하게 사 오고. 난 서사를 둘러보고 있으마."

"……알겠습니다, 아가씨. 금방 다녀오겠습니다!"

도경의 하명이 진심임을 눈치챈 열비는 신이 나서 교꾼들에게 달려갔다. 무엇이 먹고 싶으냐 묻는 목소리가 한껏 들떠 있었다. 도경은 옅은 미소를 지으며 서사 쪽으로 향했다.

처음엔 가벼운 마음이었는데 막상 가까워지니 선뜻 들어갈 용기가 나지 않았다. 선비 여럿이 우르르 들어가는 모습을 코앞에서 보고 있자니 더욱 그랬다.

나도 옛날 사람이 다 되었구나, 쓴웃음을 지으며 느릿느릿 건물을 빙 돌아 뒤쪽으로 가 보았다. 예상대로 후문이 있었다. 도경은 그쪽으로 스리슬쩍 들어가 볼까 하는데 어디선가 다급한 외침이 들렸다.

"단속이다!"

이게 무슨 소리인가 싶어 멀뚱멀뚱 주위를 휘둘러보았다. 눈에 보이지는 않으나 사방에서 어수선한 기척이 느껴졌다. 바로 뒤에선 쾅, 하는 소리도 세차게 울렸다. 깜짝 놀라 돌아보니 직전까지 열려 있던 서사의 후문이 닫혀 있었다.

급작스러운 변화가 당혹스러웠다. 분위기상 오늘은 이만 돌아가야 할 것 같은데, 먹구름이 낀 듯 머리 위로 묵직한 어둠이 드리워졌다. 위로 향했던 도경의 시선은 폴짝 뛰어내린 어떤 물체를 따라 다시 아래로 내려갔다.

약 두어 걸음 앞, 흑립을 쓴 한 남자가 착지자세를 하고 있었다. 한쪽 무릎을 세우고 고개를 든 그는 상당히 낯익은 얼굴이었다. 망연했던 도경은 흠칫하는 상대의 반응에 정신이 돌아왔다. 단속이라는 조금 전의 외침과 금서를 구하기 위해 선비들이 서사를 자주 찾는다는 교령의 귀띔도 연이어 떠올랐다. 그결과, 이것이 위급한 상황임을 감지해 펄쩍 놀라 움직였다.

"뭐, 뭐 하는……!"

당황하는 남자를 무시하고 다짜고짜 그의 손목을 잡아챘다.

무사히 올여름을 넘겨 제자리로 돌아가기 전까지 예성 채문 직계 그 누구도, 특히 채재헌이라면 더더욱 털끝 하나 상해서는 안 된다. 단속 같은 소소한 경우도 마찬가지다. 알고 보니 이것이 덫이라든가, 이번 일의 배후에 혜명 윤문이 있었다는 등의 전개도 사절이었다.

어디서 솟아난 힘인지 도경은 극성맞게 재헌을 잡아끌었다. 반항하는 남자를 단번에 제압하고 억척스럽게 척척, 급한 걸음을 옮겼다.

즉흥적인 생각밖에 할 수 없는 지금, 최대치로 떠올릴 수 있는 안전한 장소는 가마였다. 여기서 가깝고, 함부로 열어 볼 수 없으며, 누구도 그곳에 남자가 숨었다고 짐작할 수 없는 완벽한 은신처.

도경은 이를 악물고 속도를 올리려다가, 돌연 손에서 강한 힘을 느꼈다. 지금까지 힘도 쓰지 않았다는 듯 남자는 허무하도록 쉽게 도경의 손을 뿌리쳤다. 놀라서 돌아보니 이번에는 반대로 그가 손목을 낚아챘다.

남자는 도경을 엉뚱한 방향으로 이끌었다. 직진하여 오른쪽으로 돌려 했던 계획은 그가 중간에 나 있는 왼쪽 길로 돌아서며 완전히 틀어졌다.

"이쪽이 아닙니다!"

힘을 모아 손을 빼내려고 했지만, 남자의 악력은 차원이 달랐다. 도경은 속수무책 끌려갔다. 사방으로 뻗은 복잡한 길을 그는 거침없이 꺾으며 질주했다. 여기저기 지름길이 나 있는 저자의 뒷길이라 외우기도 어려웠다.

"잠깐…… 이것 좀……!"

어쩔 수 없이 그를 따라 뛰면서도 도경은 사정했다. 그런데도 그는 속도를 줄이지 않았다.

한참을 뛴 것 같았다. 옅은 먹물 색감의 답호 자락이 바람에 휘날려 도경의 눈앞에서 펄럭거렸다. 속이 울렁울렁하여 고개를 틀었다. 그러자 지금까지 보이지 않던 거리의 세세한 풍경이 눈에 들어왔다. 뿌옇게 이는 먼지와 담장 위에 웅크린 길고양이, 이따금 오가는 사람들, 길섶의 잡초.

색다른 건 없어도 초행길이 분명한데 묘한 기시감이 들었다. 햇살이 눈을 찔러 눈동자가 흔들렸다. 아니, 가슴이 요동쳤다. 아프게, 아프게…….

이유 없이 후드득, 굵은 눈물방울이 떨어졌다. 걷잡을 수 없는 슬픔이 밀려와 숨이 막힐 지경이었다. 시각과 후각으로 전해지는 모든 풍경이 아프고 괴로워 뜨거운 눈물이 주룩주룩 흘러내렸다.

모든 것이 지워졌다. 예성 채문의 남자도, 위급했던 상황도, 어쩌면 도경…… 저 자신마저도.

찢어질 듯 아픈 가슴을 부여잡고 도경은 펑펑 울음을 쏟았다. 슬픔에 짓눌려 아무것도 생각할 수 없었다. 크고 따뜻한 손이 흥건하게 젖은 한쪽 뺨을 감싸는 것조차 미처 몰랐다.

"왜…… 우는 거요?"

걱정이 담긴, 조심스러운 음성에 붉게 짓무른 두 눈을 들었다. 흔들렸던 초점이 차츰 진정되고 상대의 얼굴이 또렷하게 맞춰졌다.

……채재헌?

도경은 그제야 정신이 번쩍 들었다. 악몽에서 깨어나듯 까무러치게 놀라 그의 손을 홱 쳐 버렸다. 짝, 소리가 날 정도로 매정한 뿌리침이었지만 당황한 나머지 그런 것까지 신경 쓸 여력이 없었다.

황급히 돌아서 눈물을 닦았다. 어떻게 된 영문인지 설명이 불가했다. 비좁은 뒷골목을 뛴 것까진 알겠는데 그다음부턴 정말이지 아무것도 모르겠다. 언제부터 울음이 터졌으며 뭐가 그리 슬퍼 엉엉 울었는지. 이런 곳엔 또 어떻게 들어와 있는 거고…….

어이가 없어 붉어진 눈동자만 도르르 굴렸다. 이곳은 한낮에도 내부가 어둑어둑한, 막대한 양의 서책이 서가에 빽빽하게 꽂혀 있는 어느 책고였다. 눅눅한 곰팡내와 곳곳에 쌓인 오래된 먼지가 사람이 자주 드나드는 장소가 아님을 추측하게 했다.

불현듯 민망함이 밀려왔다. 눈물을 정리한 도경은 뒷수습을 위해 쭈뼛쭈뼛, 그를 향해 돌아섰다. 바라지를 통해 뽀얗게 쏟아지는 빛줄기가 정점을 이루는 지점에 채재헌이 있었다. 조금 전과 달리 표정이며 눈빛이 싸늘하게 식은 모습이었다. 그는 농락이라도 당한 사람처럼 화를 간신히 억누르고 있는 듯 보였다.

"저기……."

"날 다른 이와 착각했던 거라면……!"

"아닙니다!"

"그렇게 울어 놓고 아니다?"

"운 게 아닙니다. 그냥…… 그냥, 눈에 흙먼지가 들어가서……."

제 입에서 나온 말이지만 너무 성의 없는 핑계였다. 당연히 그도 조소했다.

"하면 말해 보시오. 왜 날 잡아끌었소?"

"단속이 들이닥쳐 위험하지 않았습니까."

"위험? 내가?"

남자는 삽시에 표정이 바뀌었다. 직전까지 화난 사람 같았다면 이제는 어쩐지 위협적이고 음산한 기운을 내뿜고 있었다. 알면 안 되는 어떤 비밀을 알아 버린 사람처럼 도경은 간담이 서늘했다. 그는 조금 더 바짝 다가서며 한층 낮아진 음색으로 캐물었다.

"그대는 왜 내가 위험하다고 생각했지?"

파란미디어의
책들

Romance

e-mail paranbook@gmail.com
cafe cafe.naver.com/paranmedia
instagram @paranmedia X(twitter) @paranmedia
tel 02-3141-5589 fax 02-3141-5590

파란

찬란한 너에게
풀잠 지음

전자책 O / 연재 O

역하렘 게임 속 최종보스에 빙의됐습니다
무뚠일이양 지음

연재 O
카카오페이지 독점

밤을 잊어버린 당신에게
은유담 지음

전자책 O / 연재 O
네이버시리즈 독점

돈과 미모로 정의 구현!
일네페이 지음

전자책 O / 연재 O

온전한 결핍
김바림 지음

종이책 출간 예정
연재 O
카카오페이지 독점

공자님이 내 심장을 가져갔다
표현의 지음

전자책 O / 연재 O

너를 기억한 시간들
니을 지음

전자책 O / 연재 O
네이버시리즈 독점

날 죽일 남주가 사랑을 속삭일 때
후슬린 지음

연재 O
네이버시리즈 독점

엘레니아의 아주 평범한 도망
이사메이 지음

연재 O
네이버시리즈 독점

권재묵의 찰나가 깊다
온온 지음

전자책 O / 연재 O

"그건⋯⋯."

그가 다가온 만큼 도경은 주춤 물러섰다. 왠지 말을 잘해야 할 것 같았다. 까딱 잘못했다간 이대로 사라질 수도 있겠구나, 하는 근거 없는 위협을 느꼈다.

"소문을 들어 알고 있습니다. 선비나 유생들이 그 서사에서 종종 금서를 구해 읽는다고요. 나쁘다는 뜻은 절대 아닙니다. 글을 읽는 군자라면 누구나 지식을 탐하기 마련이지요. 저 또한 그것이 궁금해 붓골까지 온 것입니다."

무슨 말을 하는지도 모르고 마구 지껄였다. 등에 식은땀이 다 나는데, 다행히 그에게서 으스스한 기운이 어느 정도 가라앉았다. 초반의 냉기까지 흩어지진 않았지만 적어도 팽팽했던 신경줄이 조금은 이완되었다. 그것으로 도경은 한 가지를 확신했다.

무언가 있다.

금서 정도 선에서 마무리되길 바라는 그 이상의 어떤 것. 복잡한 뒷골목을 훤히 꿰고 있는 거며 이런 책고에 마음대로 드나드는 것만 봐도 심상치 않았다. 그래서 도경은 아무것도 모른다는 얼굴로 그를 마주했다. 혹시나 해서 살피는 그의 날카로운 눈길을 모르는 척, 자연스럽게 대화의 주제를 전환했다.

"그러시는 나리께서는요? 어째서 저를 여기까지 끌고 오신 겁니까? 피할 곳이 있었으면 혼자 와도 되셨을 것을."

나름 꾀를 부린 것이었는데 그는 호락호락하지 않았다. 네가 잔머리를 굴리고 있음을 다 안다는 저 표정. 긴장한 도경이 마른침을 꼴깍 삼키자 그 꼴을 본 남자가 피식, 희미한 웃음을 흘렸다. 그러곤 언제 그랬냐는 듯 다시 냉랭해져 받아쳤다.

"만나자는 내 전갈을 어찌하여 무시했소? 오지 않는 그대를 얼마나 기다렸는지 아오?"

"예?"

"궐에서 마주쳤던 그날, 내가 낭자의 수종한테 사람을 보내지 않았소?"

처음 듣는 소리였다. 어리둥절하던 도경은 이내 걸리는 부분을 잡아냈다. 대비를 배알하고 나왔을 때 열비는 지나는 말처럼 궐에서 누굴 만났느냐고 물었다.

기억을 잃었다고 믿고 있는 상전을 정체도 모르는 이가 만나자고 했으니 얼마나 놀랐을까. 당시 별나게 느껴졌던 열비의 질문을 도경은 이제야 비로소 이해했다.

"송구합니다. 그 아이가 깜박했나 봅니다."

"그걸 변명이라고 하는 건가? 상전에게 온 전갈을 시비가 깜박했다?"

"그날 대비마마께서 갑자기 진맥을 받으시어 오래 대기하였습니다. 밖에 연락할 방법이 없어 마냥 기다리게 했더니, 제게 무슨 일이 생긴 줄 알고 그 아이가 애를 많이 태웠습니다. 당황한 나머지 그리된 것 같으니 이해해 주십시오."

"오래…… 대기하였다고?"

주절주절 읊은 말 중 그는 엉뚱한 부분에 유독 관심을 보였다.

"예. 거의 유시가 되어 나왔지만 옥안을 뵌 건 한 식경 남짓이었으니까요."

"그랬군."

뜻밖에 남자는 순순히 수긍했다. 계속 날 서 있던 기운도 희한하리만치 일시에 수그러들었다. 잘못 봤나 싶어 눈치를 살피다 거듭 확인한 뒤에야 안도했다.

자괴감이 밀려든 것은 그때. 내가 왜 저 남자의 눈치를 봐야 하나, 뒤늦은 반발심이 일었다. 궐에서 만났을 때 불쾌했던 그 눈빛도 기억났다. 그럼에도 하필 이 순간, 산에서 목격한 그의 눈물이 머리를 스쳐 차마 모진 소리를 내뱉지 못했다.

그의 눈물은 뜨거웠다. 한없이 연약하고 부서질 것 같았다. 고통에 겨워 흘리는 눈물도 아니었다. 그저 슬퍼 보였다. 대체 무슨 사연이 있어 저리 아픈 눈물을 흘릴까, 안쓰러울 정도였다.

그런 슬픔을 혼자서만 끌어안은 채 이전에는 그곳에서 외로이 죽었을 것이다. 지금도 말 못 할 사정으로 저 속이 썩어 문드러져 있다고 생각하니 옹졸해진 마음이 사르르 풀어지는 것은 어쩔 수 없었다.

상대도 모르게 감정의 여러 변화를 거친 도경은 다시 원상태로 돌아와 유순하게 물었다.

"절 왜 보자고 하신 겁니까?"

"작년 봄, 산에서 죽을 뻔한 적이 있소."

겨우 진정되었던 도경의 가슴이 도로 펄쩍 튀어 올랐다. 설마 하면서도 목덜미가 선득해져 숨을 죽였다.

"수일을 앓다 눈을 떠 보니 살아 있더군. 날 구해 준 이들이 있었소. 계곡에서 발견해 마을까지 업고 내려갔으니 그들은 분명 나의 은인이오. 하지만…… 난 그들 외에 또 누가 있었던 것 같거든."

빤히 바라보는 남자의 눈빛이 형형했다.

"죽음의 문턱에서 날 다시 살게 해 준 내 진짜 은인."

"……."

"나한테 할 말 없소?"

단도직입적인 그의 물음 앞에 터질 듯 팔딱이던 도경의 맥박이 이상할 정도로 차분히 진정되었다. 용케 표정이 변하지 않았고, 너무나도 이성적으로 평정을 지켰다.

그에게서 이런 말을 듣게 될 줄은 몰랐다. 하나 나쁜 짓을 하다 걸린 것이 아니니 겁먹을 필요는 없었다. 그저 생각을 해야 한다. 인정과 부인. 어느 쪽이 나에게 득이 되는가.

그에게 목숨 빚을 지운다면 혜명 운문의 일원으로서 든든한 담보 하나를 얻게 되는 것이다. 상당히 유혹적이었지만 아직은 신중할 때였다. 자칫 세간의 이목이 어찌하여 긴 시간, 외가가 아닌 다른 곳에서 기거하고 있었는지에 몰리게 된다면 원치 않는 구설을 얻게 될지도 모른다.

다행히 남자도 완전하게 확신하지 못하고 있었다. 그렇다면 지금은 물러섰다가 후에 일어나지 말아야 할 일이 발생한다면 사실을 밝히고 기회를 달라고 청해 볼 수 있지 않을까.

현재의 대답이 무엇이든 자신이 저 사람을 살렸다는 사실은 변하지 않는다. 채재헌의 입장에서야 상대가 이랬다저랬다 하는 게 짜증 나는 일이겠지만 주어진 이점을 최대한 유리하게 이용하는 것은 가진 자만의 특권이었다.

고민 끝에 계산이 선 도경은 뻔뻔하게 응수했다.

"무슨 말씀을 하시는지 모르겠습니다."

"모른다?"

"그럴 수밖에요. 작년 봄이라면 전 외가인 여주에 머물고 있었습니다."

유하게 풀어졌던 남자의 얼굴이 순식간에 굳어졌다. 도경은 자리를 피해야 할 때임을 직감했다.

"시간이 지체되었습니다. 오해가 풀리셨다면 이만 가 보겠습니다."

냉큼 인사를 건네고 그를 지나치는데,

"어!"

눈 깜짝할 새 그가 도경의 왼쪽 손목을 낚아챘다. 거의 눈높이까지 끌어 올린 손목에서 그가 보고 있는 것은 단주였다. 가는 손목과 그의 손가락 끝에 걸린 그것을 남자는 뜻 모를 표정으로 살펴보았다. 시시각각 일변하는 눈빛이 날카로워 도경은 그에게서 벗어나기 위해 버둥거렸다.

꿈쩍도 안 하던 남자는 도경의 손목에 무리가 오기 전 스스로 힘을 풀고 놓아주었다.

"이게 무슨 짓입니까!"

"참 안 어울리는 단주요."

화가 나서 버럭 소리치는 도경에게 그는 한가로이 미적 감각이 형편없음을 지적했다.

"그리고 알아 두시오. 예성 채문의 은인이 될 기회는 흔치가 않소."

알아야 할 건 다 알았으니 더는 네 대답이 필요 없다는 태도였다. 예상치 못한 일격에 약이 오르긴 해도 이 애매모호한 기류가 훗날을 위해 나쁘지만은 않았다. 잃은 게 없음을 인지한 도경은,

"예. 혹시라도 다음에 나리를 도울 기회가 생긴다면 절대 놓치지 않겠습니다."

천연덕스럽게 그의 말을 받고 돌아섰다. 서둘러 책고를 나서려는데 뒤에서 그가 태연히 인사했다.

"또 봅시다."

도경은 문고리를 잡은 채 멈칫했다.

"또 보자고, 우리."

네 대답은 필요 없지만, 아직 제 볼일이 끝나지 않았다는 듯. 하지만 당장은 네가 가고 싶어 안달이니 잡지 않겠다는 듯 그가 다음을 기약했다.

저토록 여유 넘치는 남자 앞에서 허둥대는 모습은 보이고 싶지 않았다. 도경은 차분하게 마음을 가라앉히고 책고를 나왔다. 여러 갈래의 길 중 한쪽으로만 쭉 걸었더니 곧 큰길이 나왔다. 주위를 두리번거리다 표정이 밝은 소녀에게 다가가 도움을 청했다.

박 서리가 운영하는 서사까지 데려다주면 용채를 두둑이 주겠다고 했더니 아이는 함박웃음을 지으며 기꺼이 앞장섰다. 목적지에 도착해 열비와 만나는 그 순간까지 등 뒤로 달라붙는 시선이 있었으나 끝까지 돌아보지 않았다.

별이 촘촘하게 떠 있는 밤이었다. 늦도록 서책을 읽어도 잠이 오지 않아 재헌은 작은 사랑채의 화단 앞에 나와 있다. 어둠을 핑계 삼아 상투를 내놓고 침의에 창의를 느슨하게 걸친 차림이었다.

잠을 방해하는 요소는 상념.

아무리 노력해도 코끝에 감도는 그녀의 향긋한 내음이 지워지지 않았다. 하나의 의문도 끈질기게 머릿속을 맴돌고 있다.

왜 울었을까?

단순히 흐느끼는 정도가 아니었다. 얼굴 전체와 목덜미가 벌게지도록, 여인은 참으로 애달프게 눈물을 흘렸다.

그것도, 감히 내 앞에서…….

자신을 다른 사내로 착각했을지도 모른다는 가정을 떨치기 어려웠다. 생각이 많아질수록 의심 또한 짙어졌다. 그사이 아픈 연정이라도 가슴에 품은 건가, 그리하여 더는 예성 채문의 종부 자리가 필요치 않게 됐나, 멋대로 폭주하는 생각이 멈추지 않았다.

재헌은 불어오는 밤바람을 정면으로 맞았다. 잡념이 이성을 압도하는 이유는 지나치게 머리가 뜨거워졌기 때문일지도……. 아직은 차가운 바람에 열기를 식힌다면 흔들렸던 평심이 제자리를 찾을지도 모를 일이었다.

추위에도 아랑곳하지 않았다. 쓸쓸히 떠 있는 조각달 아래 한참이나 어둠을 벗 삼아 바람에 몸을 맡겼다. 검은 인영 하나가 가까이 다가와 기척을 냈지만 돌아보는 수고는 하지 않았다. 지겹도록 저를 쫓아다니는 이는 최정, 그 아이 하나밖에 없으니.

"이 밤에 왜 나온 것이냐?"

"여쭙지 않고는 도저히 잠을 이루지 못하겠습니다."

깊은 번뇌가 뚝뚝 묻어나는 대답이었다.

재헌이 병석에서 일어나 외출할 때마다 정이 몰래 뒤따르고 있음을 모르지 않았다. 이럴 시간에 무과 공부나 하라고 타일러 봐도 소용없었다. 큰 사랑채의 당부와 자발적인 의지가 합쳐져 그는 열심히도 재헌의 뒤를 지켰다. 아마도 그래서 생각이 많아졌을 것이다. 오늘 오후, 자신이 윤도경의 손을 잡고 뛰는 모습을 아무것도 못 하고 지켜만 봐야 했을 테니.

"도련님께선 정녕 또 다른 은인이 있었다고 생각하십니까?"

그런데 정은 재헌의 짐작보다 한발 더 나아갔다. 그는 상전과 윤도경이 함께 있는 모습을 본 정도가 아니라 대화까지 엿들었음을 실토하고 있었다.

"송구합니다."

질책을 담은 눈길로 돌아보자 정이 재깍 고개를 숙였다.

"대화를 엿들은 건 맹세코 처음이었습니다. 갑자기 서사에 나타난 윤 소저의 행적이 수상해 보고만 있을 수 없었습니다."

"오늘이 마지막이다. 더는 내 뒤를 따르지 마라."

"이것만 대답해 주십시오."

화조차 내지 않고 건조하게 내치는 재헌에게 정은 간곡히 매달렸다.

"윤 소저가 정말 도련님을 살렸다고 믿고 계신 겁니까?"

"왜. 넌 아닌 것 같으냐?"

연한 웃음이 섞인 재헌의 반문에 정은 질색하며 반발했다.

"그분 스스로가 부정하였습니다. 본인은 모르는 일이라고 말입니다!"

"그래. 작년 봄이라면 외가에 머물고 있었다 하였지. 하지만 넌, 그와 다른 사실을 내게 보고하지 않았느냐."

기를 쓰고 상전의 마음을 돌리려던 정은 불시에 허를 찔려 반박하지 못했다. 지난봄, 재헌의 은밀한 명을 받고 여주로 달려가 그녀의 부재를 직접 확인한 사람이 다름 아닌 자신이기 때문이었다.

힘없이 고개를 떨어뜨렸던 그는 기운이 쭉 빠져 중얼거렸다.

"도련님께서 왜 자꾸 윤 소저께 관심을 두시는지 모르겠습니다."

"낭자의 도움이 없었다면 난 지금쯤 땅에 묻혀 한 줌 흙이 되었겠지. 넌 나와 이리 마주 보는 대신 내 무덤 앞에 와 술을 뿌렸을 것이다.”

“도련님!”

“날 나로서 살게 하고, 내 가족의 웃음을 지켜 준 고마운 은인이다. 관심을 갖는 것이 당연하지 않겠느냐?”

“아니요, 그것은 핑계일 뿐입니다.”

정은 걱정 어린 시선으로 재헌을 응시했다.

“도련님께선 그 전부터 윤 소저를 신경 쓰고 계셨지요. 한낱 풍문조차 허투루 넘기지 못하고 소인을 움직이셨습니다. 적절한 상대가 아니라 그저 속에 담아 두고만 계시다가 은인이라는 명분이 생겨 마음껏 바라보고 계십니다.”

“그래. 네 말이 맞을지도.”

재헌은 픽, 웃음을 삼켰다.

정의 말에 뜨끔하지 않았다면 거짓일 것이다. 그에게 윤도경은 평범한 존재가 아니었다. 짧은 만남이었지만 그녀는 이상하게 처음부터 마음을 흔들었다. 자꾸 떠올리게 되고, 까닭 없이 돌아보게 되며, 시선을 잡아챘다.

‘도대체 왜’라는 의문을 품기도 했었으나 그게 뭐 중요한가?

외모가 취향에 맞았을 수도 있고, 향기가 특별해 잠시 취한 상태일 수도 있다. 재헌은 이런 형태의 낯선 감정을 굳이 부정하고 싶지 않았다. 이제 생명의 은인이라는 적당한 명분까지 얻었으니 눈길이 간다면 바라볼 것이고, 접근이 가능한 범위까지 다가갈 것이다.

약간의 치기와 동요. 그깟 게 뭐 대수라고.

이 마음이 어떠하든 어차피 세상의 질서는 변하지 않는다. 그녀는 여전히 윤이환의 독녀일 것이고, 자신은 그들과 대적하는 예성 채씨 가문의 종손일 것이다.

결말도 뻔했다. 갑작스레 가슴을 치고 들어왔으니 그만큼 빨리 식어 사라지겠지. 요란하고 얕은 이 마음, 짧은 한 계절 지나 제자리를 찾으면 사적인 감정을 지우고 아무 일도 없었던 듯 예전으로 돌아가면 그만이었다.

"대체 어떤 마음이십니까? 호기심이 자라고 있다면 얼른 그 싹을 뽑아야 합니다!"

"아무리 수려한 금수강산도 사람을 홀리게 하는 건 한순간이다."

조바심이 깃든 정의 외침을 재헌은 느긋이 받아 주었다.

"시간이 지나 눈에 익을수록 그것은 일상의 풍경 중 하나가 되어 가지. 특별함을 잃게 되는 것이다."

"정녕 모르시겠습니까! 눈에 익은 그 풍경을 잊지 못해 사람들은 제자리로 돌아옵니다. 손에 쥐고 싶은 열망을 한 폭의 그림에라도 담아 가까이 두려고 하지요."

"세상의 만물은 각자의 자리를 지킬 때 빛이 나는 법이다. 저 하늘의 달이 아름답다 하여 허공에다 무턱대고 손을 뻗을까. 난 그런 우를 범하지 않을 것이다."

"하면 소인이 윤 소저를 지켜볼 수 있도록 허하여 주십시오."

여유가 감돌던 재헌의 눈빛이 다시금 냉랭하게 얼어붙었다.

"전 그분을 믿을 수 없습니다. 도련님이 서사에서 하시는 일을 조금이라도 눈치챘는지 확인해야 합니다."

"영의정 댁 규수다. 네가 어찌 접근하겠다는 것이냐?"

"그 부분에 대해선 걱정하지 마십시오. 얼마 전, 큰 사랑채에 들었다 뜻밖의 소식을 들었습니다."

"뜻밖의 소식?"

의문을 띠는 재헌에게 정은 우연히 알게 된 사실을 전해 주었다. 달이 차갑게 기우는 밤, 어둠에 가려 보이지 않는 재헌의 얼굴이 시시각각 일그러지고 있었다.

감우당 甘雨堂

아침 해가 동천에 올라 건물 수십 채의 용마루에 볕 가루를
흩뿌렸다. 금당의 구석구석으로 퍼져 나간 햇살은 큰 사랑채의
장지문을 투과해 여덟 폭의 죽석도 병풍과 자줏빛의 단계연,
가지런히 배열된 삼학령(三鶴翎, 국화의 세 품종을 아울러 이르는
말)의 화분 위로도 쏟아져 내렸다.

평소 같으면 아침 독서를 즐기고 있을 시각. 채여준 대감은
문방에서 책을 읽는 대신 아들인 채승우와 함께 외당에 앉아
누이를 맞고 있었다. 정부인의 방문이 특별한 일은 아니었다.
사는 곳이 가까워 홀로 된 오라비와 조카를 자주 들여다보던
그녀다. 특히 얼마 전부터는 재헌의 혼사에도 관여해 올해가
저물기 전 혼서를 보내게 해 주겠노라 큰소리를 떵떵 쳤다.

딴에는 조카손자를 위한다는 마음으로 나선 것이었는데 그
것이 뜻밖의 사달을 일으켰다. 졸지에 문제의 원흉이 된 정부

인은 수심이 가득한 얼굴로 친정 오라버니인 채여준 앞에서 고개를 숙였다.

"송구합니다, 대감. 백방으로 노력해 봤으나 도저히 방법을 찾을 수가 없었습니다."

"대비께서 직접 하신 부탁이니 달리 피해 갈 방도가 있나. 처음부터 받아들일 수밖에 없는 요청이었다."

혹시나 싶어 기다렸던 채 대감은 덤덤히 현실을 받아들였다. 그 모양을 보고 있자니 정부인은 속이 막혀 조카에게 거듭 확인했다.

"이보시게, 이판. 자네 정말 호판 댁과 잘 정리가 된 것인가?"

"예, 고모님. 그쪽에서도 우리가 거절하리라는 걸 처음부터 알고 있었습니다."

"으이그, 말만 그리했을 뿐이지 김사흔이 미련을 못 버린 게야. 그래도 그렇지, 대비전까지 저리 나올 줄이야……."

정부인은 고개를 저으며 탄식했다.

최근 몇 년, 예성 채문의 가장 큰 화두는 종손의 혼인이었다. 만약 작년에 사고가 나지 않았다면 지금쯤 참한 종부가 새 식구로 들어와 있었을 것이다.

독의 후유증으로 재헌이 병석에 누운 동안 채 대감이 손부로 낙점했던 규수는 다른 집의 며느리가 되었다. 큰아이가 건강을 회복하는 일에 전력을 쏟았던 예성 채문 역시 다른 생각을 할 틈이 없었다.

이후 천운으로 재헌은 회복했고, 모두가 한시름을 덜었다. 황당한 일이 벌어진 건 바로 그 다음이었다. 대비의 아우인 호판 김사흔이 슬그머니 혼담을 청해 온 것이다. 그동안 재헌을 눈여겨봤다곤 하지만 말도 안 되는 소리였다. 속내를 자세히 들여다보자면, 저들은 예성 채문을 회유할 꿍꿍이를 아직도 버리지 못하고 있음이었다.

　위기감을 느낀 채 대감은 호판의 제안을 정중히 거절하고 서둘러 손부감을 물색했다. 마침 눈에 들어오는 규수도 있었다.

　민가 서윤.

　처음에는 벗의 손녀이자 집안의 은인이라 무조건 귀애했다. 그런데 보면 볼수록 아이가 참으로 진국이라! 총명한 눈빛과 의젓한 행동거지가 예성 채문의 종부로 삼기에 그만이었다.

　문제는 독의 후유증을 이유로 혼인에 비협조적인 재헌의 태도였다. 다른 일도 아니고 몸이 성치 않아 당사자가 힘들다는데 그것을 무시하고 혼사를 강제할 순 없었다. 이러지도 저러지도 못하고 두 대감이 골머리를 앓자 곁에서 지켜보던 정부인이 꾀를 낸 것이 이번 일의 발단이었다.

　'참으로 답답합니다. 어찌하여 고민만 하고 계십니까? 큰애에게 강요할 수 없다면 스스로 하고 싶게 만들어야지요! 서윤이 그 아이, 제가 보기에도 참으로 고왔습니다. 저만 믿어 주십시오. 재헌이가 지금은 저리 뻗대고 있어도, 여름이 지날 때쯤 혼인을 시켜 달라 먼저 청해 올 테니까요.'

　정부인은 자신에 차 준비에 돌입했다. 자수 솜씨로 정평이

난 자신의 명성을 이용해 그럴듯한 명분도 만들었다.

'구성원은 자영이와 서윤이를 포함해 네 명 정도가 적당하겠습니다. 나머지 둘은 서윤이가 동무 삼을 만한 아이들로 초대하는 것이 좋겠지요. 참, 감우당에서 지내는 기간은 예년보다 길게 잡으셔야 합니다. 때론 뭉근하게 타오르는 불도 있는 법이니까요.'

계획은 완벽했다. 대비전이 직접 움직여 정부인을 압박하기 전까지만 해도 해 볼 만하다고 생각했다. 한데 다 된 밥에 재를 뿌려도 유분수지, 김사흔의 여식을 기어이 이쪽으로 보내겠다? 그것도 친정 조카 혼자 보내기가 불안했는지 윤이환의 딸을 호위처럼 딸려 보내겠단다.

이 얼마나 어이없고 가증스러운 수작인지…….

생각하면 할수록 머리에서 열이 뻗쳐 정부인은 울분을 삼키며 단호히 내질렀다.

"그냥 없던 일로 하시지요. 제가 책임지고 꾀병이라도 부리겠습니다."

"아픈 척하시는 것도 한계가 있습니다, 고모님. 잘못하다간 대비전을 자극해 역풍을 맞을 수도 있고요."

"하면 그들을 받으라는 것인가?"

"이제 어쩔 수 없습니다. 다른 두 규수가 아닌 김 규수와 윤 규수를 받아야 합니다."

"나는 싫다! 윤이환의 딸은 소문도 좋지 않던데……!"

정부인은 좀처럼 받아들이지 못하고 해서는 안 될 말까지 입

밖에 냈다. 두 대감이 깜짝 놀랄 만큼의 수위였다.

"그게 무슨 소리냐?"

"오라버니도 아시지 않습니까. 작년 봄에 수청방에서 올리는 말을 우연히 들은 적이 있습니다. 북촌까지 퍼지지는 않았지만, 저자에 이상한 소문이 떠돌았다면서요!"

"실체가 없는 풍설일 뿐이었다. 어찌 확실하지도 않은 말로 대갓집 규수를 능멸하느냐!"

"아니 땐 굴뚝에 연기가 난답니까?"

"어허, 그래도!"

채 대감의 따끔한 질책에 정부인은 다른 말을 보태지 못하고 앓는 소리만 냈다. 선남선녀를 묶어 놓는답시고 늙은 오라비가 가장 아끼는 별저를 내달라고 했는데 불청객의 발길만 타게 생겼으니 그럴 수밖에.

분위기가 심각해지자 이판은 긍정적인 말로 정부인을 위로했다.

"너무 심려 마십시오, 고모님. 두 규수가 온다고 한들 무엇이 바뀌겠습니까. 우리는 그들을 깍듯하게 손님으로 맞았다가 시간이 지나 조용히 돌려보내면 그만입니다."

"그 말이 옳다. 대비께서 혼인을 강권하신 것도 아니고, 우리 아이들이 그들과 계속 엮일 것도 아닌데 벌써부터 과민할 필요가 무에 있겠느냐."

누이를 위해서라도 이쯤에서 대화를 끝내야겠다고 판단한 채 대감은 아들의 말에 얼른 응수하고 나섰다.

"감우당에 손님 맞을 채비를 하도록 해라. 애들한테도 결정된 사실을 알려 주고."

"예, 아버님."

이로써 더 이상의 불상사는 일어나지 않았다. 그러나 이 문제로 집안이 시끄러워질 것은 자명한 사실이었다.

사각사각, 먹 가는 소리가 방 안에 은은하게 울렸다. 먹물의 농도를 만족스럽게 조절한 재윤은 반듯하게 자세를 고치고 붓을 들었다. 그 상태로 막 첫 글자를 쓰려는 참인데.

"오라버니!"

드르륵, 문이 열리며 요란한 괴성이 울렸다. 깜짝 놀란 그는 어깨를 움찔했고, 그로 인해 먹물이 튀어 깨끗했던 백지가 엉망이 되었다. 얌전하게 준비 과정을 거쳐 온 그로서는 낭패가 아닐 수 없었다.

"계집애가 왜 자꾸 사랑에 들락거리는 것이냐!"

"그거 아십니까? 엄청난 소식이 있습니다!"

한껏 목소리를 깔고 근엄하게 외쳤지만 자영은 귓등으로도 들어 주지 않았다. 오히려 제 할 말만 하며 쪼르르 달려와 서안 앞에 붙어 앉았다. 누이의 시비 역시 방긋방긋 웃으며 밖에서 문을 닫아 주었다.

이는 저들이 재윤을 무시한다기보다 환경적인 영향이 컸다. 집안의 사내들이 자영을 위해 어머니 역할을 두루 나눠서 하다 보니 다른 집과 달리 안채와 사랑채의 구분이 엄격하지 않았다. 재윤은 이와 같은 사실을 출사한 뒤에나 알게 되었고, 꽤 충격을 받았다. 혹시라도 나중에 누이가 시집간 시댁에서 실수라도 범하면 어떡하나, 지금이라도 바로잡으려 하지만 누구 하나 호응해 주는 사람이 없었다.

"자영아."

"놀라지 마십시오. 지난번에 호판 댁에서 글쎄……!"

"형님께 통혼을 넣었지."

"알고 계셨습니까?"

자영이 배신감을 띠고 따져 묻자 재윤은 붓을 내려놓으며 한숨을 쉬었다.

여기서 그렇다고 한다면 발끈한 누이한테 질책당할 것은 너무나도 뻔한 일. 어떻게 말해야 가정의 평화를 지킬 수 있을까 고민하다가 적절한 답변을 내놓았다.

"나도 오늘에야 알았다. 호판 댁 규수와 영의정 댁 규수가 감우당에 온다는 소식을 들으면서."

"기가 막혀, 정말……."

어리고 순진한 자영은 조금의 의심도 하지 않았다.

"이게 말이 됩니까?"

"이상하긴 하지."

"말리지 마십시오. 저는 그들한테 절대 친절할 수 없습니다."

"알았다. 내 아무 말도 하지 않으마."

"그 정도로는 부족합니다. 오라버니도 적극 협조해 주십시오."

"글쎄. 그건 어려울 수도 있다."

당연히 알았다는 답을 들을 줄 알았던 자영은 득달같이 따져 물었다.

"지금 거절하신 겁니까?"

"그들이 내 마음에 들지도 모르니까. 그럼 난 잘해 줄 것이다."

"오라버니!"

"그쪽에서 사심 없이 친절하다면 내가 굳이 적대할 이유는 없지 않느냐?"

"아, 그건……!"

자영은 왈칵 짜증을 내다가,

"……그러네요."

그게 또 말이 된다고 생각했는지 일순간 화가 가라앉아 머쓱하게 웅얼거렸다. 그러더니 잠시 뒤 상당히 곤란해하며 엉뚱한 사람을 언급했다.

"하지만 감우당에 민 소저가 오지 않습니까."

"민 규수가 왜?"

"고모할머님께 들었습니다. 할아버님이랑 아버님은 그분을 큰 오라버니의 짝으로 점찍으셨다고요."

"너는?"

"예?"

"너도 민 규수가 좋으냐? 당사자들의 의견과 상관없이 꼭 새 언니로 삼고 싶을 만큼?"

재윤의 의도적인 물음에 자영은 입술만 달싹거리다 즉답을 피했다. 조그마한 얼굴에 심란함이 얼핏 스쳐 갔다. 좋기는 좋은데 그 정도로 좋은지는 모르겠다는 표정. 그도 그럴 것이 이제껏 어른들 사이에 섞여 짧은 말만 주고받았을 뿐 서윤에 대해 뭐 하나 제대로 아는 것이 없었다.

오라비 덕에 현실을 깨달은 자영은 한풀 기세가 꺾여 중얼거렸다.

"민 소저는 우리 집안의 은인입니다. 오라버니는 그분이 별로인가요?"

"민 규수는 진실로 고마운 분이다. 그렇지만 꼭 가족이 됐으면 하고 바랄 만큼 좋은지는 아직 모르겠다. 이번에 감우당에 가면 종종 뵐 수 있을 테니, 찬찬히 겪은 다음 얘기해 주마."

"알겠습니다. 저도 섣불리 판단하지 않을게요. 감우당에서 함께 지내며 민 소저에 관해 자세히 알아보겠습니다."

"잘 생각하였다."

"하지만 다른 두 규수에 대한 편견은 버리지 않을 겁니다!"

제법 어른스러웠던 자영은 불청객을 입에 올릴 땐 도로 철부지가 되었다.

"눈에 칼을 세우고 지켜볼 거예요. 그들 부친 때문에 우리 가족이 얼마나 고생하였습니까! 특히 대군 자가와 큰 오라버니는⋯⋯. 하니 오라버니도 약조해 주십시오. 만약 그들이 딴마음을 품고 음흉하게 군다면 제가 하게 될 부탁에 협조하신다고요."

재윤은 그 이상 버티지 못하고 수긍의 미소를 보냈다. 상대가 대비마마의 본결 조카와 영의정의 여식인 만큼 어차피 자영이 할 수 있는 일도 별로 없을 테니까.

그러고 보면 갑작스럽게 맞게 된, 실로 기이한 상황이었다. 중점적으로 지켜봐야 할 부분도 한둘이 아니었다. 과연 어른들의 바람대로 형님과 서윤 낭자가 제대로 눈이 맞을지, 그들 사이에 숨겨진 복병은 없는지, 두 규수가 예성 채문 깊숙이 들어오는 진짜 이유는 무엇인지. 이래저래 걱정되면서도 어떤 일이 벌어질지 솔직히 기대도 되었다.

아무래도 이번 봄, 감우당이 꽤 시끌벅적하겠다고 생각한 재윤은 이어지는 어린 누이의 투정을 다정히 받아 주었다.

응달진 곳에도 봄볕이 스미어 척박한 담장에 푸릇한 잡초가 돋아났다. 아직은 일교차가 크지만, 사방에 꽃이 피어 진정한 봄이 왔음을 알리는 시기. 영의정의 안국방 거각엔 아침부터 오가는 사람들로 분주했다.

특별한 날도 아닌데 안팎이 시끄러운 이유는 이 댁의 고명딸이 예성 채문의 별저로 들어가는 날이기 때문. 자수로 명성이 자자한 정부인께 가르침을 받게 되었으니 부러움을 살 만한 일이나 안채의 분위기는 별로 좋지 않았다.

제일 먼저 이 소식을 접한 사람은 정경부인이었다. 대비전에

158

서 부인을 대궐로 청해 이르시길…….

'환담을 나누던 중 우연히 나온 이야기였답니다. 우리 여은이를 정부인께 보내려고 한다니, 그 아이도 관심을 보이더군요. 정부인의 명성을 익히 들어 안다며 부러워하는 눈치였습니다. 내 그 모습이 눈에 선해 잊을 수가 있어야지요. 저쪽에선 두 아이 모두 환영이라니, 이번 기회에 도경이가 우리 여은이랑도 가까워지길 바랍니다.'

그야말로 기함할 일이었다. 도경은 어려서부터 자수에 관심이 없었을뿐더러 아프고 난 뒤엔 아예 쳐다보지도 않았다. 멀쩡한 상태에서도 어느 댁의 누가 솜씨가 좋은지 관심도 없었던 아이인데 하물며 지금은 오죽할까. 바보가 아닌 이상 이번 결정에 숨겨진 내막이 있음을 모를 수 없었다.

도대체 무슨 일이냐, 아무리 물어도 도경은 걱정하지 말라는 말만 되풀이했다. 자수 놓는 게 쉬운 일이 아니라고 해도 조용히 미소만 지었다.

도경으로서는 이것이 멸문을 피하고 집으로 돌아갈 마지막 관문이라고 생각하니 무거운 책임감을 느꼈다.

내내 시름 하는 정경부인을 달래고 윤 대감께 인사를 올리기 위해 후원으로 나갔다. 매년 거금을 들여 가꾼다는 안국방의 후원은 희귀 식물로 가득 차 있었다. 특히 요즘은 푸르른 정원색을 바탕으로 후원의 바닥이 샛붉은 빛깔로 물드는 시기였다.

도경은 그 한복판에 서서 자신을 기다리는 윤 대감을 바라보았다. 날카로운 인상과 눈처럼 새하얀 편의가 바닥을 뒹구는 핏빛의 동백과 묘한 대비를 이루었다.

도경은 그의 앞에 다다라 두 손을 모으고 다소곳이 인사했다.

"다녀오겠습니다."

한참 전부터 후원을 거닐었다는 그는 아무런 반응 없이 도경의 발끝만 주시했다. 가뜩이나 어려운 분이 저러고 있으니 더욱 긴장되었다. 왜 저러시나 싶어 흘깃 아래를 보니 송이째 떨어진 새빨간 동백이 자신의 발아래 처참히 짓이겨져 있었다. 아차 하여 냉큼 발을 빼자 흉하게 뭉그러진 꽃잎에서 꽃 즙이 지저분하게 묻어 나왔다.

언젠가 열비와 나누었던 대화가 떠올랐다.

'대감마님께서 후원에 공을 많이 들이십니다. 특히 동백을 아끼시지요.'

'신기하다. 동백은 남쪽 지방에서만 자생하는 줄 알았는데.'

'그게 다 김 노인 덕분입니다.'

'김 노인?'

'청풍계에서 아들과 함께 꽃과 나무를 키워 파는 노인입니다. 무슨 재주를 부리는지 식물의 크기와 모양, 빛깔, 성질 등을 다르게 변형해 재배한다고 들었습니다. 지금 후원에서 자라는 귀한 꽃과 나무도 전부 그자의 솜씨이지요.'

대충은 알고 있었지만, 이곳에 와 직접 경험해 보니 사대부들의 사치스러운 풍조는 상상 그 이상이었다. 그중 하나가 바로 화훼 가꾸기의 성행이었는데, 소수지만 품종 개량 기술자까지 존재하고 있었다. 팔도의 상류층은 빼어나게 개량된 꽃과 나무를 얻기 위해 천만금도 아끼지 않았다.

　도성 한복판에서 흐드러지게 개화하는 이 동백 또한 짐작조차 되지 않을 정도로 해마다 많은 유지비가 들어간다고 했다. 설령 떨어진 꽃송이일지라도 하나하나 주워 쓰임새가 있을지도 모르는데 내가 너무 함부로 밟았나, 도경은 지레 찔려 불안해졌다.

　흘끔흘끔 윤 대감의 눈치를 살피자 그는 물끄러미 도경을 보기만 하다가 마침내 입을 열었다.

　"무슨 일이 있거든 연통하거라. 네 오라비가 데리러 갈 것이다."

　그것이 다였다. 윤 대감은 대답도 듣지 않고 쌩하니 돌아섰다.

　도경은 더 말을 붙여 볼까 하다가 그만두었다. 말이 가족이지 윤 대감도 정경부인도 낯설고 어려웠다. 여전히 남처럼 느껴졌다. 차라리 계속 붙어 있었던 유모와 열비, 그리고 교령과 외숙이 훨씬 친근하고 스스럼이 없었다.

　도경은 윤 대감의 등에 대고 한 번 더 허리를 굽힌 뒤 비단처럼 붉게 물든 길을 따라 저 앞에서 기다리고 있는 첫째 오라버니 무원에게로 향했다. 그는 도경을 조용히 부친께 이끌었다가 이제는 가마가 대기하는 곳으로 안내했다.

　큰조카가 도경보다 겨우 두 살 어렸으니, 나이로 치자면 그는 아버지뻘 되는 오라비였다. 차갑고 강단 있는 인상이 윤 대감을 닮았는데 대화를 나눈 적이 거의 없어 같이 있는 것조차 어색했다. 이전에는 어떤 관계였는지 모르겠으나, 하는 걸로 보아 지금과 별 차이는 없을 것 같았다.

"정말 혼자 가도 괜찮겠느냐?"

"예. 괜찮습니다."

감우당까지 데려다주겠다는 무원의 제안을 거절했다. 두 가문이 사이도 좋지 않은데 그쪽 사람들과 굳이 마주쳐 서로 간에 불편해질 필요는 없었다. 그보다도 도경은 줄곧 눈치만 보다가 이제껏 입에 올리지 못한 궁금증을 해결하고 싶었다.

"오라버니께 여쭐 말씀이 있습니다."

"말해 보거라."

"아버님께서 말입니다, 혹시 따로 챙기시는 종친이 계십니까?"

"종친? 누굴 말하는 것이냐?"

"이를테면, 형편이 안 좋은 방계의 군이라든가……."

"위험한 소리를 하는구나."

질문의 내용이 워낙 예민했기에 무원은 가던 길을 멈추고 돌아보았다.

"혹 대비전에서 그런 의심을 하시더냐?"

"아닙니다!"

잘못하다간 일이 커질 것 같아 도경은 재빨리 부인했다.

"당분간 예성 채문의 별저에서 지낸다고 생각하니 잡념이 많아졌습니다. 괜히 이런저런 걱정도 되고요."

"불필요한 생각은 몸에 해롭다."

"송구합니다."

"도경아."

"예."

도경은 조마조마해하며 부름에 답했다. 그런데 무원은 무슨 말인가 할 듯하다가 그만두고는 윤 대감처럼 빤히 바라보기만 했다. 왜 저러시나 싶어 슬쩍 시선을 들자 그는 휙 걸음을 옮기며 무심히 말했다.

"늦었다."

뭐지?

따끔하게 꾸중을 듣거나 심각한 이야기가 나올 줄 알았는데…….

도경은 영문을 몰라 어안이 벙벙하면서도 얼른 그 뒤를 따라갔다.

사인교가 대기 중인 곳에는 정경부인과 무원의 가족, 그리고 유모가 나와 있었다. 도경은 그들의 배웅을 받으며 가마에 올랐다. 가까이서 시중들어 줄 시비는 한 명만 데려갈 수 있기에 열비를 택했다. 유모를 쉬게 해 주려는 배려였는데, 그녀는 며칠 내내 열비에게 잔소리를 하다가 급기야 오늘은 눈물을 보였다.

나이 차도 얼마 안 나는 도경에게 꼬박꼬박 고모님이라고 부르는 조카들도 나와 있었다. 조심해서 다녀오시라며 열심히 손을 흔드는 그들을 보자 도경은 기분이 조금 이상했다.

가문이 무너진 후 저 아이들은 다 어찌 되었을까?

윤 대감과 삼 형제가 역적으로 죽었으니 나머지는 살아도 산 목숨이 아니었을 것이다.

어른들의 그릇된 판단으로 저리 환하게 웃고 있는 조카들에게 닥쳤을 비극을 생각하면 끔찍하기 그지없었다. 기분이 묘해진 도경은 창 너머 가족을 향해 같이 손을 흔들었다. 계속 서먹하게 굴었음에도 딸이고 누이요, 고모이자 시누이라고 직접 배웅을 나온 이들을 보고 있으니 미안한 마음이 들었다. 다른 건 몰라도 저들의 웃음만큼은 온전하게 지켜 주고 싶다는 바람이 처음으로 뭉게뭉게 피어올랐다.

개천의 이남, 그러니까 남촌에서도 목멱산 기슭과 닿아 있는 일대는 예로부터 경관이 빼어나기로 유명했다. 도성을 둘러싼 내사산(內四山) 중 목멱산은 특히 능선이 부드럽고 수림이 울창해 사계의 풍경이 특색 있게 아름다운 까닭이었다.

그중에서도 산수가 가장 수려한 곳을 꼽으라면 단연코 북쪽 기슭이었다. 골이 깊어 차가운 청수가 흐르는 그곳을 청학이 사는 선향이라 하여 사람들은 청학동이라고 불렀다.

바로 그 일대에 예성 채문의 별업인 감우당이 자리하고 있었다. 채여준의 조부께서 별저 겸 서옥으로 쓰기 위해 지었다는 그곳은 채씨 집안 직계들이 수시로 찾아가 머물 만큼 애착을 보이는 장소로도 알려져 있다.

"봄입니다, 아가씨. 꽃이 엄청나게 피었어요!"

안국방을 출발해 청학동으로 가는 길. 가마 너머에서 열비의 들뜬 목소리가 재잘재잘 들려왔다.

"연교화와 두견화가 만발한 데다 앵화까지 저리 봉오리를 물고 있으니 세상이 온통 꽃 천지입니다. 청학동은 훨씬 멋스럽겠죠?"

예성 채문 사람들은 무서울 것 같다고 투덜댈 땐 언제고, 열비는 꽃놀이라도 가는 듯 신나 있었다. 도경은 희미하게 미소를 지으면서도 마음이 편치 않았다.

젊은 왕을 공격해 채재헌을 다치게 한 배후는 누구일까?

본래의 자리로 돌아가지 못한 이후 여전히 미궁으로 남은 그 문제는 늘 마음 한구석에 근심거리로 남아 있었다.

아무리 생각해도 윤이환이 젊은 왕을 노렸을 리 없었다. 무엇이 부족해 이제 겨우 스물다섯인 왕에게 등을 돌리고 명분도 없는 종친의 옹립을 시도한단 말인가. 명원 대군에게 모반죄를 뒤집어씌우기 위해 임금을 공격하는 척하다 채재헌이 그리되었다는 가정이라면 또 모를까.

도경은 말도 안 되는 일이라고 단정 지으려다가 흠칫 놀라 생각을 멈췄다. 무심결에 떠올린 조금 전의 가설이 오싹하리만치 그럴듯했다.

만약 그날 밤의 공격이 전부 거짓이었다면?

적당히 기습하는 흉내만 내려고 했는데 일이 잘못 꼬여 채재헌이 그 지경이 된 거였다면?

상상만으로도 끔찍해 도경은 황급히 고개를 내저었다. 무원의 말이 옳다. 쓸데없는 상념은 정신을 좀먹고 해악을 끼친다. 더구나 그 남자는 현재 살아 있지 않는가. 그를 살린 이가 다름 아닌 자신이었다. 설령 최악의 가정을 하더라도 살아날 구멍은 있는 셈이다.

도경은 머리가 아파 고민을 중단하고 가마의 창을 열었다.

잠시 환기나 하려고 했는데 지천으로 피어난 들꽃이 풋풋하고 아름다워 그대로 시선을 빼앗겼다. 넋을 놓고 있으니 저 멀리 보이는 청초한 들꽃이 코앞까지 불쑥 다가왔다.

"어?"

놀라서 상체를 젖히자 꽃 뒤로 열비가 얼굴을 빼꼼 내밀었다.

"고 서방이 꺾어 왔답니다. 아가씨를 위해서요."

도경은 활짝 웃으며 꽃다발을 건네받았다. 고 서방은 안국방의 수많은 하인 중 유모와 열비를 제외하고 도경과 가장 많이 얼굴을 맞댄 이였다. 도성 밖에 머물 당시도 안국방 본가를 오가며 별저의 관리인 역할을 그가 도맡아 했다.

도경은 창밖으로 고개를 살짝 내밀었다. 짐을 든 장정들이 가마의 뒤를 따르는 반면, 준수한 외모의 젊은 겸인(傔人, 집사)은 행렬 맨 앞에서 길잡이 역할을 하고 있었다. 시선을 느꼈는지 그가 돌아보았다. 눈이 마주치자 상냥하게 웃으며 고개를 숙였다. 도경은 감사의 표시로 눈인사를 보내고 자세를 바로 했다. 정갈하게 만든 꽃다발을 기분 좋게 들여다보았다.

"이번 행렬의 책임도 고 서방이었구나?"

"그럼요. 아가씨가 어딜 가시든 저랑 고 서방이 꼭 곁을 지켜 드릴 겁니다."

듣기 좋은 허풍이었다. 열비는 늘 곁을 지키는 수종이요, 고 서방은 수청방의 겸인 중 가장 낮은 서열이라 주인댁 아가씨의 시중을 든다는 걸 알면서도 왠지 특별한 관계처럼 느껴졌다.

도경은 가슴이 따뜻해지면서도 한편으로는 오싹했다.

혹 윤씨 처녀가 제 한 몸을 지키기 위해 희생시켰다는 몸종이 열비였을까.

그 과정에서 앞길이 창창한 저 젊은 겸인도 명을 달리하였을까.

가볍게 읽고 넘긴 역사서의 한 줄에 이토록 많은 의미와 인물이 덧대어져 있는 줄은 몰랐다. 생생한 업보의 무게가 느껴져 도경은 숙연해졌다. 무슨 일이 있어도 반드시 멸문을 막아야 할 또 다른 이유였다.

그로부터 약 두 식경 뒤, 가마에서 내린 도경은 경탄을 담은 눈으로 주위를 둘러보았다. 이제 막 대문 앞에 당도한 것뿐이지만 별저는 상상 그 이상의 모습이었다.

"우와, 엄청나네요!"

뒤에 와 붙어 선 열비도 정신을 차리지 못했다.

"물 맑고 경치 좋은 목멱산 골짜기에 근사한 별저나 정자가 많다고 하더니, 이 정도일 줄은 몰랐습니다."

찬탄은 과장이 아니었다. 말로만 듣던 그 감우당은 푸르고 울창한 자연목 사이로 은둔자처럼 자리한 신비로운 곳이었다. 도처에서 불어오는 달콤한 향내는 근처 어딘가 탐스러운 과실나무가 군락지를 이루고 있음을 짐작하게 해 주었다.

도경은 감회가 새로웠다. 채재윤의 문집에 묘사되었던 그 미지의 장소를 이런 식으로 직접 눈에 담게 될 줄이야…….

"무릉도원이 이러할까요? 평생 여기서만 살라고 해도 그럴 수 있을 것 같습니다."

열비는 대문 안에 발을 들여놓기도 전에 감탄을 연발했다.

"근데요, 아가씨. 감우당은 무슨 뜻일까요?"

"봄에 내리는 단비처럼 즐거운 소식이 들리는 곳이라는 뜻입니다."

열비의 물음에 답을 준 사람은 도경이 아니었다. 낯선 음성이 들려 돌아보니 깔끔한 옷차림에 수더분한 인상의 한 중년 여인이 있었다. 그녀는 방긋 웃으며 자신을 소개했다.

"인사드립니다. 소인은 이 댁 겸인의 안사람이자 안채의 살림을 맡고 있습니다. 택호는 예천댁이니 그리 불러 주십시오."

"반가이 맞아 주어 고맙네."

"안으로 드십시오. 감우당은 안쪽이 훨씬 아름답습니다."

도경은 고개를 끄덕이고 여인을 뒤따랐다. 대문을 들어서자 높은 담장과 무성한 나무에 가려져 있던 감우당의 내부가 서서히 눈앞에 펼쳐졌다.

별저는 볕을 받아 하얗게 빛나는 과실나무로 그득했다. 행랑 마당을 에워싼 매화를 시작으로 사랑 마당을 지나 저 안쪽에 이르기까지, 중문을 넘을 때마다 살구꽃과 오얏나무 꽃, 앵도나무 꽃이 차례차례 시야를 덮었다. 담장마다 덩굴 식물이 늘어져 있었고, 산수유는 노랗게 꽃망울을 터트려 절경을 이루었다.

오가는 하인들의 얼굴에도 생동감이 넘쳤다. 봄볕이 눈부시고, 곳곳이 싱그러웠으며, 활기로 가득했다. 이대로 꽃나무가 만개하고 화단에 꽃까지 핀다면 열비의 말대로 별세계가 따로 없을 것 같았다.

"원래 저희 아가씨가 직접 손님을 맞을 계획이었습니다. 며칠 전부터 내려와 준비 중이셨거든요. 한데 아침 일찍 정부인 마님을 모시러 가 아직 당도하지 않으셨습니다."

"괜찮네. 어른을 모시고 오는 길이라 쉬엄쉬엄 오시겠지. 그럼 객 중에는 내가 처음인가?"

"호판 댁 아가씨가 이각 전에 도착해 쉬고 계십니다. 전 부제학 댁 아가씨는 저희 아가씨와 같이 오실 예정이고요."

이리저리 꺾으며 수도 없이 많은 중문을 지나 어느 아담한 별당에 도착했다. 화단에 꽃이 풍성하게 피어 있는 화사한 곳이었다.

"감우당에 머무시는 동안 여기를 전부 쓰시면 됩니다. 독립적인 공간이라 편안하실 겁니다."

별저의 규모가 심상치 않더니 손님마다 독채를 하나씩 내주는 모양이었다. 도경은 상당히 놀라면서도 안 그런 척 태연하게 받아들였다.

"고맙네."

"소제는 깨끗이 해 놓았습니다. 오시느라 힘드셨을 테니 쉬고 계십시오."

예천댁은 깍듯이 고개를 숙이고 물러났다. 뒤이어 짐을 든 하인들이 줄지어 들어왔다. 열비의 지휘 아래 여자 하인들이

사부작사부작 움직이는 동안 도경은 화단을 구경하며 천천히 거닐었다. 담장을 따라 건물 전체를 길고 둥글게 에워싼 꽃들이 아름다웠다.

뜻밖의 소식은 약 반 시진 뒤에 전해졌다. 이 댁 어른들을 뵐 생각에 홀로 긴장하고 있는데, 종종거리며 달려온 예천댁은 심히 난감한 표정이었다.

"조금 전에 가회방에서 연락이 왔습니다. 아무래도 정부인 마님께서 며칠 뒤에나 오실 수 있을 것 같습니다."

"무슨 일이 있는가?"

"아침부터 신열이 오르기 시작하셨답니다. 의원의 말로는 환절기에 흔히 보이는 감환이라는데, 연세가 많으시다 보니 각별히 주의해야 한다고요. 갑자기 이리되어 송구합니다."

"아닐세. 어쩔 수 없지."

도경은 저절로 긴장이 풀어져 대답했다.

예천댁은 선택권을 주었다. 민 규수는 아직 댁에서 출발 전이고, 채 낭자는 올라간 김에 정부인 곁에 머물기로 했다고. 비어 버린 며칠 동안 계속 머물겠다면 최선을 다해 모실 것이나, 돌아갔다가 다시 온다면 즉각 채비를 시작하겠다고.

"이왕 왔으니 난 머물도록 하겠네."

도경은 별다른 고민 없이 전자를 선택했다. 안 그래도 이 댁 어른들을 뵐 생각에 걱정이 많았는데 적응할 시간을 얻었으니 되레 잘된 일이었다.

부담이 일시에 해소돼 가벼운 마음으로 일어섰다. 짐 정리로 바쁜 열비를 놔두고 산책 삼아 혼자서 별업 구경에 나섰다.

채여준의 조부가 짓기 시작해 불과 십여 년 전에야 완공되었다는 이곳은 오랜 세월 공을 들인 만큼 재료부터 마감까지 어디 하나 모자람이 없었다. 엄청난 규모를 자랑하면서도 대궐이나 안국방 본가처럼 으리으리한 느낌이 없어 훨씬 매혹적이었다. 산속에 고요히 스며든 듯 자연미를 강조한 구조와 조경이 비밀스러운 상상을 불러일으키기에 적격이었다.

자박자박, 근처를 한가롭게 걷던 도경은 다른 쪽으로 방향을 틀어 보았다. 중문을 두어 번 넘어서자 어디선가 목검 휘두르는 소리가 규칙적으로 들렸다. 그쪽으로 걸음을 해 보니 막 소년티를 벗은 한 청년이 훈련 중이었다. 조용히 지나치려 했던 도경은 상대의 얼굴이 눈동자에 박힌 순간 제자리에 멈춰 섰다.

타인의 시선을 느꼈는지 사내가 동작을 멈추고 이쪽을 돌아보았다. 그는 똑같이 도경을 응시하다가 자세를 바로 하고 고개를 숙였다. 보면 볼수록 의문이 짙어져 그에게 다가갔다.

"어디서 뵌 적이 있는 것 같은데……."

왜 이렇게 낯이 익을까.

웬만하면 타인과의 대면을 삼가려 하였지만 이번만은 예외였다.

"실례지만 어디서였을까요?"

"편히 말씀하십시오. 전 이 댁에 속해 있고, 얼마 전까지 큰 도련님을 모셨습니다."

"큰 도련님이라면……."

"예, 정언 나리가 맞으십니다."

도경은 고개를 끄덕이다가 다시 원점으로 돌아갔다.

"그래서? 우리가 어디서 본 거지?"

"아가씨는 저를 처음 보셨을 겁니다."

"너는 나를 본 적이 있고?"

남자는 얼른 대답하지 못하고 말끄러미 바라만 보았다. 이쪽을 응시하는 시선에 숨길 수 없는 경계와 적의가 느껴졌다. 도경의 신상과 얼굴을 정확히 알고 있는 표정이었다.

호의를 바란 적이 없기에 기분이 상하지는 않았다. 예성 채문에 속한 무사가 정적 가문의 딸에 대해 자세히 알아 둘 수도 있는 거고.

"이름이 뭐니?"

"정이라고 합니다. 최정."

"나이는?"

"올해 약관이 되었지요."

어린 나이가 아니다 강조하는 어투였다. 그래 봤자 돈 버느라 휴학과 복학을 반복했던 도경에겐 아직 솜털이 보송보송해 보이지만.

"알았다. 연습을 방해해 미안하구나."

"제가 아가씨를 어디서 봤는지 궁금하신 거 아니었습니까?"

추가적인 질문 없이 돌아서려 하자 이번에는 정이 급하게 물었다. 반쯤 발길을 돌렸던 도경은 몸을 다시 바로 하며 의문을 표했다.

"말하고 싶지 않은 거 아니었니?"

"전……."

"됐다."

그가 썩 내키지 않은 얼굴로 입을 열자 도경은 무심히 말머리를 잘랐다.

"어디선가 나를 보았겠지. 중요한 건 네가 나를 어찌 아느냐가 아니라, 네 얼굴이 왜 내 눈에 익느냐는 점이니까."

"착각하시는 겁니다. 절대로 저를 보셨을 리 없거든요."

"글쎄. 그건 네가 아니라 내가 판단해야 하지 않을까?"

심상한 반문에 정은 다른 말을 잇지 못했다.

"여기서 매일 훈련하니?"

"예."

"이 시간에?"

"아니요. 보통은 아침 일찍…… 그걸 왜 물으십니까?"

정은 묻는 말에 순순히 대답하다 도로 까칠해져 반문했다.

덩치만 컸지 아직은 어리구나, 절로 웃음이 나왔다.

"내일 보자."

"예?"

도경은 기겁하는 정에게 미소를 보내고 돌아섰다.

나이 어린 남자에게 수작을 걸거나 심심해서 이러는 게 아니었다. 도경은 앳된 티가 흐르는 저 얼굴이 분명 낯이 익었다. 한데 정말 모르겠다. 행동반경이 좁은 이곳에서의 생활상 다른 이가 이토록 눈에 익을 리 없는데…….

희한한 일임에도 이유를 알 수 없으니 다른 도리가 없다. 마침 시간도 비었겠다, 하루에 한 번, 저 얼굴을 들여다보며 곰곰이 되짚어 보는 수밖에.

활시위를 떠난 화살이 쏜살같이 날아가 과녁의 중앙을 꿰뚫었다. 뒤이어 왕이 시위를 당겼고, 재헌은 숨 돌릴 틈 없이 다음 발을 쏘았다. 집중력을 발휘해 상체와 복부의 근육을 쓰느라 이마에는 식은땀이 맺혔다.

이번에도 명중. 잠시 숨을 돌릴 시간이다.

"너를 인사 이동하여 승차시키기로 하였다."

군관들이 과녁에 꽂힌 화살을 뽑는 동안 불쑥 들려온 소식이 반갑지 않았다.

"그 무슨 황망한 말씀이시옵니까?"

"말해 보아라. 어떤 자리를 원하느냐?"

"전하."

벼슬길에 오른 사내라면 누구라도 원하는 일임에도, 소식을 전하는 왕은 감흥이 없었고, 듣는 재헌은 건조했다.

"홍문관으로 자리를 옮겨 후에 옥당의 우두머리가 되는 것도 좋겠지. 살벌하게 치고받는 의정부의 상신(相臣, 삼정승)보다 홍문관과 예문관을 아우르는 양관의 대제학이 되는 것이 나쁘지는 않을 게다."

"문형(文衡, 대제학을 달리 이르는 말)의 자리를 그토록 가벼이 구중에 올리시면 아니 되옵니다."

"하는 것을 보면 지금 있는 그 자리가 천생인 듯도 하고."

혼잣말처럼 중얼거린 왕은 그새 비워진 과녁을 향해 시위를 당겼다. 깔끔히 명중을 한 다음 재헌의 습사까지 지켜보더니 말을 이었다.

"본디 대간의 승차는 빠르다. 전례를 살펴보니 6품에서 3품까지 보통의 관리가 30년이 넘게 걸린 반면 대간의 경우 6년이면 족하더군. 그 또한 개인차가 있다 해도, 군주의 목숨을 구한 네가 아니냐. 그것까지 감안하면 그동안 오히려 푸대접을 받았다고 할 수 있지."

"정언으로 승차한 뒤 꽤 오랜 시간 제대로 직을 수행하지 못하였사옵니다. 하는 일도 없이 특권만 누린다면 부끄러워 어찌 감히 전하께 진계를 올릴 수 있겠나이까."

"그것이 어디 일신상의 문제였더냐. 네가 몸져누운 이유는 세상 모두가 알고 있다."

짜증이 다소 가라앉긴 했지만, 왕의 눈썹 사이엔 여전히 짙은 주름이 그어져 있었다.

활터로 불려 오기 전 재헌은 내관에게 미리 귀띔을 받았다. 성상께서 대비전과 그 비호를 받는 세력으로 인해 성심이 어지러우시다는.

영의정과 호판은 작년에 있었던 보직 인사를 만족스러워하지 않았다. 계속 벼르고 있다가 이번에 다시 시도하는 통에 대전에서 기어코 큰 소리가 터져 나왔다. 화가 난 임금은 재헌의 승차를 들먹거렸고, 늙은 대신과 척신은 '아니 되옵니다'를 외치며 입에 거품을 물었다.

사고 이후 재헌은 건강상의 이유로 사직을 청했다. 하지만 왕이 그의 공적을 치하하며 오히려 품계를 올리겠다고 해 한바탕 난리가 났었다. 당시 저들은 재헌이 이미 빠르게 승차하고 있어 과하다고 하더니, 이번엔 정언으로 제수된 뒤 병상에 누운 기간이 길어 아직 햇수를 채우지 못했다는 꼬투리를 잡았다.

젊은 왕이 분노한 이유는 재헌을 승차시키지 못했기 때문이 아니었다. 저들이 감히 대비전을 등에 업고 자신을 좌지우지하려 한다는 데 있었다. 따라서 이 시각, 재헌이 해야 할 역할은 왕의 화가 풀릴 때까지 옆에 서서 원론적인 대답만 반복하는 것이었다.

그런데 어쩐지 그것이 전부가 아니라는 느낌도 들었다. 왕은 그들의 작태에 화를 내면서도 중간중간 재헌을 흘끔거리며 달리 하문하고 싶은 말이 있음을 드러냈다.

"참, 외숙께서 말씀하시더구나. 여은이가 청학동 별저에 갔다고?"

176

속내는 불시에 흘러나왔다.

"예. 소신도 그리 들었습니다."

"그 아이를 본 적이 있느냐?"

"아직 없사옵니다."

"그래? 그럼 윤도경은?"

화살을 만지작거리던 왕이 뜻밖의 인물을 거론했다.

외사촌에 관한 물음은 지금 던진 저 질문을 위한 초석이었던가.

재헌은 한쪽 눈썹을 삐뚜름히 들어 올리면서도 직전과 다름없이 정중하게 상답했다.

"전하를 시위하여 안국방에 갔을 때 먼발치서 처음 보았습니다."

"하면 얼굴을 알겠구나."

재빠르게 돌아보는 눈길이 날카로웠다. 재작년 만추, 주막에서 올린 대답과 한 치도 어긋나선 안 된다는 의미였다.

당시 왕은 비를 쫄딱 맞고 도착한 재헌에게 떠보듯이 캐물었다. 새벽부터 비가 내렸는데 어찌하여 우구도 챙기지 못했느냐고. 저자에서 그가 윤도경을 알아보고 우산을 건넸던 것인지, 아니면 단순한 우연에 지나지 않았던 것인지 확인하고 싶어 하는 눈치였다.

재헌은 태연히 모르는 척하였고, 그녀와 관련한 대화는 흐지부지 넘어갔다. 하니 지금도 그리해야 하는데, 윤도경을 모른다고 부정하고 싶지 않았다.

왕은 한층 차가워져 대답을 재촉했다.

"얼굴을 아느냐?"

"밤에 먼발치서 보아 당일엔 정확히 확인하지 못하였사옵니다."

그때는 몰랐으나 지금은 알고 있다. 재헌은 고집스럽게 아슬아슬한 대답을 내놓았다.

왕은 눈썹을 바짝 치켜세웠다가 내릴 뿐 웬일인지 자세히 캐묻지 않았다.

"하긴, 가까이서 본 나도 흐릿한 얼굴을 네가 기억하고 있을 리 없지."

대신에 안 해도 되는 말을 굳이 덧붙였다.

"지루한 여인이었다. 관심을 끌 만한 특별한 구석이 조금도 없었다고 해야 할까. 딴엔 예쁘게 단장하고 인사를 올렸을 것인데 참으로 딱한 일이 아니냐. 무색무취, 그토록 존재감이 없기도 어려울 것이다."

왕은 가볍게 혀를 차더니 곧장 화제를 바꾸었다.

"감우당엔 언제 내려가느냐?"

"며칠 내로 옮길 것이옵니다."

"거기서 등청하려면 힘들겠구나."

"청학동에서 오가는 관리와 관원이 일부 있는 줄로 아옵니다."

"그래. 필요하면 말을 이용해도 되는 일이니."

왕은 손에 쥐고 있던 화살을 성의 없이 내려놓았다. 볼일도 끝났겠다, 오늘의 습사를 여기서 마치겠다는 동작이었다.

"그러고 보니 감우당에 한번 가 보지를 못했어. 채 대감께 안부도 물을 겸 내 조만간 들르도록 하마. 오늘 수고했다."

제 쪽을 쳐다보지도 않고 떠나는 임금의 뒷모습을 재헌은 서늘한 눈길로 지켜보았다.

현재의 왕실은 손이 귀했다. 승하하신 왕후께선 살아생전 합궁조차 어려웠고, 간택 후궁 중에서도 수태에 성공한 경우는 딱 한 번이었다. 그마저도 옹주가 태어나 두 돌을 넘기지 못하고 졸하는 바람에 대궐은 늘 쥐 죽은 듯 조용했다.

불안해진 중신들은 후계가 비었으니 삼년상과 상관없이 왕비를 들이자며 하루가 멀다 하고 상소를 올렸다. 그에 대해 대비전은 묵묵부답이었고, 전하께선 젊음을 과신하며 방관하고 있었다.

그러자 세간엔 왕실이 윤이환을 견제하는 중이라는 소문이 떠돌았다. 곤전으로 가장 유력했던 영의정의 딸을 막상 중궁에 올리자니 지금보다 더 거대해질 혜명 윤문이 부담스러웠을 거라고.

대비의 의중까진 재헌도 알 길 없으나 전하의 속내는 소문과 비슷했다. 가뜩이나 윤이환이 젊은 왕을 휘두르려고 하는데, 그의 딸이 중궁전을 차지하고 원자라도 낳는다면 그땐 정말 감당하기 어려울 테니까. 때문에 재헌은 윤도경이 곤전에 오를 일은 없다고 확신했다.

그런데 무엇일까. 정치적 저울질이 아직 끝나지 않은 건가?

조짐이 이상했다.

무색무취. 존재감이 미미하다고 폄훼하는 것치곤 윤도경을
향한 성상의 반응은 지나치게 예민했다.

특별한 풍경

감우당에서의 며칠은 순식간에 흘렀다. 정부인이 쾌차하고 있어 곧 내려온다고는 하지만 연세가 많아 낙관하기에는 일렀다.

그동안 열비는 이곳 사람들과 스스럼없이 어울렸다. 감우당의 귀빈께 한 치의 소홀함도 없이 극진히 대하라는 채 대감의 당부가 있어, 반목하는 집안의 하인일지언정 모두가 조심하는 분위기였다. 도경은 열비가 마음껏 이 댁 하인들과 어울리도록 놔두고 저녁이 되면 그 아이가 무심결에 조잘대는 이곳의 소식을 꼼꼼히 귀담아들었다.

정이 훈련한다는 연무장도 매일 아침 찾아갔다. 근처 툇마루에 자리를 잡고 앉아 주의 깊게 그를 지켜보았다. 정말로 찾아올 줄 몰랐는지 첫날 당혹스러워했던 정은 시간이 갈수록 안정을 찾았다.

도경은 그를 어디에서 봤는지 열심히 고민했다. 하지만 아무리 바라보고 있어도 알쏭달쏭, 아무것도 떠오르지 않았다. 심지어 원래 살던 세상에서의 인물들까지 전부 되돌아봐도 저런 얼굴은 없었다. 인상이 좋아 아는 얼굴로 착각했을 뿐 진짜 초면일지도 모른다는 생각도 슬금슬금 기어올랐다. 결국 도경은 성급한 결론을 내리기보다 모든 가능성을 열어 놓고 여유롭게 그를 주시하기로 했다.

흥미로운 사람은 또 한 명 있었다.

호판 댁 여식인 김가 여은.

그녀 역시 정부인의 소식을 듣고도 집으로 돌아가지 않았다. 예천댁을 통해 그 얘기를 전해 들은 도경은 다음 날 인사차 그녀를 찾아갔다. 대비께서 친정 조카에게도 같은 지령을 내리셨는지 은근슬쩍 떠보려는 속셈이었는데, 대화는커녕 얼굴 한번 보기 어려웠다.

찾아간 첫날, 방에서 나온 이는 곱상한 외모에 키가 멀대같이 큰 시비였다. 목에 무명천을 두른 그녀는 꾸벅, 허리를 굽혀 인사하더니 종이 한 장을 내밀었다. 언문이 적힌 쪽지 비슷한 것이었다.

아가씨께선 오수 중이십니다.

도경은 곧 그 아이가 말을 하지 못한다는 사실을 알게 되었다. 후천적으로 그리된 것인지 듣는 데에는 지장이 없어, 그럼 오후 늦게 다시 들르겠다고만 하고 물러났다. 그러나 때가 되어 찾아가니 잰걸음으로 달려 나온 시비는 이전처럼 종이 한 장만을 내밀었다.

아가씨께선 체증이 있어 쉬고 계십니다.

이후로도 한 번 더 찾아갔지만 상황은 반복되었다.

간밤에 잠을 설쳐 두통이 심하십니다.

두 번이나 거절당하면서도 설마 했던 도경은 그것을 끝으로 더는 찾아가지 않았다. 만남을 꺼리는 이유가 궁금하긴 했으나 딱히 미련도 없었다. 한데 열비는 감히 우리 아가씨를 무시했다며 콧김을 내뿜다 어디론가 사라져 김 낭자에 관한 소식을 잔뜩 들고 왔다.

"감우당에 도착한 첫날을 빼곤 방에 콕 박혀 나오지를 않는답니다. 거기를 담당하는 하인조차 아직 얼굴을 못 봤다고 하네요. 예천댁도 마찬가지랍니다. 첫날을 끝으로 아가씨를 뵐 수가 없어 답답해한다고요. 도대체 무슨 영문일까요?"

그녀의 뜻 모를 기행은 모두에게 궁금증을 유발하면서도 '나만 거부당한 게 아니었구나' 하는 묘한 안도감을 들게 했다.

그즈음 외숙에게서 반가운 글월이 당도했다. 이 시기에만 나는 약초가 있어 청학동에 올 예정인데 도와주지 않겠냐는 내용이었다. 그러잖아도 조금은 무료했던 차, 도경은 오랜만에 무명옷을 꺼내 입고 망태까지 둘러멘 채 달려 나갔다. 운동 삼아 약초를 캐다가 근 석 달 만에 보는 외숙과 수다나 떨려고 했는데…… 참으로 안일했다.

"쉴 틈이 없다, 도경아."

만나자마자 안부부터 챙긴 외숙은 마침 건강해서 다행이라며 아주 혹독하게 조카를 굴렸다. 도경은 주먹밥을 먹을 때만 빼고 어디인지도 모를 곳을 누비며 허리가 휘어져라 약초를 캐야 했다.

연구에 반쯤 미쳐 사는 외숙은 돌아설 때도 가차 없었다. 너덜너덜해진 도경을 어딘가로 데려가더니 검지 끝으로 숲 사이에 나 있는 좁은 길을 가리켰다.

"저기 오솔길 보이지? 저 길을 따라 쭉 올라가면 감우당의 서쪽 문이 나온다. 문 앞까지 데려다줘야 하는데, 내가 할 일이 쌓여 있어서 말이다. 오늘 정말 고마웠다. 조심히 올라가거라!"

외숙은 꽁지에 불이라도 붙은 듯 부리나케 멀어졌다. 두 눈이 퀭해진 도경은 멍하니 그 뒷모습을 지켜보다가 터벅터벅 오솔길로 들어섰다.

나뭇가지 사이로 나른한 햇살이 스며드는 오후였다. 땅으로 쭉쭉 쏟아지는 빛내림은 좁은 길을 따라 저 멀리까지 이어졌다. 몽환적인 산속 길을 천천히 걷다 보니 도경은 새삼 감회가 새로웠다.

겨우 이깟 노동으로 피로를 느끼고, 자연 속에 파묻혀 조용히 걸을 여유까지 생기다니…….

팔자가 늘어졌다고 실소하며 주위의 풍경을 돌아보았다. 그러다 어느 지점에 이르러 시선을 고정했다. 저 앞, 머리가 하얗게 센 한 노인이 혼자서 수레를 끌며 오르막을 오르고 있었다.

"아, 할아버지…….”

보는 것만으로도 앓는 소리가 절로 나오는 광경이었다. 한숨을 내쉰 도경은 남은 힘을 끌어모아 노인에게 달려갔다.

어린 시절, 신경이 쇠약했던 친할머니와 달리 도경을 예뻐해 주는 동네 할머니가 한 분 계셨다. 손수레를 끌며 폐휴지를 줍던 그분은 딱딱하게 못이 박인 손으로 도경의 머리를 늘 다정하게 쓰다듬어 주셨다.

쪼그만 게 뭘 그리 섧게 울어?

뭐? 쫓겨났다고?

으이그, 그 노인네가 또 지랄인가 보구나. 밥은 먹었고?

거칠지만 따뜻했던 그분의 손길이 도경은 너무나도 좋았다. 그래서 시간이 날 때마다 언덕 밑에 내려가 그분을 기다렸다. 저 멀리, 할머니가 느릿느릿 나타나면 다람쥐처럼 달려가 뒤에서 손수레를 밀어 주었다.

고맙다, 아가.

언덕 위에 다다라 싱긋 웃는 그분을 볼 때면 나도 쓸모 있는 아이구나 하는 뿌듯함이 들었다.

이제는 하늘에서 편히 쉬고 계실 점례 할머니를 그리워하며 도경은 노인을 거의 따라잡았다. 재빨리 숨을 고르고 힘을 모아 뒤에서 수레를 밀었다.

"도와드릴게요, 어르신!"

"응?"

낑낑거리느라 인기척도 못 느꼈던 노인이 뒤늦게 가던 길을 멈추고 돌아보았다. 눈이 마주치자 도경은 방긋 웃으며 알은체했다.

"저 위에 감우당 가시죠?"

"그렇기는 하지만……."

힘이 들어 얼굴이 붉게 상기된 노인은 가냘픈 체격의 도경을 훑어보았다.

"수레가 제법 무거운데, 괜찮겠소?"

"보기보다 골격이 튼튼해서요. 문제없습니다!"

"혹 감우당 사람인가?"

"아니요. 행인입니다."

명쾌한 정의에 노인은 너털웃음을 터트렸다.

"인적 드문 산길에서 우연히 만난 행인이라……. 그것도 나름 운치가 있구려."

"그럼 도와드려도 될까요?"

"여부가 있겠소. 내 염치 불고하고 처자에게 부탁 좀 하리다. 이 나이를 먹어 욕심을 부렸더니, 몸이 고단해 후회하던 중이라오."

"맡겨 주세요, 어르신!"

도경은 씩씩하게 대답하며 시원시원하게 수레를 밀었다.

청학동 골짜기엔 궁핍한 처지의 선비들이 많이 산다고 들었다. 생계가 막막한 잔반(殘班, 살림이 변변치 못한 양반)을 돕기 위해 감우당에서는 그들이 가져오는 어떤 물건도 값을 후하게 쳐서 받아 주었다.

글을 읽는 가장을 대신해 부녀자와 노인들이 들락거린다더니 그 말이 맞는 것 같았다. 수레를 끄는 노인은 차림새가 검소할지언정 외양이며 말씨에 교양이 넘쳤다. 비단옷을 걸친 웬만한 양반보다 자세가 꼿꼿한 것이 평생 책만 읽어 온 선비가 분명해 보였다.

젊은 시절, 방구석에 들어앉아 고고하게 책만 읽었을 노공을 상상하니 웃음이 나면서도 열불이 솟았다. 부인이랑 자식들이 생계를 꾸리느라 얼마나 고생이 많았을까. 도경은 작게 혀를 차면서도 최선을 다해 수레를 밀었다.

늘그막에 생계를 위해 체면을 버리고 집 밖으로 뛰쳐나온 잔반. 그것이 노공에 대한 도경의 첫인상이었으나, 알고 보니 꼭 그렇지만도 않은 모양이었다.

“아버님!”

노인과 합심해 서문 앞에 도착했을 즈음, 안쪽에서 곡괭이질을 하던 한 중년의 남자가 기겁하여 쫓아 나왔다.

“대체 무슨 일이십니까, 수레라니요! 다시는 이러지 않기로 하셔 놓고 왜 또 이러시는 겁니까. 발이라도 삐끗하여 다치시기라도 하면 어쩌시려고요!”

갑작스러운 그의 출현에 깜짝 놀란 도경은 이내 두 사람을 번갈아 보기에 바빴다.

부전자전이라더니 중년의 남자는 부친을 닮아 외모가 상당히 준수했다. 감우당의 텃밭에서 삵일하는 중이었나 본데, 곡괭이질을 하면서도 저리 귀티가 날 수 있다는 게 신기했다.

도경은 감탄을 거듭하다 정신을 차리고 슬금슬금 그들과 멀어졌다. 이대로 서문을 통과해 거처를 찾아가도 되지만 그러기엔 상황이 녹록지 않았다. 남산골 선비들에게 혜명 윤문이 어떤 악명을 떨치고 있는지 익히 들어 알고 있는바, 아름다운 이별을 위해 이쯤에서 조용히 사라져야 할 때다.

급한 대로 뒷걸음질을 쳐 모습을 감추는 게 일차적 목표. 그런 다음 다른 문을 찾아가기보다 담장이 낮은 곳을 골라 월담을 시도하면 시간을 아낄 수 있을 것이다. 성공적으로 그들과 몇 발짝 떨어진 도경은 과감하게 방향을 돌리려는데,

"거, 어디 가시오?"

마지막 순간 하필 노공과 눈이 딱 마주쳐 거창했던 작전은 실패로 돌아갔다. 계획은 완벽하나 언제나처럼 현실이 따라 주지 않아 유감인 인생이었다.

잠시 후, 두 부자에게 포위된 도경은 기어코 서문을 넘고야 말았다. 그냥은 절대로 보낼 수 없다며 목이라도 축이고 가라는데, 말릴 틈이 없었다.

도경은 안절부절못하며 가슴을 졸이다 눈이 휘둥그레져 주위를 둘러보았다. 언뜻 밭이 있는 걸 보기는 했지만, 안으로 들어와 보니 완전 다른 세상이었다. 단순하게 밭을 조성한 게 아

니라 정성 들여 가꾼 텃밭 정원에 와 있는 느낌이었다.

가지런히 정리된 텃밭은 조형미가 흘렀고, 주위를 에워싼 조경수와 봄꽃은 멋스러움을 더했다. 그리고 한편엔 아담한 정자까지 세워져 있어 일을 하다 땀을 식히기에도 그만이었다.

이토록 동화 같은 농사라니…….

오가는 사람 없이 한적한 분위기까지 완벽했다. 행여 누군가 이곳을 지나간다고 해도 자신을 알아볼 하인은 거의 없었다. 그렇게 생각하자 한결 마음이 편해졌다.

도경은 노인이 이끄는 대로 일단 정자에 앉아 숨을 돌렸다. 수레에 꽃모를 실었다고 하더니, 여간 힘든 게 아니었다.

"매실로 탄 음청(飮淸, 후식으로 마시는 음료)입니다. 시원하니 목이라도 축이십시오."

어딘가로 사라졌던 아들이 시탁을 들고 나타나 음료를 내밀었다. 맞은편에 부친과 나란히 앉은 그는 입가에 미소를 머금고 도경을 지그시 바라보았다. 오랜만에 만난 손녀, 혹은 딸이라도 보는 듯 그들의 눈길엔 다정한 호의가 가득했다.

"저보다는 어르신이 힘드셨을 텐데요."

"내 건 여기에 있소."

도경이 곤란해하자 노공은 시탁에 남아 있는 다른 한 잔을 가리켰다.

"늙은이는 천천히 마셔야 해. 냉수를 마시다가도 체할 수가 있거든. 하니 처자가 먼저 목을 축이시오."

친절한 설명과 함께 손을 들어 어서 마시라는 신호를 보냈다.

도경은 떠밀리듯 그릇을 들었다. 몸을 살짝 틀어 음료를 마시자 시원한 액체가 말라 있던 식도를 촉촉이 적시며 갈증을 해소해 주었다. 그제야 목이 말랐음을 깨달은 도경은 그릇에 든 음청을 남김없이 전부 들이켰다.

"맛이 어떻습니까?"

빈 그릇을 내려놓자 아들은 기대감을 드러내며 물었다.

"달고 시원합니다."

망설임 없이 흘러나온 대답에 두 부자의 눈가가 흐뭇함으로 차올랐다.

살포시 미소를 그리던 도경은 곧이어 고개를 비스듬히 기울였다. 처음에는 몰랐는데 이렇게 마주 앉아 다시 보니, 노공은 물론이고 중년의 남자까지 매우 낯이 익었다.

누굴 닮은 것도 같고…… 어디서 보았을까?

골똘히 생각해 보지만 당연히 봤을 리가 없는 조합이었다. 어찌하여 감우당에서 만난 사람들은 하나같이 어디서 본 것 같은 인상들인지…….

이렇게 되면 정이라는 아이 또한 진짜 초면이라는 결론밖에 나지 않았다. 괜히 유난을 떨며 애먼 사람을 잡았구나, 도경은 이제 와 실수를 인정하며 민망해했다.

"다시 한번 감사드립니다. 처자가 아니었다면 연로하신 저희 부친께서 큰일 날 뻔하였습니다."

"아닙니다. 누구나 하는 일을 한 것뿐인데요. 게다가 어르신이 정정하셔서 저는 별로 힘도 들이지 않았습니다."

"그럼! 내가 아직은 쓸 만하다오."

"그래도 무리하지 마세요, 어르신. 오르막길에서 수레를 끌다가 미끄러지기라도 하시면 큰일이니까요."

걱정 어린 첨언은 진심이었다. 노공은 고개를 끄덕이면서도 굉장히 뿌듯해했고 아들은 기특해하며 미소를 지었다. 별것도 아닌 일이 미화되는 것 같아 도경은 쑥스러웠다. 이제 슬쩍 자리를 떠나 볼까 하는데 노공이 망태기에 관심을 보였다.

"저걸 들고 무얼 하던 중이었소?"

"저희 외숙이 약초 연구에 푹 빠져 계시거든요. 도와 달라고 하셔서요."

"하면 약서를 엮고 계시나?"

"예. 벌써 몇 년째 그러고 계십니다."

"아무리 봐도 양반 같은데……."

무리 없이 대화가 진행되던 중 노공이 던진 다음 말에 도경은 가슴이 철렁 떨어졌다. 역시나, 대화가 길어지니 문제가 발생했다.

"어느 댁의 누구이신지……?"

너는 물론 네 부친의 함자와 본관 등을 상세히 읊어 보라는 소리였다.

그야말로 난감한 일이 아닐 수 없다. 남산골에서 혜명 윤문이라면 구린내가 진동한다고 질색하는 것으로 알려져 있다. 어떤 이들은 대화 중에 윤 대감만 나와도 냄새가 역하다며 성을 낸다는 소문까지 파다했다.

그렇다고 이름을 아무렇게나 지어서 댈 수도 없고, 곤경에 처한 도경은 예전에 달달 외운 외가 쪽 족보를 떠올려 보았다.

"저는……."

경원 홍씨 가문에서도 방계 쪽 이름을 가져다 대면 될 듯싶은데, 도경이 입을 열자 두 부자의 상체가 동시에 앞으로 기울었다. 관심 있게 듣고 있다는 무언의 몸짓이었다.

찰나였지만 그 순간 마음이 바뀌었다. 저리 성의껏 듣고 있는 어른들을 기만하고 싶지 않았다. 무엇보다, 집안의 가장인 윤 대감을 부끄러운 존재로 남겨 둬선 안 된다. 도경은 이름과 가문을 정확히 밝히기로 결심하고 입을 여는데, 첫말을 떼기도 전에 어디선가 낭랑한 음성이 울렸다.

"할아버님! 아버님!"

정자에 있던 세 사람의 고개가 일제히 옆으로 돌아갔다.

한 아리따운 규수가 고운 치맛자락을 나부끼며 달려오고 있었다. 뽀얀 피부에 동글동글한 눈망울이 한 마리의 청초한 꽃사슴 같았다.

"자영아!"

……자영?

어디선가 들어 본 것 같은 그 이름에 도경의 사고가 정지했다. 꽃사슴 같은 그녀 뒤로는 한 무더기의 사람들이 줄지어 나타났다. 하나같이 인물들이 훤하고 귀태가 흐르는 모습이 명문가에서 나고 자란 귀한 핏줄 같았다.

설마…….

목덜미가 선득해져 몸이 약하게 떨렸다.

……채자영?

멍해진 도경은 고개를 다시 바로 하고 두 부자를 유심히 살펴보았다. 그들의 모습에서 채재헌의 얼굴이 이제야 정확히 겹쳤다. 뒤늦게 알아챈 무서운 사실에 도경은 소스라치게 놀라 경악했다. 때마침 정자에 도착한 자영은 환하게 웃으며 인사했다.

"저희 왔습니다. 그간 평안하셨는지요."

"어찌 벌써 왔느냐? 며칠 더 있다 오기로 해 놓고."

"고모할머님께서 더는 지체할 수 없다고 하셔서요."

"고모님은 지금 어디에 계시고?"

"멀미를 하셔서 쉬고 계십니다. 그런데 이분은……."

자영은 호기심 어린 눈으로 도경을 바라보았다. 제 또래의 규수가 앉아 있으니 궁금한 표정이었다. 도경은 눈앞에서 벌어진 이 모든 광경이 꿈이기를 바랐다. 특히 채 대감 부자가 자신을 보며 겸연쩍어하자 등골에 식은땀이 맺혔다.

"미안하오, 처자."

"아닙니다, 어르신. 사실 제가……."

"아니, 아니. 모두가 나의 잘못이오."

도경이 좌불안석 되어 무릎까지 꿇자 채 대감은 안타까워하며 오히려 자신을 탓했다.

"내가 누구인지 먼저 밝혔어야 했는데 너무 무례하였소. 실은 내가……."

"아가씨……?"

혼돈의 연속이었다. 갑자기 끼어든 친숙한 목소리는 다름 아닌 예천댁. 도경은 네가 왜 여기 있느냐는 듯 어리둥절해하는 그녀를 보며 망연자실해졌다.

부친의 곁에서 미안해하던 이판은 도경과 예천댁을 번갈아 보다가 궁금해했다.

"자네도 아는 분이신가?"

"예, 대감마님. 저분은……."

"윤도경입니다."

영혼이 반쯤 나가 있던 도경은 뒤늦게 중심을 잡고 재빨리 대답을 가로챘다. 남의 입을 통해 알리는 것보다 차라리 스스로 밝히는 편이 낫겠다는 판단 때문이었다.

두 대감의 눈가에 설마 하는 놀람이 퍼져 나갔다. 차마 그 모습을 보고 있을 수 없어 도경은 고개를 숙이고 남은 말을 이었다.

"부친의 함자는 이 자, 환 자. 본관은 혜명입니다. 인사가 늦어 송구합니다."

고요한 정적이 주위를 에워쌌다. 숨소리도 들리지 않아 더 괴괴한 적막. 힐끔 훔쳐본 두 대감의 낯빛이 몰라보게 경직되어 도경은 한순간에 불청객으로 전락한 기분이었다.

어떻게 그곳을 빠져나왔는지도 기억나지 않았다. 예천댁을 따라 걷는 동안 수많은 시선이 따갑도록 달라붙는 느낌만 강렬했다.

거처에 도착한 도경은 심신 안정에 좋다는 환약부터 한 알

꺼내 먹었다. 흙먼지를 뒤집어써 목욕까지 끝냈더니 몸이 땅속으로 꺼질 것만 같았다.

"가회방에서 정언 나리만 빼고 전부 내려오셨답니다. 대군자가도 계셨다는데 혹시 보셨습니까?"

도경이 충격에서 헤어나지 못하고 있자 열비가 자진해서 나섰다. 잠깐 누워 계시라더니, 고새 가까워진 하인들을 통해 감우당의 소식을 실속 있게 챙겨 왔다.

"두 분 대감께선 아가씨가 여기 도착하기 전부터 내려와 계셨다고 합니다. 아침마다 이판 대감께서 등청하셨는데 왜 그걸 여태 몰랐냐며 도리어 의아해하더라고요. 송구합니다. 쇤네가 바깥채 소식에 너무 소홀하였습니다."

"아니다. 나도 어르신들이 계실 줄은 꿈에도 몰랐어."

이 댁 하인들은 처음부터 그쪽에 관해선 일언반구도 하지 않았다. 그렇기에 도경은 정부인이 오실 때 동행하시겠거니 예상하고 있었다. 이 아름다운 감우당도 마음대로 돌아다니지 못했다. 예천댁은 편히 둘러보라고 했으나, 주인이 없는 곳을 휘젓고 다니는 건 예가 아니었기에 행동을 조심했다. 호판 댁 규수가 꼼짝하지 않고 있는 이유도 바로 그래서일 거라고 넘겨짚었다.

하지만…… 어른들이 계신 것을 알았다고 한들 산길에서 만난 노공이 채여준 대감일 거라고 짐작이나 할 수 있었을까. 두 분 모두, 어쩜 그리 태연하게 수레를 끌고 밭일을 하셨는지.

적막이 감돌던 오후의 그 순간이 떠올라 도경은 으스스 한기를 느꼈다.

"참, 놀라운 소식이 있습니다!"

"뭔지는 모르겠다만 내가 더 놀랄 수 있을지 모르겠구나."

"민 규수라고, 이번에 감우당에서 함께 지내게 된 아가씨 한 분 계시잖아요."

도경은 힘없이 고개를 끄덕였다. 그녀라면 예천댁에게 들어 알고 있었다. 채여준의 친구이자 전 부제학의 손녀라고 하였나. 텃밭에 몰려온 일행 중 그녀도 있었다고 하는데, 너무 놀란 나머지 채자영 외에는 그 누구의 얼굴도 보지 못했다. 심지어 그토록 고대하고 궁금해했던 채재윤마저도.

"민 규수가 왜?"

"그분이 글쎄, 이 댁 큰 도련님을 살린 은인이었답니다."

"뭐?"

장침에 몸을 기대고 있던 도경이 깜짝 놀라 허리를 일직선으로 세웠다.

"아가씨가 그때 그러셨잖습니까, 도움을 청하려고 숲길로 뛰어들었는데 인기척이 나서 돌아보셨다고요. 거기서 나타난 분이 바로 그 민 규수였나 봅니다."

"확실하니? 그때 한 사람이 아니었거든."

"예, 민 규수랑 민 진사 나리요. 그 오라버니라는 분도 이번에 같이 내려왔답니다. 대과 준비 중이신데, 머리도 식힐 겸 여기서 이틀 정도 머물다 가신다고요."

열비는 찜찜함을 떨쳐 내지 못하고 확인했다.

"그분들이 아가씨를 못 본 게 확실하겠죠?"

"볼 수 있는 상황이 아니었다."

"쇤네는 모르겠습니다. 아가씨가 알려지지 않은 게 다행이면서도, 사람들이 그분들만 칭송하니까 기분이 좀 묘했습니다. 정언 나리의 목숨을 살린 진짜 귀인은 여기서 눈총이나 받고 계시는데……."

위험한 발언이었다. 따끔하게 주의를 줘야 하지만 당장은 대꾸할 힘이 남아 있지 않았다.

기운이 없어 아예 보료에 누워 버린 도경은 멍한 눈으로 천장을 올려다보았다. 이보다 더한 첩첩산중이 어디 있을까. 처음부터 얽히고설킨 사람들과의 관계가 어쩐지 예사롭지 않은 징조처럼 느껴졌다.

소동이 있었던 다음 날, 도경은 안채를 벗어나 감우당의 새로운 영역에 발을 내디뎠다. 몇 개의 중문을 넘는 동안 예천댁은 조곤조곤한 말씨로 오늘의 다과 모임을 설명했다.

"원래 이 자리는 감우당에 오신 첫날 마련될 예정이었습니다. 한데 일정이 미뤄져 오늘에야 모시게 되었습니다."

"지금 전부 모여 계시는가?"

"정언 나리께서는 아직 도착하지 않으셨습니다. 수시로 대전에 불려 가시는지라 늦으면 오후 늦게 당도하실 겁니다."

"여은 낭자께서는?"

"호판 대감께서 반 시진 전에 내방하시어, 부친을 따라 서옥에 나와 계십니다. 거의 다 왔습니다."

어제저녁, 볕이 좋은 오후쯤 다 같이 모여 다과나 함께 하자는 연락을 받았다. 처음엔 당황했고, 어떤 핑계를 대서든 빠지고 싶었다가, 일단 이 댁 식구들과 원만한 관계를 유지해야 한다는 생각에 기꺼이 초대에 응했다.

직전까지만 해도 당당히 부딪쳐 보자는 의지가 강했는데 막상 서옥에 가까워지자 평정심이 흔들렸다. 두 대감을 어떤 얼굴로 마주해야 하는지, 뼛속까지 진짜 양반인 이곳 사람들을 앞으로 어떻게 대해야 하는지 막막해지는 와중 예천댁이 목적지에 당도했음을 알렸다.

입구로 들어서자 자연 속에 자리한 또 하나의 은신처가 그림 같은 자태를 드러냈다. 크고 고요한 연못엔 녹색의 수련 잎이 운치 있게 떠 있고, 그 앞의 누마루엔 채 대감과 이판이 사람들과 둘러앉아 두런두런 대화를 나누고 있었다. 정자관을 쓰고 심의를 입고 있는 모습이 소탈했던 어제와는 확연히 달랐다. 무명옷을 입고도 범상치 않았던 그들이기에 아무리 편복 차림이라고 해도 도경은 잔뜩 쪼그라들었다.

"여기가 서옥입니다."

예천댁이 나직한 목소리로 귀띔해 주었다.

"이쪽으로 모시겠습니다."

고개를 끄덕인 도경은 속으로 호흡을 가다듬었다. 아직도 민기지 않았다. 우연히 만나 웃음을 나눈 분들이 다름 아닌 혜명 윤문을 무너트린 당사자들이었다니. 긴장한 탓인지, 발을 내딛고는 있으나 허공 위를 둥둥 떠다니는 듯 아무런 감각도 느낄 수 없었다.

바람이 불자 봄철의 건조한 나뭇잎이 우수수 흔들리며 청정한 소리를 냈다. 도경은 유난히 맑게 퍼지는 녹음의 울림을 들으며 다과상에 놓인 차를 들었다. 불안했던 마음이 다소나마 진정되었다.

누마루엔 채여준 대감과 명원 대군을 기점으로 양옆에 이판과 호판이 거리를 두고 마주하여 앉아 있다. 이판 채승우 옆으로는 정부인과 채씨 남매가, 맞은편인 호판의 옆으로는 김 규수와 민씨 남매가 자리를 잡았다.

계곡에 나타났던 민씨 남매는 소개받지 않았다면 그들이 누구인지 모를 정도로 초면이나 다름없었다. 서로의 얼굴조차 알아볼 수 없다는 사실에 그나마 안도하며 도경은 가장 끄트머리, 비어 있는 찻상 앞에 자리했다.

잠시 중단되었던 어른들의 대화도 재개되었다. 도경은 차로 입술을 축이며 쿵쾅대는 심장이 평소처럼 돌아오기를 기다렸다. 그리고 찻잔을 비울 때쯤 다소간 떨림이 가라앉아 주위가 차차 눈에 들어오기 시작했다. 안정을 되찾은 도경은 슬그머니 눈동자를 굴려 앞으로 자주 보게 될 규수들부터 한 명씩 곁눈질해 보았다.

'기댈 만한 친구라도 한 명 만들 수 있으면 좋겠는데…….'

세 명 모두 각자의 개성이 또렷했다. 채자영이 새침한 꽃사슴이라면, 궁금했던 김여은은 도도한 얼음 공주, 민서윤은 푸르게 뻗은 난과 같이 차갑고 우아했다.

누구 하나 말랑한 사람이 없구나.

의지처를 찾지 못해 실망한 도경은 뜻하지 않게 정부인이 시야에 들어와 화들짝 놀랐다. 하얗게 센 머리와 꼿꼿한 자세가 어디 하나 비집고 들어갈 틈이 없었다. 명문가의 영양으로 나고 자라 사족의 안주인으로 긴 세월을 살았으니 권위가 몸에 배어 있는 것도 당연한 이치였다.

눈이라도 마주치면 어떡하나. 후다닥 시선을 피하려다 그 옆의 채재윤이 눈에 들어오자 이번에는 눈동자의 움직임을 재깍 멈추었다. 글로만 접했던 책 속의 인물을 실제로 만난다는 건 꿈처럼 경이로웠다. 특히 외모며 분위기가 상상했던 그대로라 내적인 친밀감이 마구 샘솟았다.

"도경이는 오랜만이구나."

요령껏 채재윤을 훔쳐보던 도중 갑작스레 들려온 소리였다. 흘깃 돌아보니 대비의 친정 아우이자 호조 판서인 김사흔이 이쪽을 보고 있었다.

한 시진 전, 예고도 없이 들이닥쳐 모두를 당황케 했다는 사람. 누님과 달리 넉살이 좋은 모양이지만 조금도 달갑지 않았다. 소외된 이까지 챙겨 주려는 그 선의는 감사하나, 호판과의 기억이 없는 데다 모두의 주목을 받게 되어 도리어 곤란했다. 도경은 최대한 두루뭉술하게 대응했다.

"인사가 늦어 송구합니다. 그간 강녕하셨습니까?"

"오, 그래. 나를 기억하고 있었느냐? 마지막으로 너를 본 게 엊그제 같은데 그새 많이도 자랐다. 이제 어엿한 처자가 되었어."

그 말인즉 어렸을 때 이후 처음 본다는 소리였다. 안국방에 가끔 들른다는 그이지만 안채엔 들어올 일이 없으니 이상한 일도 아니었다.

"내 어제의 이야기는 들었다. 서로 신분도 모른 채 이 댁 어른들과 연을 맺었다고? 규중의 음전한 처자가 누구인지도 모를 이의 수레를 밀어 주었다는 소리는 내 평생을 살며 처음 듣는다. 하긴, 망태기를 메고 홀로 산을 누비고 있었다니 능히 그럴 수도 있었겠지. 하나부터 열까지 놀랍고도 파격적이나 다행이기도 하다. 네가 몸이 약하다는 소문이 있어 걱정이 많았거늘 괜한 우려였어. 아니 그렇습니까, 대감?"

칭찬인지 비아냥거림인지 모를 소리였다. 그래 놓고 김사흔이 호응을 바라자 채 대감과 이판은 꽉 다문 입술을 열지 않았다. 도경을 동정하기 때문만은 아닐 것이다. 두 대감을 비롯해 이 자리에 참석한 채씨 집안 사람들은 어제의 일을 거론하는 것 자체가 껄끄러운 기색이었다.

아무리 둔하다고 한들 모를 수 없는 분위기인데 호판은 아무렇지 않게 그 일을 들먹이며 누마루가 들썩거릴 정도로 껄껄 웃었다. 부친께 그 소식을 전했을 여은도 주위가 썰렁해지건 말건 태평하게 산차를 홀짝거렸다.

거처에 처박혀 꼼짝도 안 하는 줄 알았더니, 김여은 저 여자는 바깥소식을 전부 꿰고 있었나 보다. 도경은 여은의 행보가 신기하면서도 김사흔 부녀가 절대적으로 싫어졌다. 집안의 정치적 성향상 같은 편인 줄 알았는데, 피아 구분 없이 저격을 해 대니 머리가 다 얼얼했다.

"그러고 보니 홍우재였군."

듣기 싫은 웃음소리는 채 대감이 입을 열며 자연스레 흩어졌다.

"약초 연구에 빠져 있다던 네 외숙 말이다."

내내 눈길 한번 주지 않던 노대감이 처음으로 도경에게 말을 건넸다.

"예, 대감마님."

"똑똑한 괴짜라고 하더니, 역시 정무보단 학문에 관심이 많았던 게야. ……기특하구나. 아무리 외숙의 부탁이라고 하지만 그런 차림으로 약초를 캐러 다니기란 쉬운 일이 아니었을 터인데."

어제처럼 다정한 눈빛은 아니었다. 하나 무뚝뚝하게나마 곤란해진 도경을 감싸 주려는 의도가 다분했다. 생각지도 못한 친절에 감사하다는 의미로 고개만 살짝 숙여 보였다.

도경에게서 시선을 거둔 채 대감은 둘러앉은 모두를 골고루 바라보며 다른 말을 이었다.

"이미 들어 알겠지만, 오늘의 이 자리는 내가 마련하라고 했다. 남녀가 유별하다고 하나, 당분간 한 울타리 안에 기거하게 되었으니 이 정도의 친분은 쌓아 두어야지. 그래야 서로를 대하는 데 있어 실수를 줄이고 예를 다할 수 있을 것이니라."

"예."

"이름이 도경이라고 하였느냐?"

모두가 다소곳이 '예'라고 합창하였거늘 채 대감은 도경만 콕 집어 하문했다.

"혹 평심서기(平心舒氣)라는 말을 들어 본 적이 있느냐?"

"마음을 평온히 다스리고 순화롭게 한다는 뜻으로 알고 있습니다."

천만다행히도 외숙께 배운 문자였다. 제발 이 이상의 질문이 날아오지 않기를 바라며 도경은 차분히 대답했다.

"그래, 맞다. 오래전 나의 조부께서 감우당을 짓기 시작하며 편액에 평심서기를 적으셨다. 단비처럼 좋은 소식이 들리는 이곳에서 흙을 만지고 독서를 즐기며 평온을 찾고 싶은 바람을 담으셨다는구나. 각자의 지향점은 다를 것이나 안온해지고자 하는 마음은 같을 것이니, 이곳에서만큼은 서로가 화합하여 평안히 지내기를 바란다."

"예, 어르신."

"……늦어서 송구합니다."

도성에서 가장 존경받는 어르신의 말씀을 모두가 공손히 받들었을 때였다. 입구에서 들려온 또 다른 목소리는 다소 정적인 기운이 강했던 누마루에 잔잔한 파문을 일으켰다.

"오라버니!"

"어, 왔구나!"

오후 늦게야 당도할 거라더니.

급하게 말을 몰아 왔는지 어디 하나 흐트러지지 않은 채재헌의 외관에서 바람의 내음이 나는 것 같았다. 빠르게 그를 훑어 내린 도경은 이내 시선을 바로 했다.

마지막 만남에서 도망치듯 책고를 나와 버렸기 때문인가.

다른 때와 달리 그를 똑바로 보는 것이 유난히 어려웠다.

감우당에 오면서 저 남자를 떠올리지 않았다면 거짓일 것이다. 한 번쯤은 이곳에서 마주치게 될 그와의 만남을 상상해 보았다. 하지만 그 이상은 아니었다. 감우당에 발을 들여놓은 그 순간부터 도경은 새로운 장소에 적응하기 바빴다. 그가 언제쯤 도착할까, 궁금해한 적도 없었다.

그런데 무슨 영문인지 그라는 존재의 등장이 상당한 동요를 일으키며 의식되었다. 도경은 이러는 자신이 이상하면서도, 마지막 만남에서 피하듯이 내뺐으니 당연하지 않겠냐며 복잡한 심경을 합리화했다. 그사이 재헌은 비어 있던 누이의 옆자리이자 도경과 마주 보는 곳에 자리를 잡았다.

그와 눈이 마주쳤다.

문관임에도 검술 훈련을 게을리하지 않는다더니 자세가 곧고 넓은 어깨도 반듯했다. 그럼에도 움직임만큼은 고아해 천성적으로 자아내는 분위기가 매우 독특했다.

빤히 바라보는 그의 시선이 부담스러워 도경은 무심한 척 눈을 비켜 내리떴다.

204

"예상보다 많이 늦진 않았구나."

"시각에 맞췄어야 했는데 송구합니다."

"아니다. 우리도 막 모여 앉은 참이었어."

살갑게 아들을 맞이한 이판은 도경과 여은을 흘끔 보았다.

"우선 소개해야 할 두 규수가 있는데…….""

"이쪽이 우리 여은이라네. 정부인께 이 아이를 잘 부탁드린다는 말씀을 드리고 싶어 내 실례를 무릅쓰고 이리 찾아와 있지."

호판이 눈치껏 끼어들어 제 딸을 소개했다. 재헌과 여은은 서로 정중하게 고개 숙여 인사를 나누었다.

나도 저렇게 하면 되겠구나. 두 사람을 지켜본 도경은 마음의 준비를 마쳤다.

"그리고 저쪽은 영의정 댁의 도경 낭자라 한다."

순서에 따라 이판이 도경을 소개했다. 이제 서로 고개를 숙일 차례였는데 어째 낌새가 이상했다. 조금 전과 달리 재헌은 꼼짝도 하지 않고 물끄러미 도경을 응시하고만 있다. 불길한 예감이 엄습했다.

설마 대뜸 알은척하는 건 아니겠지?

별별 상상을 하며 먼저 고개를 숙였다. 주위가 조용했다. 가슴이 콩닥거려 흘긋 위를 훔쳐보니 재헌은 고고하게 인사를 받고서 뒤늦게 까딱. 그러니까 김여은에게 했던 것의 거의 반 정도도 안 되게 턱만 살짝 움직이고 눈길을 거두었다.

알은척해 올까 봐 전전긍긍한 게 우스울 정도로 깔끔한 무시였다. 차라리 다행이라고 좋게 해석하면서도 도경은 민망함에 귓불을 붉혔다.

"참, 얘기는 들어 알고 있네. 여기 있는 민 규수와 민 진사가 자네를 구했다지?"

채재헌의 앞에도 찻상이 놓이자 호판은 민씨 남매를 돌아보며 지나간 사담을 꺼냈다.

"예. 갚을 수 없는 은혜를 입었습니다."

재헌이 깍듯하게 대답하자 민태호는 쑥스러워하며 모든 공을 누이에게 돌렸다.

"저는 별로 한 일이 없습니다. 우리 서윤이가 물가로 내려가 채 정언을 발견하지 못했다면 아무것도 모르고 그냥 지나쳤을 겁니다."

"그런 말은 말게나. 자네가 우리 재헌이를 업고 산길을 내려온 걸 세상 모두가 다 알고 있는데."

그의 겸손함이 예뻤는지 정부인은 환히 웃으며 민태호의 노고를 치하했다. 찬 서리를 풀풀 휘날리던 그분이 맞나 싶을 정도로 자애로운 표정이었다. 그 밖에 다른 채씨 집안 식구들과 명원 대군까지, 두 남매를 보는 눈길이 애정으로 가득 차 있었다.

"듣고 보니 신기한 일입니다. 채 정언의 목숨을 구한 이가 어찌 민지용 영감의 손주들이었는지……."

"인연이 닿으려고 그런 것이겠지요."

김사흔이 뜻 모를 표정으로 전 부제학을 거론하자 정부인은 득달같이 잘라 말했다. 본인의 입장을 똑똑히 밝히려고 작심한 듯 호판과 김여은을 번갈아 주시하며 강조했다.

"예성 채문에 떨어진 복덩이들입니다. 저는 이 아이들이 앞으로 계속 우리와 귀한 인연을 맺으리라 믿어 의심치 않습니다. 돌아가신 부제학께서 굽어살피시어 엇나갈 뻔했던 인연을 바로잡아 주신 것이지요. 안 그런가, 정언?"

"예. 그렇습니다, 고모할머님."

확인을 받으려는 정부인의 물음에 재헌은 순순히 동의했다.

특별할 것 없이 간단한 대답이었지만 그것은 적지 않은 이들을 기쁘게 했다. 정부인이 반색하며 재헌을 보았고, 태호의 입가에 미소가 실렸다. 눈을 살포시 내리뜬 민서윤의 두 뺨에도 옅은 홍조가 어렸다.

가끔 그럴 때가 있었다. 알려고 하지 않아도 저절로 보이고 알게 되는 때. 도경은 지금이 바로 그런 때인 것 같다고 생각했다.

감우당에 오기 전 교령이 말했다.

'호판 대감께서 채 정언 나리께 혼담을 넣었다는 설이 있습니다. ……예, 황당한 이야기지요. 그래도 혹시 모르니 그런 소문이 있었구나, 정도로만 알아 두십시오.'

워낙 말도 안 되는 풍문이었는지라 교령은 믿거나 말거나 식으로 귀띔해 주었고, 도경은 듣는 둥 마는 둥 했다. 그저 싱겁게 웃고 넘기면 될 소리인 줄 알았는데, 정부인의 과한 경계와 김사흔의 표정을 보니 그것이 헛소문만은 아닌 모양이었다.

호판은 정략적 혼인을 추진했을 것이고 예성 채문에서는 단호히 물리쳤을 것이다. 지금의 분위기로 봐서는 기괴한 혼담에 기겁한 채씨 가문의 어른들이 민서윤을 아예 맏며느릿감으로 낙점한 듯 보였다. 굳이 감우당에서 자수를 가르치려고 한 이유도 채재헌과 민서윤을 묶어 놓기 위한 어른들의 눈물겨운 노력일 터였다.

도경은 이제야 전체적인 그림이 머릿속에 그려졌다. 호판이 포기하지 못하고 달라붙은 자리에 자신이 들러리 겸 하수인으로 배정된 사실까지도.

헛웃음이 나는 것을 간신히 참았다. 이리될 줄도 모르고 채재헌에게 직접 예성 채문의 종부 자리를 요구하기까지 했으니……. 이미 지나간 일이긴 했으나 망신스러워 얼굴이 터질 것 같았다.

목이 말랐다. 미지근하게 식은 차로 타는 속을 달랜 도경은 고개를 들다가 흠칫하였다. 민서윤과 김여은을 둘러싸고 어른들끼리 치열한 간접 화법의 입씨름이 오가는 가운데 채재헌이 자신을 응시하고 있었다. 갑작스럽게 눈이 마주쳤지만 놀라지도 않았다. 당황하여 눈동자가 흔들리는 도경과 달리 그는 아무렇지 않은 얼굴이었다.

한동안 서로를 마주 보다가 도경이 먼저 눈길을 피했다. 지나치게 노골적이라 더는 마주 볼 자신이 없는데, 시선을 돌린 방향에 또 다른 눈동자가 기다리고 있었다. 움찔하여 어깨를 움츠리자 굳은 얼굴로 이쪽을 보고 있던 서윤이 차갑게 고개를 돌렸다. 난감해진 도경은 어디를 봐야 할지 몰라 방황하다가 가만히 눈을 내리깔았다.

다과는 약 한 식경가량 계속되었다. 그동안 도경은 간헐적으로 이어지는 집요한 시선을 무차별적으로 받아 냈다. 바라보고 있는 것도 저쪽이요, 죄를 지은 것도 아니었는데 누가 볼세라 가슴이 조마조마한 이는 도경이었다. 마른침을 삼키고 숨 쉬는 것마저 의식돼 가시방석이 따로 없었다.

그러다 마침내 모임이 끝나고 어른들이 자리를 떠나자, 도경은 도망치듯 서옥을 빠져나왔다. 길잡이를 해 줄 하인을 기다리는 것도 사치였다. 한시바삐 거처로 돌아가고 싶은 마음에 어디인지도 모르고 마구 길을 걷다 보니 막다른 길목이었다. 어느 쪽으로 가야 하나 좌우를 두리번거리자 어깨 너머에서 그 남자의 음성이 들렸다.

"왼쪽이오."

재헌은 기척도 없이 뒤에 와 있었다.

"따라오시오."

"거처로 돌아가던 중이었습니다."

"거기까지 데려다주겠다는 뜻이었소."

무턱대고 따라오라기에 대화하자는 소리인 줄 알았는데 재헌은 간단하게 받아치고 먼저 발을 뗐다.

"저기……!"

내가 어디에 묵는 줄 알고…….

뒷말을 이을 새도 없었다. 잔말 말고 그냥 따라오라는 듯 재헌은 성큼성큼 앞서갔다. 얼이 빠져 그의 등을 바라보다가 곧 정신을 차리고 뒤를 따랐다. 보폭이 넓어서인지 일절 서두르는 기색이 없음에도 그는 벌써 저만치 멀어지고 있었다.

그의 뒤만 졸졸 따라 걷다 보니 어느덧 거처에 도착했다. 내가 여기 묵는 것을 어떻게 알았냐고 물을 새도 없었다. 문 앞에 도착하면 저를 돌아보리라는 예상을 깨고 재헌은 아무렇지 않게 중문을 열고 안으로 들어갔다. 본인이 기거하는 거처에 드나들듯 아주 자연스러운 흐름이었다.

이 시대에 저래도 되는 것인가.

기겁한 도경은 혹 보는 눈이 있나 싶어 주위를 휘둘러보고는 그를 따라 안으로 들었다.

열비가 놀라서 뛰어나왔고, 재헌이 그 앞을 지나치며 간단히 하명했다.

"들어가 있거라. 네 상전과 할 말이 있다."

눈이 휘둥그레진 열비는 뒤따라온 도경에게 저분이 누구냐며 입술을 벙긋거렸다. 자초지종을 설명할 겨를은 없었다. 도경은 괜찮다는 신호를 보내고 종종걸음으로 그 뒤를 따라갔다.

재헌은 더 이상 갈 곳이 없는 화단 앞에 이르러서야 전진을 멈추고 돌아보았다. 일말의 바쁜 기색도 없이 단정하게, 흐트러진 숨으로 바쁘게 쫓아온 도경을 주시했다.

"대체 무슨 생각이오?"

"……무엇을 말입니까?"

호흡을 가다듬고 한 박자 늦게 대답한 도경은 누마루에서와 달리 그를 차분히 올려다보았다.

"무슨 꿍꿍이로 여기까지 온 것이냔 말이오!"

"그런 건 없습니다. 좋은 가르침을 받을 수 있다기에 기회를 잡은 것뿐이지요."

"책고에서 만났을 땐 어찌하여 한마디도 하지 않았소?"

"그땐 저도 몰랐으니까요."

"솔직하게 답할 생각이 조금도 없군."

시치미를 떼며 대꾸하던 도경이 뜨끔해져 얼굴을 굳혔다. 지나치게 의례적인 답변 때문이었나. 그에게서 씁쓸한 기운이 묻어났다. 살피듯 그를 보자 재헌은 피하지 않았다. 도경의 시선을 곧이곧대로 받아 주다가 약간의 공허함을 띠고 말했다.

"그대는 나에게 특별한 사람이오."

살랑, 바람이 불었다. 그 봄바람 속에서 언젠가 맡은 적이 있던 그의 난향이 전해졌다.

"어떤 점이 그러냐고는 묻지 마시오. 우린 서로 입장이 다르니까."

그가 말한 특별하다는 의미를 모르지 않았다.

내가 그를 살렸으니까.

인정하진 않았지만 채재헌도 그 사실을 잘 알고 있을 테니까.

그런데도 가슴이 출렁거렸다. 동공에 새겨진 찰나의 표정과 귓가에 스며든 듣기 좋은 목소리, 그윽하게 퍼지는 그의 체향은 도경의 가슴에 한 번도 경험한 적 없었던 잔잔한 물결을 일으켰다. 애초에 태어나지 말았어야 할 존재. 할아버지를 잡아먹고 집안을 망하게 한 재수 없는 아이. 뾰족한 독설에 수없이 찔리고 베였던 가슴이 특별하다는 그의 한마디에 멋대로 흔들리고 반응하는 것이었다. 이는 점례 할머니의 거친 손 아래에서 느꼈던 온기와 닮은 듯 다른 느낌이었다.

도경은 나약해지려는 마음을 능숙히 다잡았다.

"무슨 말을 하고 싶으신 겁니까?"

"짧은 만남이었지만 우린 제법 많은 대화를 나누었소. 하지만 언제나 남는 것이 하나도 없더군. 당신은 늘 무언가를 숨기고, 말을 돌리고, 아닌 척하기에 바빴지."

"그리 느끼셨다면…… 송구합니다."

도경은 고개 숙여 사과했다. 그의 지적은 틀리지 않았다. 이곳에서 자신은 어느 누구에게도 완전한 진심을 내보인 적이 없었다. 그럴 수밖에 없는 처지였다.

그러나 이를 인정할 수도, 당신이 오해했다고 발뺌할 수도 없어 아예 비겁한 사과를 선택했다. 나의 의도는 그것이 아니었으나 당신이 그렇게 느꼈다면 죄송하다는 식으로.

"그대를 탓하려는 게 아니요."

눈에 보이는 뻔한 수작을 그는 기분 나빠 하지 않았다.

"나는 그저, 못 했던 대답을 하고자 하오."

대신, 뜻 모를 소리로 도경의 의아함을 자아냈다.

"그게 무슨 말씀입니까?"

"그래도 딱 한 번, 그대가 내게 진심 어린 제안을 한 적이 있지 않소."

도무지 모를 소리였다. 도경이 감을 잡지 못하고 보고만 있자 그가 불쑥 민망한 과거를 끄집어내었다.

"예성 채문의 종부. 그 자리가 왜 갖고 싶은 거요?"

"그건⋯⋯."

지우고 싶은 과거의 부끄러운 기억. 수치스러웠던 그 순간이 상대의 입에서 되살아나 두 뺨이 화끈거렸다.

"끝난 얘기 아니었습니까?"

"아니지. 내가 아직 대답을 못 했는데."

"그 말씀은⋯⋯ 가능성이 남아 있다는 소리입니까?"

"혹시 아오, 이유가 마음에 들면 내가 그 제안을 받아들일지."

부끄러움조차 한순간에 씻겨 나갈 만큼 예상치 못한 전개였다. 느리게 눈을 깜박이던 도경은 곧 현실을 직시하고 뛰는 가슴을 진정시켰다. 김여은과 민서윤을 차치하더라도, 자신이 윤이환의 핏줄임을 알자마자 낯빛부터 바뀌던 두 대감의 얼굴이 저절로 눈앞에 어른거렸다.

"참 쉽게도 말씀하시는군요."

"어려울 것은 또 무엇이오?"

"나리께선 어른들의 뜻을 거스를 수 있으시겠습니까?"

"그건 내가 결정할 문제요. 하니 낭자는 대답이나 하시오."

그에게서 전해지던 씁쓸한 기운은 어느새 싹 사라지고 없었다.

"어떡할까? 시도해 보겠소, 아님 이대로 내가 돌아서길 바라시오?"

그의 눈빛엔 이것이 처음이자 마지막 기회가 될 테니 신중히 선택하라는 암시가 넘실거렸다. 도경은 그런 그를 응시하며 이

전과는 상황이 달라졌음을 상기했다.

채재헌, 역사 속의 그는 누군가를 아내로 맞이해 자식을 낳고 손주를 본 적이 없었다. 윤씨 처녀와 마찬가지로 이른 나이에 요절해 일찍감치 세상에서 흔적을 지웠다.

그러나 현재의 그는 살아 있고, 조상님도 어떻게든 그리될 예정이다. 그렇다면 언젠가 이들도 혼인해야 할 시기를 맞이할 터. 이미 짝이 있는 다른 이를 피해야 한다면 이 둘의 결합도 나쁘지 않았다. 아니, 혜명 윤문의 불행을 확실히 차단하고 자신과 윤씨 처녀가 각각 본래의 삶으로 안전하게 돌아가기 위해선 무조건 잡아야 할 동아줄인지도 모른다.

도경은 그 한 가닥 희망을 잡아 보기로 했다.

"그때 드린 대답이 부족하셨습니까?"

"우리의 혼인으로 왕실과 혜명 윤문의 공고한 결합을 막을 수 있다?"

"대군 자가와 나리의 가문에 많은 도움이 될 겁니다."

"아니. 우리 쪽에서 얻게 되는 이익 말고. 윤도경, 그대가 왜 이 자리를 갖고 싶은 거냐고."

남자는 말귀를 못 알아먹는 어린아이를 타이르듯 명료하게 자신이 듣고 싶은 바를 되짚어 주었다. 도경은 말문이 막혔다.

"시간을 주지."

함부로 입을 열지 못하고 우물거리자 그는 급할 것 없다는 태도였다.

"머릿속의 생각을 잘 정리해 내가 납득할 만한 이유를 가져와 보시오. 그때만은 진심이길 바라되, 정 속내를 밝히기 어렵거든 차라리 진실 같은 거짓말로 날 감쪽같이 속여 넘기기라도 하시오. 단, 거짓말은 완벽해야 하오."

그의 주문엔 도경이 거짓말을 하리라는 전제가 당연하게 깔려 있었다. 진심을 듣게 되길 바란다고 하지만 눈빛이며 어투는 애초에 그런 기대가 없어 보였다. 그런데도 군이 기회를 주려는 까닭이 의문스러우면서도 도경은 거기까지 깊이 고민하지 않기로 했다.

"기한은 언제까지입니까?"

"글쎄."

재헌은 도경에게서 시선을 떼어 주위를 쭉 둘러보았다.

햇살이 포근하게 내리쬐는 오후였다. 온화한 공기 중엔 꽃향기가 감돌고, 연초록의 나뭇잎은 청량한 바람을 한 움큼씩 머금고 있었다. 하늘에 둥둥 떠 있는 구름과 한들거리는 수풀, 꽃으로 가득한 화단. 눈에 보이는 모든 것을 차례대로 훑어본 그는 마지막으로 도경에게 이르러 시선을 고정했다.

가만히 바라보는 눈빛이 깊고 짙었다. 마음에 드는 그림이라도 바라보는 듯, 우연히 발견한 자연의 절경을 감상하는 듯……. 그런 다음 건넨 말은 그답지 않았다.

"이 특별해진 풍경이 눈에 익기 전까지가 가장 좋겠지."

거창하고, 애매모호했으며, 의미심장한 말이었다.

평소 정확한 문답을 선호하지 않았던가?

채재헌의 성정과 상충하는 대답이 이상하다고 느끼면서도

왜 그러는 거냐고 반문하지 못했다.

"그 이후가 되면, 난 이 거래의 필요성을 느끼지 못하게 될 거요."

이어서 들려온 그의 대답이 은근하게 서늘하면서도 경고처럼 느껴졌기 때문이다.

도경은 그가 했던 것처럼 봄으로 우거진 주위의 풍경을 느리게 둘러보았다. 겨울이 지나 싹이 나고 특별해진 봄. 이토록 푸르른 풍광이 눈에 익기 전까지란 의미였을까.

그렇다면 시간이 촉박하게 남은 것도 아니었다. 도경은 여름이 오기 전 어떻게든 그럴듯한 핑계를 만들면 되겠다고 혼자만의 근거 없는 결론을 내렸다.

규방가사

주름진 손에 자수틀을 쥐고 조금씩 기울이며 살피는 눈빛이 예리했다. 백발의 머리와 엄격히 다문 입술, 세월이라는 깊은 연륜감. 정부인 채씨는 금방이라도 잘못된 점을 찾아내 따끔한 질타를 쏟아 낼 기세였다.

첫날부터 규수들을 앉혀 놓고 가름수를 선보였다. 주로 나뭇잎을 표현할 때 사용하는 기법으로 언뜻 간단해 보이나 만만치 않은 작업이었다. 긴 땀과 짧은 땀을 섞어 가며 일정한 방향을 유지해야 하기에 까탈을 부리려고 작정하면 한도 끝도 없었다. 무턱대고 가름수를 선보인 뒤 다섯 개의 나뭇잎을 수놓아서 가져오라고 한 건 그러한 이유였다. 어떻게든 꼬투리를 잡아 감우당의 불청객을 혹독하게 다루기 위해서.

다행스럽게도 서윤의 솜씨가 제법 깔끔했다. 조카손녀인 자영의 것 역시 나쁘지 않았다. 힘 조절이 서툴고 잎맥을 경계로 양

쪽의 경사선이 일정하지 않은 것이 흠이었지만 수용 가능한 범위였다. 그럼에도 정부인이 못마땅해하는 건 나머지 둘에게도 의외의 손재주가 있기 때문이었다. 모양이며 마무리가 도경의 경우엔 서윤 못지않았고 여은 또한 최소한 자영보다는 나았다.

"흠……."

수틀을 쥐고 요리조리 뜯어보던 정부인에게서 한숨 비슷한 소리가 희미하게 흘러나왔다.

솔직히 낭패가 아닐 수 없었다. 마음 같아선 결과물을 무시하고 무차별적으로 비꼬아 주고 싶지만 그럴 경우 자영에게는 더 큰 질책을 해야 한다.

정부인은 자영을 흘긋거렸다. 어차피 진심도 아닌데 대의를 위해 마구 내지르고 봐야 하나 고민하다가 금세 마음이 약해졌다.

'아니지, 아니야. 어미젖도 못 얻어먹고 큰 것을 내 어찌 거칠게 다루누…….'

더군다나 자영은 채 대감이 애지중지 아끼는 하나뿐인 손녀다. 안쓰럽고 귀한 아이를 두 불청객에게 하듯 막 대할 순 없다. 결국 쓸까 말까 망설였던, 조금은 치사한 무기를 꺼내 보기로 했다.

"처음치곤 모두 잘했다."

끝까지 손에 쥐고 고심했던 결과물을 내려놓으며 정부인은 짤막한 감상평을 건넸다. 네 명의 규수가 다소곳이 묵례하자 상냥한 미소를 머금고 자연스레 화제를 전환했다.

"다음 단계로 넘어가기 전에 오늘은 염색에 관한 이야기를 해 주마."

자영이 눈을 크게 떴다. 다른 이는 몰라도 그녀만큼은 이것이 계획에 없던 일임을 알고 있었다. 정부인은 그런 조카손녀에게 모르는 척하라는 의미심장한 눈빛을 보내곤 천연덕스럽게 질문했다.

"아름답고 풍성하게 수를 놓기 위해서 기본적으로 필요한 것이 무엇이겠느냐?"

"다양한 색상의 실이 아니겠습니까."

기특하게도 서윤은 듣고 싶은 대답을 얼른 꺼내 주었다.

하는 짓이 어쩜 저리 예쁜지…….

흐뭇하게 고개를 끄덕인 정부인은 불청객을 쫓아내기 위한 혼자만의 작전을 우아하게 시작했다.

"갑자기 내용이 바뀌어 깜짝 놀랐습니다."

다른 규수들이 물러갔다. 정부인 곁에 홀로 남은 자영은 그들의 기척이 멀어질 때까지 기다렸다가 운을 떼었다. 앉은 자리에서 즉흥적으로 주제가 바뀌었으니 호기심이 생길 만했다.

"지금부터 내가 하는 말을 잘 들거라."

"예, 고모할머님."

"이른 시일 내에 윤씨 규수와 김씨 규수에게 염색을 시켜 보려고 한다."

"염색이요?"

무슨 말씀을 하시려나, 착실하게 귀를 기울였던 자영은 눈이 휘둥그레져 반문했다.

"염모(染母, 염색 일을 하는 여성 기술자)는 부르지 않을 것이다. 재료만 던져 주고 알아서 하게 할 생각이야. 그것도 배움의 일부라고 한다면 그 둘에게 떠맡겨도 명분이 산다."

"저랑 민 소저는요?"

"너희는 빼야지. 자영이 넌 염색의 전 과정을 잘 알고 있지 않느냐."

"전⋯⋯."

자영은 자신감을 잃고 뒷말을 흐렸다. 언젠가 정부인이 말한 적이 있었다. 실과 천이 염색되는 과정을 너도 직접 눈으로 보고 알아야 한다고.

그래서 자영은 날을 잡아 염색하는 과정에 참여했다. 앞치마를 두르고 적극적으로 소매도 걷어붙이긴 했지만, 염모가 물들일 때 곁에 서서 지켜보는 수준이었다. 실제로는 손에 물 한 방울 묻히지 않아 누군가 직접 해 보라고 한다면 엄두도 내지 못할 것이다.

한데 그 험하고 힘든 일을 두 사람에게만 떠맡긴다고? 부리는 하인도 아니고 영의정의 고명딸이요, 대비전의 본곁 조카를?

이게 과연 옳은 일인가 의문이 드는데 정부인은 강경한 입장을 고수했다.

"기든 아니든 고민할 것 없다. 너희는 이미 해 본 적이 있다고 서윤이와 미리 말만 맞춰 두어라."

"그리하면 저쪽에서 반감을 품을 텐데요."

"얼마든지 환영이다. 내친김에 쟁여 놓은 실을 전부 꺼내 거풍(擧風, 쌓아 두었던 물건을 꺼내 통풍을 시킴)까지 하라고 하면 어떻겠느냐?"

"너무 과합니다, 고모할머님."

"자잘하게 신경전을 벌이느니 강력한 한 방이 서로에게 깔끔하고 좋다. 진저리를 치며 제 발로 나가라고 이러는 것인데, 도리에 맞게 사정을 두면 아니 되지."

"아······!"

자영은 그제야 정부인의 전략을 이해했다. 괴롭히려는 게 아니라 스스로 나가게 하려는 것임을, 잔인하긴 하지만 그것이 썩 나쁜 방법이 아니라는 사실도.

"걱정스러우냐?"

"조금은 그렇습니다. 하지만 고모할머님의 의중도 이해가 갑니다."

자영의 솔직한 대답에 정부인은 차가운 미소를 지었다.

"나도 이렇게까지 하고 싶지는 않다. 하나 호판의 행태를 너도 보지 않았느냐. 왕실의 척신이라 하여 참아 주었더니 주제도 모르고 예성 채문을 모욕하려고 들어. 그 딸아이는 또 어떻고? 남의 집에서 일어난 일을 냉큼 고해바치는 것이 한없이 가벼운 제 아비와 닮았어!"

"아무리 그래도······. 저는 윤 규수가 걱정입니다. 할아버님과 아버님이 좋게 보신 것 같아서요."

"그러니 그쪽도 빨리 잘라 내야지. 풍문이 지저분해 간택이 될 수나 있을지 모르겠다만 제 아비가 어떻게든 술수를 쓰겠지."

"풍문이요?"

그새 모르는 소식이라도 터진 것인가, 자영은 어리둥절해하며 되물었다. 한창 힐난을 내뿜던 정부인은 아차 싶어 입을 다물더니 과격했던 발언을 모호하게 처리했다.

"혜명 윤문과 관련한 소문이 어디 하나 깨끗한 적이 있었더냐? 예성 채문의 사적인 영역을 그런 아이에게 길게 보여 줄 필요는 없다."

영 틀린 대답은 아니었다. 영의정의 세도가 높아지는 만큼 그의 가족과 관련한 소문은 늘 여염의 화제가 되었다. 그중에는 윤이환의 늦둥이 딸에 관한, 믿거나 말거나 식의 다양한 풍설도 존재했다.

실제로 만난 윤도경은 처음부터 자영의 눈에 들어오는 사람이었다. 소박한 차림을 하고 앉아 어른들과 웃음을 주고받는 광경이 멀리서 봤을 때 싱그러웠다. 그래서 관심을 보였고, 인사를 나누고 싶었다.

사색이 된 그녀가 자신이 윤도경임을 밝혔을 땐 정말이지 충격에 가까웠다. 여러 소문을 접하며 머릿속에 고정된 특정한 인상이 있었는데 실물과는 티끌만큼도 겹치지 않았다. 절대로 버리지 않겠다고 다짐했던 편견과 선입견이 삽시에 떨어져 나간 순간이었다.

그날 이후 오늘까지 자영은 도경을 어떻게 대해야 하는지 결정하지 못했다. 오월의 봄처럼 풋풋했던 첫인상이 강렬하게 남아 지워지지 않았다.

하지만…… 머지않아 그녀도 변하겠지.

왕실로 시집가 권력의 정점에 서기가 무섭게 지금의 순수함을 잃고 정쟁에 뛰어들 것이다. 본인의 입지와 친정의 영광을 위해 기꺼이 상대를 농락하고 정적을 제거해 가면서. 그 첫 번째 표적은 명원 대군이 될 것이요, 그를 쳐 내기 위해 가장 먼저 공격할 대상은 예성 채문이 될 것이다.

자영은 수수한 모습으로 사라졌던 도경이 다음 날, 사계화처럼 화려하고 호화로운 차림으로 나타났던 것을 떠올렸다. 지나친 단장은 눈살을 찌푸리게 하기 마련인데 그녀는 찬란한 태양처럼 눈부시고 고귀해 보였다. 앞으로 변하게 될 그녀의 앞날을 단적으로 보여 준 예시인 것 같아 조금은 섬뜩하기도 했다.

그것은 약해졌던 마음을 다잡게 하는 구실이 되었다. 가는 길이 각자 정해져 있다면 중간에서 굳이 힘을 뺄 필요는 없었다. 사사로운 감정이 생기기 전, 가차 없이 잘라 내는 것도 서로를 위해 좋은 방도 중 하나일 것이다.

"알겠습니다, 고모할머님. 소녀가 예천댁과 함께 알아서 준비해 보겠습니다."

"네가 협조해 준다니 이 할미가 아주 든든하구나. 아까도 말했지만, 사정을 두면 아니 된다."

"예. 둘이서 감당할 수 없을 만큼 최대한 일을 벌여 놓겠습니다. 어차피 저들은 얼마 하지도 못하고 포기할 겁니다."

결심을 굳힌 자영은 어느새 당돌한 눈빛을 빛내고 있었다. 정부인에게 감도는 노골적인 적대까지는 아니었으나 단시간 내에 두 불청객을 쫓아내겠다는 일념만은 확고해 보였다.

"아가씨!"

서윤이 거처로 돌아와 보니 집에서 데려온 시비 아이가 기다렸다는 듯 달려왔다.

"왜 밖에 나와 있느냐?"

"진사 나리께서 오셨습니다."

"오라버니께서?"

서윤의 얼굴에 반가움이 스쳤다. 안 그래도 언제쯤 오실까 기다리고 있던 참이었다.

"알았으니 넌 밖에 나가 바람이라도 쐬고 오너라."

"정말 그리해도 되겠습니까?"

시비는 이게 웬 떡이냐 하는 반응이었다. 서윤이 미소하며 고개를 끄덕이자, 헤벌쭉 웃으며 즉시 거처를 떠났다. 자신을 믿지 못해 상전이 일부러 내보내는 것이라곤 상상조차 못 하는 얼굴이었다.

작년 여름, 서윤과 태호는 병환이 깊어진 부친을 도성으로 모시고 왔다. 향촌에선 실력 있는 의원을 모시기도, 질 좋은 약 재를 구하기도 어려운 까닭이었다. 그나마 도성에서 몸조리하면 나아질 줄 알았는데 막상 진맥을 받아 보니 예상보다 병세가 심각했다. 그로 인해 들어가는 비용도 상상을 초월했다.

대과를 준비하던 태호까지 나서 싫일을 했음에도 매일 빚이 늘어났다. 막다른 길목에 내몰린 가족은 수많은 고심 끝에 체면을 잠시 내려놓기로 했다. 병환 중인 부친을 대신해 가장 노릇을 하던 태호의 주장대로 예성 채문의 도움을 받아들인 것이다.

채 대감과 이판의 배려로 부친은 현재 명의의 보살핌을 받고 있다. 태호는 마음 편히 대과 준비에 집중하고 있으며, 정선방에 번듯한 와가도 마련되었다. 행랑아범과 유모뿐이었던 하인도 그 수가 늘어났다. 조금 전 웃으면서 나간 저 아이도 그때 들어온 하인이다. 심성은 고왔으나 덜렁거리는 게 흠인지라 아직은 신뢰할 수 없었다. 서윤은 주변에 다른 이가 없는 것을 확인하고 서둘러 방으로 들어갔다.

"어, 왔구나!"

홀로 앉아 서책을 뒤적이던 태호가 반갑게 누이를 맞이했다. 윤택해진 살림 덕에 신수가 훤해진 그는 요즘 들어 부쩍 얼굴에 살이 붙고 있었다.

"자수는 할 만하고? 정부인 마님께서 잘해 주시냐?"

"어떻게 되었습니까?"

서윤은 오라비가 묻는 말에 대답도 하지 않고, 자리에 앉자마자 소식부터 궁금해했다.

"나 참, 뭘 그리 애가 타서 그러느냐?"

"오라버니!"

"알았다, 알았어."

서윤이 정색하며 대답을 독촉하자 태호는 허허 웃으며 희소식을 전했다.

"더는 마음 졸이지 마라. 내 처음부터 그러지 않았느냐, 말이 되지 않는다고."

"그걸 어찌 장담하십니까?"

"재작년 겨울부터 바로 얼마 전까지, 윤 규수는 외가인 여주에 있었다고 하더구나."

"여주요? 그게 정말입니까?"

"아무리 그날 윤 규수의 모습이 파격적이었다고 해도 그렇지, 넌 어떻게 그런 생각을 할 수 있는 게냐. 산속에서 본 그 여인과 뒷모습이 닮았다니."

태호는 절레절레 고개를 흔들며 가볍게 타박했다. 확신에 찬 오라비를 바라보며 서윤은 일면 마음이 놓이면서도 아주 편해지지는 않았다.

어쩌다 보니 말하는 걸 놓쳤지만 그날 계곡에서 숲길로 뛰어든 여인을 한 번만 본 것이 아니었다. 태호가 채 정언을 업고 달리던 중 서윤은 낯선 시선이 느껴져 뒤를 돌아보았다.

꽤 떨어진 곳에서 급히 돌아서는 여인이 있었다. 아주 잠깐의 사이였어도 그녀가 망태기의 주인임을 서윤은 첫눈에 직감했다. 나무 뒤로 몸을 숨긴 그녀는 도망치듯 반대 방향으로 뛰어 순식간 자취를 감추었다. 경황이 없어 쫓아가거나 부르지는 못했지만, 여인의 뒷모습만큼은 뇌리에 똑똑히 새길 수 있었다.

그래서 며칠 전, 예천댁을 따라 멀어지는 윤도경의 뒷모습을 봤을 때 심장이 멈추는 것 같았다. 기억 속의 그녀와 너무나도 닮은 모습이었다. 특히 손에 덜렁덜렁 쥐고 있는 망태가 의미심장하게 다가왔다.

불안해진 서윤은 잠을 이루지 못했고, 다음 날 긴장한 상태로 누마루에 나아갔다. 기억을 되살려 몇 번이고 윤도경의 뒷모습을 확인해 봤으나 화려한 머리꽂이에 풍성한 치마를 입고 있어 오히려 혼란만 가중되었다.

다행히 오라비는 말하고 있다. 윤도경은 그 당시 다른 지역에 있었다고.

정녕 괜한 걱정이었나?

서윤은 좀처럼 마음이 놓이지 않는데 그것이 불만스러웠는지 태호가 볼멘소리를 했다.

"이제 그 여인은 잊어라. 나타나려고 했다면 진즉 찾아왔겠지. 지금까지 소식이 없는 건 얽히고 싶지 않다는 뜻일 게다."

단순하고 태평한 저 말에 서윤은 동의할 수 없었다. 예성 채문의 은인이 되는 게 어디 그리 흔한 일인가. 팔자를 바꿀 절호의 기회였다. 제 발로 찾아와 제발 알아 달라고 사정해도 모자랄 판에 엮이기 싫어서 침묵한다니, 말도 안 되는 소리였다.

"너 또 무슨 생각을 하는 거냐? 몇 번을 말하지만 그를 발견해 산에서 업고 내려온 건 나다! 남의 공을 가로채기라도 한 듯 나를 너무 몰아세우지 마라!"

"그런 뜻이 아니었습니다."

태호의 언성이 사뭇 거칠었다. 흠칫한 서윤은 상념을 몰아내고 오라버니의 의심을 부인했다.

사람 좋게 웃다가도 그 문제에 관한 한 신경증에 가까운 반응을 보이는 그였다. 이전에도 몇 번 그때 일로 서로 얼굴을 붉힌 적이 있어 서윤은 알아서 조심했다.

누이가 먼저 꼬리를 내리자 언짢아했던 태호도 표정을 풀었다. 예민하게 대응한 걸 민망해하며 흠흠, 헛기침하다가 대뜸 이상한 주문을 해 왔다.

"그건 그렇고, 윤도경과 잘 지내 보거라."

"그 무슨 말씀이십니까, 우리 집안이 기울었던 게 누구 탓인데요? 원수의 여식과 잘 지내라는 말은 하지 말아 주십시오."

"거참 까칠하게 군다. 내 말은 그런 뜻이 아니었다. 윤 규수를 보는 채 정언의 눈빛이 예사롭지 않았다며? 설마 그럴 리야 없겠다만⋯⋯."

"아닙니다. 제가 드렸던 말씀은 그런 의미가 아니었습니다!"

길게 듣고 싶지도 않았다. 채재헌과 윤도경을 한데 묶는 것마저 꺼림칙해 서윤은 정색하며 태호의 말을 틀어막았다.

누마루에서 재헌은 몇 번이고 그녀에게 시선을 고정했다. 처음에는 두려웠다. 그가 자신을 살린 은인을 알아봐서 저러는 게 아닐까 하고. 그다음엔 묘하게 가슴 한쪽이 억눌리는 것 같은 갑갑함이 찾아왔다.

충동적으로 그 일을 태호에게 말하기는 했지만 이제 와 생각해 보면 별일 아니었다. 윤도경이 그날 채재헌의 맞은편에 앉

앉으니 시선이 자주 가는 것은 당연한 이치였다. 서윤은 그렇게 믿기로 했다.

"그때 했던 말은 잊어 주십시오. 괜한 오해는 하지 마시고요."

"아무 이유 없이 이러는 게 아니다. 남녀 사이는 모르는 것 아니냐. 장차 예성 채문의 종부가 될 너이니 미리 단속해 놔야지."

얼굴을 붉히며 열을 냈던 서윤이 조금은 멍해져 태호를 보았다. 방금 무슨 말을 들었나 얼떨떨해하면서도 '예성 채문의 종부'라는 말이 멀쩡했던 가슴에 불을 질렀다. 여름과 가을 사이, 약해진 더위 속에 시원한 바람이 불어오던 어느 날의 기억도 아스라이 떠올랐다.

그러니까 그날은, 여느 때와 다름없이 고단한 오후였다. 손가락이 붓도록 삯바느질을 하다가 부친께 물을 올리기 위해 밖으로 나오는데 사립문을 열고 마당으로 들어서는 한 사내가 있었다. 얼굴에 살짝 병색이 돌았지만 늠름한 기상이 흘렀고, 사람의 시선을 오롯이 저에게로 끌어들이는 독특한 분위기의 선비였다.

'인사가 늦어 송구합니다. 채재헌입니다.'

그는 정중히 고개 숙여 자신을 소개했다. 서윤은 놀라움에 어떤 말도 하지 못했다. 다른 사람인 줄 알았다. 기억 속 유혈로 낭자했던 그때와 전혀 다른 모습이었다.

얼이 빠져 있다가 황급히 고개를 숙이니 어디선가 그윽한 난향이 날아왔다. 집 안 곳곳에 배어 있던 탕약 달이는 냄새를 가르고 오랜만에 전해진 기품 가득한 향기였다. 그것이 눈앞의 사내에게서 나는 체향이었음을 인지하는 동시에 코끝에서 흩어진 향기는 가슴으로 스미어 작은 꽃을 피워 냈다. 시간이 멈춘 것 같은 순간이었다.

그리고 그날 밤, 서윤은 강력히 반대했던 채씨 집안의 도움을 받아들이자는 데 찬성했다. 남의 공을 가로챘다는 죄악감은 잠시 묻어 두기로 했다. 가로막혔던 두 집안의 교류가 활발해져 어떻게든 채 정언과 닿고 싶다는 바람이 일으킨 충동이었다.

그렇기에 태호의 발언은 여린 가슴을 송두리째 흔들기에 충분했다. 떨리고 흥분되는 마음을 억지로 누르며 서윤은 믿기지 않는 현실을 차분하게 확인했다.

"자세히 말씀해 주십시오. 채씨 집안의 종부라니요. 혹 집안끼리 혼담이 오가는 중입니까?"

"아직은 아니다."

"예……? 아니라고요?"

홍조를 띠었던 서윤은 기가 차서 태호를 바라보았다. 긴장했던 몸에서 힘이 쭉 빠져나갔다.

"그리 실망하지 마라. 내 장담하건대, 두 대감과 정부인께선 널 채 정언의 짝으로 낙점하셨다. 누마루에서 너도 듣지 않았느냐, 우리와 계속 귀한 인연을 맺고 싶다고."

"그건 인사치레일 뿐입니다!"

"누구 말이 맞는지 두고 보면 안다. 넌 이 나라 최고 명문세족의 며느리가 될 것이고, 난 앞으로 태어날 예성 채문 종손의 외숙이 될 것이다."

태호는 앞날을 내다보는 사람처럼 확신으로 가득했다. 기이한 광경이었다. 정식으로 혼담이 오가는 것도 아닌데 어찌하여 저리 기쁜 얼굴을 하고 있는지. 낙심한 서윤은 화도 내지 못하고 갈수록 이상해지는 오라버니를 바라보았다. 시간이 지나면 다시 예전의 순수했던 모습으로 돌아오겠지, 속으로 품고 있던 기대가 점점 옅어지는 요즘이었다.

화창한 날이었다. 온종일 노동만 하기엔 억울한 날씨요, 자칫하다 짜증이 폭발해 '이런 날 작업장에 처박혀 나는 무엇을 하고 있나' 회의감이 들기에 적합한 하늘이었다.

가문을 위해 단호해지기로 한 자영은 비장함을 띠고 앞장서 걸었다. 모든 준비가 완벽했다. 본가에 가신 고모할머님은 저녁 즈음 돌아오실 예정이고, 하인들에겐 작업장 주위에 얼씬도 하지 말라고 일러두었다. 주인을 따라 감우당에 온 시비도 또래 하인들과 새벽같이 꽃놀이를 내보냈다. 철저히 고립된 두 사람이 일 더미에 파묻혀 성질을 폭발시키기에 이보다 더 좋을 수는 없는 조건이었다.

"여기입니다."

별저 끄트머리에 처박힌 작업장에 도착해 자영이 쌀쌀맞게 말했다.

도경과 여은에게 일을 시키기 위해 사흘 전부터 공들여 재료를 준비했다. 말린 홍화와 오미자를 이삼 일간 물에 푹 담가 놓았고, 재로 태울 홍홧대와 콩대도 토실에서 가져다 놓았다. 널찍한 평상엔 염색할 명주실과 거풍할 색실을 무더기로 쌓아 놓기도 했다.

보자마자 까무러치면 곤란하다고 생각하며 새침하게 뒤를 돌아보았다.

……응?

자영의 한쪽 눈썹이 뾰족, 산처럼 위로 올라갔다가 내려왔다.

무슨 조홧속인지 두 사람은 티끌만큼의 놀라는 기색도 없었다. 윤도경은 멀뚱멀뚱 보고만 있었고, 김여은은 한세상 저 홀로 사는 사람인 양 오늘도 주위에 관심이 없었다.

자영은 머리가 띵해져 눈동자가 흔들렸다. 저 언니들이 지금 사태 파악이 안 되고 있나, 속으로 당황하다가 곧 냉정을 되찾았다.

하긴, 곱디곱게 자랐으니 염색이 얼마나 힘든 노동인지 짐작도 못 하겠지. 하지만 얼마나 견딜 수 있을까. 지금은 뭘 모르고 저러는 모양인데, 자영은 자신 있었다. 일단 저들이 일을 시작하고 나면 격조 높은 예성 채문을 저주하며 제 발로 감우당을 나가게 되리라고.

"받으세요."

자영은 손바닥만 한 책자를 저와 가까이 있는 도경에게 내밀었다.

"이게 뭐죠?"

"고모할머님이 설명하신 내용을 글로 옮겨 적은 겁니다. 말씀드렸듯 저와 민 소저는 이미 염색을 해 본 적이 있거든요."

예천댁의 도움을 받아 성의 없이 작성한 것이지만 양심에 찔리지 않았다. 떼어 낼 땐 단번에 가차 없이. 빠른 이별을 위한 자영만의 쓰디쓴 처방전이었다.

"저희는 마을에 일이 있어 내려가 봐야 합니다. 염색하다가 문제가 생기면 거기 있는 내용을 참고하세요. 명주실 옆에 있는 모시 천은 홍염이든 쑥염이든 알아서 염색해 주시고요. 저는 저녁때쯤 뵙겠습니다."

자영은 예의를 갖춰 인사하고 우아하게 돌아섰다.

뒤에 남은 도경은 쏜살같이 멀어지는 자영의 뒷모습을 지켜보았다. 출발할 땐 걸음걸이마저 고상하더니 얼마 못 가 종종걸음치며 서두르는 기색이 일을 치고 내빼는 병아리 같았다.

자영이 주고 간 책자를 후루룩 넘겨 보며 도경은 어깨를 으쓱했다. 얼마 전 정부인에게서 실 염색에 관한 설명을 들었다. 돌아가는 낌새가 수상하다 싶었는데, 아니나 다를까 직접 해 봐야 한다는 주문을 받았다. 그것도 채자영과 민서윤을 제외한 두 사람에게만.

아예 작정을 하셨구나, 불순한 의도를 눈치챘다. 도경은 청승을 떨며 아등바등 불공평한 일을 할 생각이 전혀 없었다. 단지 소란을 떨고 싶지 않아 그냥 한번 와 본 것이었는데 작업장에 도착해 보니 이제는 혼란스러웠다. 곰곰이 생각이라는 것을 해 보려는 차, 소리도 없이 옆에 와 서는 사람이 있었다.

"방금 우리, 덤터기를 쓴 겁니까?"

이런 상황에서조차 지극히 건조하고 무표정한 김여은이었다.

그녀가 개인적으로 말을 건네 온 것도, 목소리를 제대로 들려준 것도 이번이 처음. 저들이 똘똘 뭉치는 동안 독자적인 노선만 고집하더니 이런 일이 생기자 어쩔 수 없는 모양이었다. 도경은 데면데면하게 응수했다.

"글쎄요, 모르겠습니다. 저도 그런 줄 알았는데 막상 와서 보니 꼭 그렇지만도 않은 거 같아서요."

"그게 무슨 소리죠?"

"염색할 때 가장 번거로운 작업은 재료를 준비하는 과정입니다. 그것만 처리되면 나머지는 얼렁뚱땅 흉내가 가능한데…….보세요, 모든 준비가 완벽하지 않습니까."

도경과 여은은 주위를 전체적으로 훑어보았다. 쑥을 뜯어다 깨끗이 씻어 둔 것은 기본이요, 홍화와 오미자는 제대로 불려 놓았고, 매염제와 넉넉한 양의 물까지 깔끔히 구비되어 있었다. 아울러 자영이 건네준 책자의 설명도 굉장히 상세했다.

이 정도면 시간이 걸려도 해 볼 만했다. 골탕을 먹이자고 작정했다면 이렇게까지 세심히 신경을 써 줬을 리 없기에 섣불리 오해했나, 괜스레 미안해지기까지 했다.

그래도 이쪽에서 염색하기를 거부한다면 분위기가 험악해질지언정 정부인과 채자영도 강요는 할 수 없다. 도경은 어떡할 거냐고 묻기 위해 고개를 돌리다 주춤하였다. 쟤가 뭘 좀 아나 보네, 하는 표정으로 여은이 이쪽을 보고 있었다. 눈이 마주치자 그녀가 물었다.

"난 뭐부터 시작하면 되는 겁니까?"

여전히 목석같았지만 시키는 일은 잘할 것 같은 자세였다. 참으로 알쏭달쏭, 알다가도 모를 의외의 사람이다.

"뭐…… 저것부터 두르지요."

도경은 혼란스러운 눈길로 여은을 보다가 평상에 고이 개어져 있는 앞치마를 가리켰다.

솥에 물을 반쯤 채우고 서서히 끓기 시작하자 쑥을 넣었다. 그것을 팔팔 끓이는 동안 평상에 있는 색실은 타래를 풀어 통기를 시키고 날아가지 않도록 잘 고정했다. 양이 많아 일렬로 늘어놓는 데만도 시간이 훌쩍 지나갔다.

문제는 그즈음 시작되었다. 일하기 전에는 멀쩡했던 여은이 어딘가 불편하고 힘들어 보였다. 노동을 안 해 봐서 그러려니. 처음에는 대수롭지 않아 했는데 시간이 갈수록 낯빛이 점점 파리해졌다.

김여은이 아프다.

도경은 어느 순간부터 그것이 신경 쓰였다. 끙끙 앓고 있음에도 그녀가 아프다는 말 한마디 하지 않아 더욱 기가 막혔다. 움직일 때마다 저리 힘들어하면서 굳이 참는 이유가 무엇일까.

설마, 자존심?

도경은 소리 나지 않게 한숨을 내쉬다 본격적으로 참견하고 나섰다.

"언제까지 참으실 겁니까?"

여은은 답하지 않았다.

"병은 감추는 게 아니라고 하였습니다. 애초에 숨기지도 못 하셨고요."

그러나 이어지는 다음 말엔 불퉁하게 대꾸했다.

"상관하지 마시지요. 아프다는 핑계로 폐를 끼치진 않을 겁 니다."

"차라리 들어가서 쉬시는 건 어떻습니까?"

퉁명스러운 선 긋기를 도경은 나긋한 어조로 받아쳤다.

여은이 표정 없는 얼굴로 돌아보았다. 백지장처럼 하얗게 질 린 안색이 안쓰러웠다.

"기왕 일을 벌였으니 여긴 제가 알아서 해 보겠습니다. 자영 낭자와 정부인껜 김 소저와 함께 일을 끝낸 것으로 할 거고요."

"괜찮습니다. 그런 과한 친절은……."

"받아 주셔야지요."

말을 싹둑 자르고 나름 재치 있는 답변을 이었으나 분위기는 외려 썰렁해졌다. 여은의 눈길이 퍼석하게 말라 있어 도경은 더욱 민망하고 부끄러웠다.

저리 센스가 없어서야…….

괜스레 상대를 탓하며 이번엔 맞춤형 대답을 시도했다.

"그러니까 제 말은…… 거래를 하자는 겁니다. 앞날은 모르는 것 아닙니까. 오늘같이 몸을 움직여야 하는 날이 또 생길 수도 있습니다. 다음번에 제가 몸살이라도 난다면 그땐 김 소저가 저를 보내 주십시오."

말도 안 되는 소리였지만 여은에게는 감정 섞인 호의보다 적당한 명분을 실어 주는 쪽이 통할 것 같았다. 그리고 예상은 적중했다. 인간적인 선의를 베풀 땐 꿈쩍도 안 하더니 조건을 내세워 들어갈 핑계를 마련해 주자 그녀의 얼굴에 망설이는 기색이 또렷하게 도드라졌다.

뭘 저리 재고 따지나.

도경은 물끄러미 그녀를 마주 보다가 불현듯 새로운 사실 하나를 깨달았다. 김여은의 얼굴에 감정이라고 표현할 만한 건더기가 직접적으로 떠오른 건 오늘이 처음이었다.

얼핏 방어적이었던 여은은 다시 본래대로 돌아가 마른 눈이 되어 자리를 떠났다. 고맙다거나 미안하다는 말은 하지 않았다.

"그럼."

그저 까딱, 턱을 잠깐 움직이곤 평소처럼 돌아섰다. 몸이 덜덜 떨리는 게 빤히 보였으나 끝까지 허리를 세우고 올곧은 자세를 유지했다.

대체 양반이 뭔지…….

도경은 기가 막혀 고개를 젓고는 중단했던 일을 다시 이어 갔다. 매우 능숙한 손놀림이었다.

대학에 입학해 두 학기를 보내고 처음으로 휴학을 해야 했다. 아버지의 돈 문제로 급한 불을 끄느라 자취방의 보증금까지 탈탈 털어 보냈기 때문이다. 다행히 갈 곳은 있었다. 한복 연구로 명성이 자자한 할머니의 친구분이 마침 일손이 부족하다고 해, 숙식도 해결할 겸 일을 돕기로 했다.

한옥을 리모델링 한 청파재는 한복을 제작하는 공방 외에 그와 관련한 다양한 프로그램을 운영하는 곳이었다. 그중엔 전통 매듭이나 염낭 만들기처럼 비교적 재료 준비하기가 수월한 클래스부터 천연 염색 문화 체험이라는 고난도의 프로그램까지 혼재되어 있었다.

특별한 기술이 없었던 도경은 그곳에서 생활한복을 입고 온갖 잡일을 도맡았다. 일일 체험을 하러 온 이들을 보조해 주고, 각종 재료 준비와 잡다한 바느질, 청소, 하다 못 해 청파재의 화단과 텃밭 가꾸기까지 떠맡았다.

지금 생각해 보면 급여에 비해 터무니없이 과한 업무였지만 어리고 갈 곳이 없었던 도경은 이리저리 뛰어다니며 최선을 다했다. 그때의 경험이 엉뚱한 데 떨어져 쓰임이 있을 거라곤 꿈에도 생각지 못하고.

평상에서의 일이 대충 정리되자 물에 불린 홍화를 자루에 옮겨 담았다. 손목에서 달랑거리는 단주를 소중히 챙겨 넣은 뒤 몸에 힘을 실어 그것을 치댔다. 얼마 안 돼 어깨와 팔이 뻐근해졌다. 점차 숨이 가빠지면서도 이러고 있으니 옛 기억이 새록새록 돋아났다. 힘들고, 서럽고, 희망이 없어 막막했던 청파재에서의 그 시절이.

감정적이 된 도경은 저도 모르게 울컥하여 눈시울을 붉혔다. 팔꿈치를 들어 눈가에 맺힌 이슬을 닦아 내는데 머리 위로 컴컴한 그림자가 드리워졌다.

"여기서 혼자 뭐 하시오?"

고개를 드니 채재헌이 내려다보고 있었다. 어디를 다녀왔는지 소매가 좁은 철릭에 답호를 걸치고, 갓을 쓰는 대신 이마에 어두운 빛깔의 건을 둘렀다.

눈이 마주치자 무미건조했던 그의 눈빛이 이상하리만치 날카로워졌다. 무슨 이유로 급작스레 심기가 상했는지 알 수 없지만 도경은 바쁜 관계로 대충 대답해 주었다.

"홍화를 치대고 있습니다. 붉은빛을 내려면 황색 물부터 빼 줘야 하거든요."

"그게 무슨 소리요?"

"저기 보이는 실타래를 염색하려는 겁니다."

도경이 답을 할수록 그는 굉장히 혼란스러워 보였다. 눈에 보이는 광경이 믿기지 않는다는 듯 쑥을 끓인 물이며, 여전히 한가득 남아 있는 홍화, 한 무더기의 모시 천, 동산을 이룬 명주실을 차례차례 훑어보았다. 그러고 나서야 돌아가는 상황이 파악되는지 그에게서 옅은 한숨이 새어 나왔다.

"자영이는 어디 갔소?"

"고을에 볼일이 있다고 나갔습니다."

"열비라고 했었나?"

"꽃놀이를 갔고요."

"꽃놀이?"

반문하는 기색이 자못 사나웠다. 도경은 엉뚱한 데로 불똥이 튀는 것을 사전에 차단했다.

"일부러 날을 잡아 감우당에서 보내 준 겁니다. 정부인께서 염색도 배움의 한 갈래라고 미리 단속하셨기에, 어차피 여기 있어도 근처엔 얼씬도 못 했을 거고요. 보시다시피 저는 할 일이 많아 이만 실례하겠습니다."

이제 그만 갈 길 가시라고 돌려 말한 도경은 몸을 웅크리고 다시 힘을 쓰기 시작했다.

홍화를 치대는 과정이 힘들긴 하지만 이것만 끝내면 나머지는 훨씬 수월해진다. 귀찮은 일을 빨리 해치우고자 손 놀리는 속도가 점점 빨라지는데 어찌 된 일인지 머리 위로 드리워진 그늘이 꿈쩍도 안 했다.

그가 바로 가 버릴 줄 알았던 도경으로서는 의아한 일이었다. 아직 볼일이 남았나 싶어 고개를 드니 곧은 자세로 선 그는 눈을 내리깔고 하는 일을 지켜보고 있었다. 정확히는 지저분해진 도경의 두 손에 시선을 고정한 채였다.

"왜 그러십니까?"

"염색이 정말 배움의 일부라고 생각하오?"

"그건 중요하지 않습니다."

"내가 제대로 봤지."

뚫어져라 손에만 머물던 재헌의 시선이 뒤늦게 위로 올라왔다.

"보기보다 심히 어리숙하시오."

"저는 할 수 있는 일을 하고 있는 겁니다."

"미련한 구석도 있고."

"계속 이러실 겁니까?"

"비키시오."

"예?"

"비키라고."

밑도 끝도 없는 요구였다.

"그게 무슨 말씀……."

곧장 대응해 봤으나 헛수고였다. 말을 끝마치기도 전에 도경은 그의 간단한 동작 한 번에 옆으로 떠밀렸다. 순식간에 벌어진 일이었다.

도경의 자리를 차지한 그는 서슴없이 자루에 손을 갖다 댔다. 기겁하여 그것을 도로 찾아오려고 해도 재헌이 힘을 주고 버티니 도리가 없었다. 도경은 황당함을 감추지 못했다.

"지금 뭐 하시는 겁니까?"

"일이라는 것을 해 보기는 했소?"

예. 이보다 더한 일도 해 봤습니다!

불신이 담긴 그의 의문에 시원스레 답해 주고 싶으나 아니 될 말이다. 아무 말도 못 하고 입을 다물자 재헌은 그럴 줄 알았다는 듯 한심해하는 눈길을 보냈다.

"이게 아무나 할 수 있는 일인 줄 아오? 잘못 만졌다간 아까운 재료만 버릴 수 있소."

"그러는 나리께선 이런 일을 해 보셨습니까?"

"나와 비교하지 마시오. 본인만 괴로워질 뿐이니."

그는 당연하게 자신을 우위에 두었다. 아르바이트에 도가 튼 도경으로서는 그저 억울하기만 한데, 그는 활활 타오르는 장작불마저 의심스러워했다.

"불은 누가 붙인 거요?"

"누구겠습니까?"

도경이 퉁명스레 답하자 그가 놀라 반문했다.

"당신이 했다고?"

"예."

"저걸 어떻게 지폈단 말이오?"

설마 불도 못 지피겠습니까!

답답해진 도경은 기세 좋게 반박하려다 입술을 깨물었다. 그러고 보니 저 불은 반빗간에서 불씨를 얻어다 옮겨 놓기만 했다. 장작에 짚을 넣어 부채질을 조금 하긴 했지만, 불씨가 실해 불은 금방 붙었다.

하지만 이는 저 남자가 추측하는 그림이 아닐 것이다. 토치나 성냥 같은 것도 없는 세상이니 아마도 부싯돌을 쳐서 불을 붙였다는 가정하에 저리 놀란 것이겠지.

뒤늦게 맥락을 이해한 도경은 차마 거짓말을 하지 못했다.

"그냥……. 어쩌다 보니."

우물쭈물하다가 대답을 얼버무리자 재헌은 알 만하다는 듯 냉소를 머금었다.

이런 일로 무시당할 날이 올 거라곤 상상도 못 했기에 도경은 얼떨떨했다. 멀거니 그를 보고 있자니 팔뚝에 힘줄이 부풀어 오르도록 홍화를 치대던 그가 귀찮아하며 말했다.

　"가서 다른 일이나 찾아보시오."

　도경은 그늘진 평상에 앉아 손가락을 꼼지락거렸다. 지금까지 염색할 실타래를 가지런히 펼치고 있었다면 이제는 거풍한 색실을 다시 타래로 꼬는 일에 열중하고 있었다. 말이 좋아 노동이지 쾌청한 봄날 평상에 느긋이 앉아 콧바람을 쐬는 것과 다를 바 없었다.

　반면 재헌은 매염 처리한 천을 맑은 물에 헹구느라 분주했다. 응달진 마당엔 고운 색의 명주실과 모시 천이 바람을 타고 한들한들 휘날렸다.

　물을 들이고 헹궈서 너는 과정은 한두 회차 정도로는 어림도 없다. 오늘 도경이 할 수 있는 만큼만 해 놓으면 나머지는 염장이나 염모를 불러 마무리할 것이다. 중간에 빼먹거나 잘못된 부분이 있다면 기술자가 알아서 보완할 것이니 심적인 부담도 덜했다.

　흘끔 재헌을 보았다. 고이 자란 귀공자치고 그의 움직임은 능숙했다. 서책의 설명과 도경의 조언을 참고해 막힘없이 움직였다. 다만, 염색 자체가 처음이다 보니 요령이 부족했다. 몸에 힘을 무리하게 가하는가 하면 오랜 시간 쪼그리고 앉아 같은 동작을 반복해 피로도가 가중되었다. 그런데도 그는 처음과 같은 표정으로 끊임없이 일에 집중했다. 보다 못한 도경이 참견해 봤지만 무안만 당했다.

실과 천을 염액에 담글 때도 접근은 차단되었다. 이 정도는 괜찮겠지 싶어 팔을 걷어붙이고 일을 나누려 해도,

"멈추시오."

그는 손도 대지 못하게 했다.

"염액에 담그는 것 정도는 저도 할 수 있습니다."

자신에 찬 항의도 통하지 않았다. 그는 외골수처럼 한 가지만 고집했다.

"각자의 영역을 지킵시다."

"각자의 영역이요? 그런 게 있었습니까?"

"그대는 평상에 있는 것들을 맡고, 나는 그 외의 것들을 처리하고 있지 않소. 본인에게 주어진 역할에만 충실하자 이 말이오."

황당한 논리였다.

"그걸 누가 정했단 말입니까? 애당초 염색은 저한테 주어진 일이었습니다!"

성실히 반박해 봤으나 그는 듣는 척도 하지 않았다. 눈을 날카롭게 뜨고 거리를 두는 모양새가 본인이 애써 해 놓은 걸 망치기라도 할까 봐 경계하는 눈빛이었다.

결국 도경은 평상에 앉아 오후 내내 신선놀음을 하고 있었다. 잠시라도 일어나 움직이려고 하면 그가 예민한 기운을 쏘아 대는 바람에 아무것도 하지 못했다. 도경은 재헌이 정한 규칙에 따라 가만히 앉아서 놀다가 마지막 실이 널렸을 때 엉덩

이를 떼고 일어섰다.

간신히 허리를 편 그가 고개를 들어 낮아진 해를 올려다보았다. 손은 엉망이 되었고 햇살이 눈부셔 눈매를 살짝 찡그린 얼굴엔 피곤함이 뚝뚝 묻어났다.

"하루 종일 여기 계셨습니다. 이래도 되는 겁니까?"

"아니 될 건 또 뭐요?"

그는 뻐근해진 목을 이리저리 돌리며 무뚝뚝하게 굴었다.

"이판 대감과 채재윤 나리는 아침 일찍 등청하셨다고 들었습니다."

"한데 너는 여기서 무얼 하고 있느냐?"

"사적인 부분을 건드렸다면 송구합니다."

"그대가 원하는 게 사간원 정언의 아내요, 아님 예성 채씨 가문의 종부요?"

"후자입니다."

"하면 신경 쓰지 마시오."

그는 덤덤하게 내뱉고 제자리에 서서 잔잔히 불어오는 바람을 쐈다.

관청까지의 거리가 멀어 매일 아침, 이판과 재윤은 이른 시각에 등청했다. 일이 많아 퇴청이 늦어지는 날이면 가회방 본가에서 하룻밤을 머물거나, 밤늦게라도 허겁지겁 돌아왔다.

열비가 전한 소식에 의하면 재헌의 경우 오가는 시간이 그들보다 훨씬 들쑥날쑥했다. 본래 삼사(三司, 사헌부, 사간원, 홍문관)의 관리들은 수시로 격무에 시달리니 이상할 것은 없었다.

그런데 오늘은 웬일인지 그가 할 일 없는 왕족처럼 유유자적 나타나 중요하지도 않은 일에 정력을 쏟아부었다.

도경은 종일토록 여기 붙어 있는 그가 의심쩍으면서도 쉬는 날이겠거니, 대충 넘겨짚었다.

"이제 치우기만 하면 되는 건가?"

어느 정도 휴식을 취한 재헌이 마당에 널브러진 것들을 둘러보았다. 그의 중노동은 이미 한계치를 넘긴 상황. 도경은 고개를 저었다.

"아니요. 정리는 제가 하겠습니다. 나리께선……."

되도록 빨리 이곳에서 벗어나게 해 줄 요량이었건만 이번에도 그는 깔끔히 무시했다. 도경의 말을 귓등으로도 듣지 않고 손을 씻더니,

"그대는 평상이나 정리하시오."

또다시 구역을 나눠 제 쪽으로는 얼씬도 못 하게 막았다.

지나친 혹사로 병이라도 날까 무서운데 그는 잡일을 하면서도 군소리가 없었다. 손에 익지 않아 한 번씩 실수하면서도 기다란 팔다리를 사용해 거침없이 일을 해치웠다.

덕분에 일은 손쉽게 끝났지만 갈수록 굳어지는 그의 표정이 마음에 걸렸다. 저러다가 폭발하면 어떡하나 눈치가 보이는데, 막상 말을 붙이면 돌아보는 눈빛이 매우 정중해 혹시 화나신 거 아니냐고 묻기도 어려웠다.

내내 가시방석이었던 도경은 끝내 결심을 굳혔다. 마무리 정도는 직접 해야겠다며 자리에서 일어나 대야 앞에 쪼그리고 앉

았다. 양손으로 테두리를 고집스럽게 움켜쥐니, 동작을 멈춘 재헌이 이게 무슨 짓이냐는 듯 등허리를 세우고 내려다보았다.

"뭐 하시오?"

이것만큼은 직접 닦고 싶다고 우길 참인데, 입을 떼기도 전에 다른 목소리가 먼저 들렸다.

"오라버니?"

외출에서 돌아온 자영이었다. 저녁때쯤 온다더니 예상보다 이른 귀가였다.

"오라버니가 왜 여기 와 계십니까?"

재헌은 누이를 서늘하게 응시하며 태연히 답했다.

"근처를 지나다 와 보았고, 믿기지가 않아 이 자리에 서 있는 중이다."

"그게 무슨 말씀이셔……."

두 사람을 주시하며 다가오던 자영은 뒤늦게 응달에 걸린 다량의 실과 모시 천을 발견하고 말을 잇지 못했다. 뒤따라 들어오던 정부인과 민 규수, 하물며 예천댁마저도 기함할 듯 입이 벌어졌다.

도경은 어찌해야 할지 몰라 손에 쥐고 있는 대야를 그저 꼭 잡고 있었다. 그것이 다른 이들의 눈엔 온종일 쪼그리고 앉아 노동한 사람처럼 보이리라곤 생각도 못 했다.

"이, 이걸 다……!"

안색이 하얗게 질린 자영은 헛것이라도 본 양 말을 더듬었다.

"윤 소저가."

단호히 한마디를 내뱉은 재헌은 도경을 흘긋 내려다보더니 짜증스러워하며 말을 정정했다.

"그러니까 윤 소저와 김 소저가 온종일 이곳에서 염색을 했다는구나."

"그게 사실……."

"불행이 아닐 수 없다."

재헌은 아무 말도 하지 말라는 듯 누이의 변명을 가로막았다.

"언제부터 우리 집안이 이리 빈곤해졌단 말이냐? 고작 색실도 사지 못해 손님에게 직접 염색 일을 하게 하다니! 내 이제껏 살며 손님을 부려 먹었다는 얘기는 그 어디에서도 들어 보지 못했다."

"그런 것이 아닙니다!"

"윤 소저와 김 소저는 이것이 배움의 일부라며 상관하지 말라 하더구나."

"그건……."

"그 말을 듣고 내 얼굴이 화끈거렸다."

재헌은 또다시 누이의 말을 가로챘다. 아예 대답할 여지를 주지 않겠다는 태도였다.

"쥐구멍이라도 있으면 숨고 싶더구나. 단지 그뿐이었다면 염모를 불러 작업하는 과정을 곁에서 지켜보도록 배려하면 되었을 터. 스승도 없이 혼자 하는 일을 정녕 배움이라 생각하였는지 두 소저에게 묻고 있던 참이었다."

"고정하십시오, 도련님. 모든 것은 소인의 불찰입니다. 송구합니다."

　재헌의 언성에 찬기가 점점 강해지자 예천댁이 끼어들어 고개를 조아렸다. 창백하게 얼어붙은 자영과 정부인을 감싸고 사태를 진정시키려는 의도였으나 그는 호락호락 넘어가 주지 않았다. 이리된 경위와 시시비비를 따지기보다 말도 안 되는 억지 논리로 일이 축소되는 것을 엄격히 차단했다.

　"자네의 잘못이 아니네. 안살림을 맡고 있다고 하나 지출에 관한 권한은 한정되어 있지 않는가. 그렇게 따진다면 고모할머님께 자영이를 맡겨 놓고 기본적인 재료조차 신경 쓰지 않은 나의 잘못이겠지."

　"재헌아……."

　"소손의 목소리가 컸다면 용서하십시오, 고모할머님."

　재헌은 정부인의 개입마저 완강히 물리쳤다.

　"하오나 이는 집안의 명예가 걸린 일입니다. 가뜩이나 드나드는 객도 많은 곳이거늘, 누군가 이번 일을 목격하고 밖에 나가 떠벌리기라도 한다면 세간에서 우리 집안을 어찌 생각하겠습니까. 고모할머님을 모셔 놓고 사랑에서 손을 놓고 있었으니, 소손이 할아버님과 아버님을 찾아뵙고 오늘의 망측한 일에 대해 정식으로 논의하겠습니다."

　깍듯이 고개를 숙인 그는 웅크리고 앉아 사태를 관망 중인 도경을 보더니 손목을 잡아챘다.

　"일어나시오. 얘기 좀 합시다."

　쫓아가야 하나 말아야 하나 판단할 시간은 없었다. 졸지에 몸을 일으킨 도경은 얼떨결에 그를 따라 바쁜 걸음을 옮겼다. 어찌할 바를 몰라 뒤를 돌아보니 서윤이 싸늘하게 식어 이쪽을 보고 있었다.

멈칫한 도경은 그녀를 건너뛰고 정부인을 향해 한 가지를 확실하게 강조했다.

"김 소저는 본인의 역할을 다하고 조금 전에 거처로 돌아갔습니다. 저는 먼저……."

인사까지 하려 하니 재헌이 잡은 손에 힘을 실어 도경을 끌어당겼다. 더는 아무 말도 하지 말고 조용히 따라오라는 신호였다.

중문을 넘자 저 앞에 헐레벌떡 외당으로 달려가는 겸인 최씨의 꽁무니가 보였다. 재헌이 이상한 논리를 펼칠 때 그는 멀찌감치 떨어져 돌아가는 사정을 주목하고 있었다. 저리 서두르는 모습을 보니 이곳에서 보고 들은 일을 어르신들께 보고하러 가는 길일 것이다.

의도치 않게 일이 커지고 있었다. 혹시 모를 집안 간의 갈등을 차단하기 위해 이곳에 왔는데 되레 분란만 키운 꼴이었다. 도경은 손목이 잡혀 따라가면서도 이 사달의 주범인 재헌이 원망스러워 불만을 토로했다.

"어찌하여 일을 크게 벌인 겁니까?"

"계속 이 짓을 할 수는 없지 않소. 이다음의 일까지 예방하려는 것이오."

"나리께서 끼어들 일이 아니었습니다."

"이건 형평성의 문제요!"

그는 불의라도 당한 사람처럼 발끈하여 강조했다.

"나라를 다스림에 평등하지 못한 것을 경계해야 한다는 말을 못 들어 봤소?"

"배움이 부족해 경서의 구절을 잘 알지 못합니다."

"집안을 다스리는 것 역시 같은 이치라 할 것이오."

"한데 저는 왜 끌고 나온 겁니까?"

"하면 거기에 놔두고 왔어야 했을까!"

꽉 막힌 소리 좀 하지 말라는 듯 재헌이 노여움을 터트렸다.

"저를 앞세워 사랑의 어른들께 따지러 가는 길은 아니리라 믿습니다."

그는 대답도 주지 않고 저벅저벅 걸어갔다. 다행히 두 갈래의 길에서 바깥채가 아닌 그 반대편으로 방향을 틀었다. 갈 곳을 미리 정해 둔 사람처럼 한 치의 머뭇거림도 없었다.

조금 더 가다 보니 후원이 나타났다. 처음 감우당에 왔을 때 예천댁의 안내로 이곳에 왔다가 감탄을 금치 못했다. 시간이 지나 적응이 끝나면 종종 다녀가고 싶었는데 형편이 여의찮아 좀처럼 오지 못한 장소였다.

넓은 후원을 가로지르며 도경은 봄꽃이 흐드러진 주위를 구경했다. 쉴 만한 곳으로 가겠거니 짐작하고 있었는데 끄트머리에 이르자 덩굴 식물에 뒤덮여 있는지도 몰랐던 간문 하나가 나왔다. 어, 하고 눈이 커진 도경은 그가 이끄는 대로 열린 문 사이를 넘어갔다.

문턱 하나를 넘었을 뿐인데 공기가 달라졌다. 현실의 세상에서 투명한 막을 지나 환상의 세계로 진입한 기분이 이러할까.

도경은 재헌을 따라 걸으며 그곳의 빼어난 경치에 넋을 잃었다. 후원보다는 야생적이었으나 나무가, 이끼 낀 바위가, 이름 모를 야화가 숨을 쉬고 있는 듯 신비로운 기운을 휘감고 있었다. 녹음이 우거진 사이사이, 만개한 꽃나무가 바람을 타고 꽃잎을 산들산들 날려 보내는 광경은 아름답다 못해 비현실적이었다.

아마도 이곳은…… 꽃과 새와 바람과 달빛이 가득하다던 감우당의 원림. 채재윤의 문집에서 소개된, 주인을 잃고 오랫동안 그의 빈자리를 그리워했다는 장소가 틀림없었다.

문득 손목에서 전해지는 재헌의 온기가 특별하게 느껴졌다. 이토록 따뜻한 피가 흐르는 사람이, 앞날이 창창한 젊은 사내가, 외딴곳에 떨어져 홀로 숨을 거뒀다고 생각하니 으스스하였다. 도경은 오싹함을 떨치고 기분을 전환할 겸 순수한 감탄을 쏟아 냈다.

"신비로운 곳입니다. 지난번 서옥에 갔을 때 이런 느낌을 받았지요."

"원림은 서옥으로도 연결되어 있소."

"아……."

도경은 고개를 끄덕였다. 어쩐지 서옥에 처음 당도했을 때 수림 속에 고즈넉이 들어앉은 상상 속의 은신처를 보는 느낌이었다. 정원은 또 얼마나 넓던지 끝이 보이지 않아 깜짝 놀랐는데 이제야 그 이유를 알게 되었다.

"엄청 넓은 곳이었네요."

"특히나 여기는 조용히 있기에 최적의 장소고."

크고 오래된 괴목(槐木, 회화나무) 앞에 이른 그가 잡고 있던 도경의 손목을 놓아주었다. 그대로 바닥에 앉으려나 싶더니 도경을 흘깃 보고는 답호를 벗어 아름드리나무 앞에 쫙 펼쳐 깔았다.

"적당히 구실을 잡아 화를 냈으니 우리 가족도 머릿속이 복잡할 거요. 생각할 시간을 드립시다."

주름진 부분까지 세심히 펼친 그는 옷 위에 털썩 주저앉아 나무 기둥에 상체를 기댔다. 느긋이 눈을 감으며 도경에게도 자리를 권했다.

"와서 앉으시오."

중저음의 목소리엔 묵직한 피로가 뭉쳐 있었다. 안색 또한 좋지 않았다. 쉬지 않고 강도 높은 노동을 했으니 당연한 결과였다.

"차라리 처소로 돌아가 몸을 누이시지요."

"이 시간에 들어가 누우면 내가 어디 아픈 줄 알고 어른들이 놀라실 거요. 우리 집안은 건강 문제에 무척 예민하거든."

교령에게서 들은 적이 있다. 재헌의 모친께서 졸하고 난 뒤 조모마저 병마에 시달리다 눈을 감자 예성 채문에서는 가족의 건강에 특별한 신경을 기울인다고. 작년엔 장손마저 죽을 뻔했으니 어른들의 심정이 어떠할지 짐작이 가고도 남음이었다.

도경은 가만히 서서 재헌을 내려다보았다. 나무의 단단한 표면이 불편했는지 그는 조금씩 몸을 뒤척였다. 고단해 보이는 모습이 자연스레 연민을 자아냈다.

반나절이 넘도록 도경은 그의 견제 속에서 편하게 일을 끝마쳤다. 재작년, 빗속에서 우산을 건네받고 무사히 안국방으로 돌아갈 수 있도록 도와줬을 때와 같이 의도가 섞이지 않은 친절이었다.

"고맙습니다."

도경은 진심을 담아 감사를 전했다. 돌아오는 반응은 없었다. 부드럽게 동풍이 불어와 옷깃을 흔들어도 그는 꿈쩍하지 않았다. 저대로 잠들었나, 숨을 죽이고 바라보는데 그가 눈을 감은 채 나직이 물었다.

"정말 고맙소?"

"예. 오늘 정말 감사했습니다."

"하면 이리 와 보시오."

재헌은 졸음이 묻은 눈꺼풀을 반쯤 들어 올렸다. 와서 앉으라는 듯 턱으로 자신의 옆자리를 가리켰다.

"가까이."

상대가 계속 서 있으니 정신이 사나워서 저러나. 남의 옷을 깔고 앉는 게 꺼려졌지만, 도경은 주춤주춤 그의 옆으로 가 나란히 자리를 잡았다. 회화나무의 굵은 줄기에 등을 기대자 그의 머리가 도경의 어깨로 툭 떨어져 내렸다.

"내외법은 들먹이지 맙시다."

갑작스러운 접촉에 도경이 긴장하니 그가 말씨름하기도 귀찮다며 미리 단속했다.

그의 숨결이 가까이서 느껴졌다. 편한 자세를 찾느라 머리의 위치를 조금씩 바꿀 때마다 상투 끄트머리가 도경의 귓불과 목덜미를 간질였다. 집과 학교, 아르바이트 현장만 오가기도 시간이 빠듯했던 도경에게는 이런 식의 이성과의 접촉이 매우 낯설었다. 기분이 묘해져 어설프게 어깨를 내주고 있는데 그는 더한 것을 요구했다.

"기왕 이리된 거 조금만 더 협조하면 안 되겠소?"

"무엇을 말입니까?"

질문이 끝나기가 무섭게 그가 몸을 낮춰 도경의 무릎에 머리를 베었다. 당황하여 목소리가 저절로 높아졌다.

"이건……!"

"나한테 고맙다고 하지 않았나?"

그가 꼼짝도 하지 않고 중얼거렸다. 마치 투정을 부리는 소년 같았다.

"하지만 이렇게……."

"병자를 돕는 거라고 생각하시오."

"무슨 그런 말도 안 되는 소리를 하십니까!"

도경은 따끔히 자르며 그를 밀쳐 내려다 동작을 멈췄다. 그의 몸이 비정상적으로 뜨거웠다. 그러고 보니 조금 전 손목에서 느껴지는 온기도 유난히 높았다. 도경은 재빨리 그의 이마를 짚어 보았다.

"열이 심합니다. 언제부터 이러셨습니까?"

"노파심에서 하는 소린데…… 일 조금 도운 것 때문에 이런 다고 생각하면 곤란하오."

"처음부터 몸이 안 좋았단 말입니까?"

"잠깐 쉬고 나면 괜찮을 거요. 결례를 용서하시오."

그는 끝까지 눈을 뜨지 못했다. 열이 높아 입안이 마르는지 말하는 것조차 힘들어 보였다.

설마 등청도 안 하고 집에 있었던 이유가 아파서였나?

도경은 어이가 없어 재헌을 내려다보았다. 이런 몸을 하고도 중노동을 한 그나, 끝까지 알아채지 못하고 유유자적 내버려 둔 자신이나. 심지어 그는 여은보다 상태가 더 안 좋아 보였다.

관자놀이와 목덜미를 적신 식은땀을 보니 죄책감이 들었다. 도경은 옷소매를 끌어당겨 조심조심 땀을 닦아 주었다. 그러자 재헌이 살짝 눈을 떴다.

"정말…… 아니요?"

"무슨 말씀입니까?"

"이런 적이…… 처음은 아닌 거 같아서……."

그는 의미심장한 말을 중얼거리다 스르르 눈을 감았다.

뜨끔해진 도경은 수마에 빠져드는 재헌을 조용히 지켜보았다. 아무래도 잠에 취해 하는 소리 같았다. 그렇다면 나중에 깨서도 자신이 무슨 말을 했는지 기억하지 못할 것이다.

안도한 도경은 소중히 보관했던 단주를 꺼내 다시 손목에 찼다. 이곳으로 오며 새것으로 변한 단주는 여전히 그 상태를 유지하고 있었다. 사계절이 지나고 해가 두 번이나 바뀌었음에도 바로 어제 만든 것처럼 세월의 흔적이 조금도 묻지 않았다.

이것이 어떤 의미인지는 알 수가 없다. 하나 영험함을 띠고 있는 것만은 확실해 잠시도 몸에서 떨어뜨리지 않았다. 습관적으로 단주의 상태를 확인한 도경은 손을 내리고 나무에 머리를 기댔다. 재헌에게 방해가 되지 않기 위해 최대한 몸을 움직이지 않으려고 노력했다.

사위는 고요했다. 나뭇가지 사이로 스며드는 햇살이 포근했고 새소리, 바람 소리, 나뭇잎이 물결치는 소리만이 원림의 정적을 가득 메웠다. 다리에서 느껴지는 그의 호흡은 어느새 규칙적으로 바뀌어 있었다. 걱정스럽게 재헌을 지켜보던 도경도 덩달아 눈꺼풀이 무거워져 서서히 눈이 감겼다.

세차게 비가 내리는 밤이었다. 가슴을 죄는 슬픔에 엉엉 울면서도 도경은 이것이 꿈이라는 것을 알았다. 아파하지 말라고, 슬퍼하지 말라고. 이건 널 괴롭혀 온 무의미한 꿈일 뿐이라고.

어서 잠에서 깨야지. 더는 힘들어하지 말아야지. 무의식이 애를 쓰며 아득바득 버티지만, 가슴을 움켜쥔 도경은 울음을 그치지 못했다.

콰쾅!

하늘에서 벼락이 내리치고 한 사내가 성큼 나타났다.

똑같은 장면이었다. 번개가 칠 때마다 주위가 번쩍거렸지만 단 한 번도 보지 못한 저 얼굴. 도경은 눈물범벅이 되어서도, 머리부터 발끝까지 온통 검은색의 옷차림을 한 사내를 주시했다. 이번에는 기필코 얼굴을 봐야겠다.

날 죽이러 온 자객인가, 아님 구하러 온 내 편인가.

남자가 가까이 다가온다. 그럴수록 눈물로 엉망이 된 두 눈을 부릅뜨고 그를 주시했다.

조금만 더. 얼굴을 보여 줘!

기를 쓰고 버티자니 그가 몸을 낮춰 눈높이를 맞췄다. 마지막 고비를 넘기기 위해 도경은 눈을 질끈 감았다 크게 떴다.

마침 하늘이 요동치며 뇌화가 번쩍였다. 슬픈 눈을 하고 저를 바라보는 남자의 얼굴도 선명하게 그 윤곽을 드러냈다. 그를 본 도경은 까무러칠 듯 놀라 잠에서 번쩍 깨어났다.

"하아……!"

가쁜 숨을 내쉬며 텅 빈 허공을 초점 없는 눈으로 응시했다. 푸른 기가 막 가시고 있는 새벽. 눈물이 무게를 이기지 못하고 주르륵 흘러내렸다.

잠에서 깨 멍하니 천장을 보고 있던 도경은 머릿속에 또렷하게 남아 있는 잔상을 기억하고 벌떡 일어섰다. 주섬주섬 옷을 챙겨 입고 차가운 공기 속에 몸을 내던졌다.

매번 꿈에 나타났던 그 남자. 얼굴 한번 보여 주지 않아 궁금하고 꺼림칙했던 그 사람이 갑자기 오늘, 정 그 아이의 모습으로 나타났다. 잘못 본 게 아니었을까, 내가 본 그 얼굴이 정말

정이었을까. 명치가 쓰렸다. 슬픔이 가슴을 짓눌러 눈가가, 코끝이 알알했다.

무엇을 위해서인지는 모르겠으나 도경은 홀린 듯이 뛰고 있다. 최정, 그 아이를 봐야 한다는 일념 외엔 아무것도 생각할 수 없었다.

허겁지겁 달려 매일 아침 그가 몸을 단련한다는 연무장에 도착했다. 저 앞, 한 남자가 등을 지고 서 있었다. 키가 크고 늘씬한. 언뜻 정과 비슷해 보이지만 그보다는 성숙하고 넓은 어깨의 사내였다.

평소라면 한눈에 그가 누구인지 알아챘을 것이나 꿈과 현실에 의식을 반씩 걸쳐 놓은 도경은 그럴 여유가 없었다. 자신이 아는 한 이곳에서 훈련했던 이는 정 하나였기에 황급히 내달려 남자의 팔을 잡고 돌려세웠다.

"어……?"

예상치도 못한 얼굴과 맞닥뜨린 도경은 망연해졌다.

저에게 붙잡혀 뒤를 돌아본 이는 재헌. 갑작스러운 도경의 출현에 놀랐던 그는 이내 표정이 온화해졌다. 보일 듯 말 듯 반가움이 슬쩍 떠올랐다. 제 팔을 잡고 있는 도경의 손을 힐끔 내려다보면서도 싫지 않은 기색이었다.

"이 시간에 여긴 어쩐 일이오?"

목소리도 다정했다. 아직 꿈을 꾸는 중인가. 멍하니 그를 보고만 있자니 돌연 재헌이 걱정스러워하며 손을 뻗었다.

"울었소? 얼굴이……."

"아닙니다."

도경은 황급히 그의 말을 부인했다. 뺨에 채 닿지도 못하고 허공에서 길을 잃은 그의 손이 어색하게 아래로 떨어졌다.

"전 정이를 보러 왔습니다. 연습할 시각이 된 것 같은데 그 아이는 아직 안 나왔습니까?"

"정이를 보러 왔다고?"

재헌은 혼잣말과 같은 반문을 되돌렸다. 마치 못 들을 말이라도 들은 사람 같았다.

무엇이 잘못되었나, 도경은 의문을 띠면서도 깊게 되짚어 볼 여력이 없었다.

"아직 안 나왔나 보군요. 방해가 되었다면 송구합니다."

피하듯이 그에게서 돌아섰다. 황급히 발을 떼었으나 곧 재헌에게 팔을 붙잡혀 도로 그와 마주 보았다.

"진심이오?"

그는 모욕이라도 당한 표정이었다.

"이 시간에 여기까지 정이를 보러 왔다고? 그런 꼴을 하고서?"

그런 꼴?

멍멍한 상태였던 도경은 고개를 숙여 제 모습을 점검했다. 허겁지겁 옷을 꿰어 입고 나왔더니 옷고름은 삐뚤고 치마는 뒤집어 입었다. 보나 마나 머리와 얼굴도 엉망일 테지.

당황하여 두 뺨을 붉히자 재헌은 밀어내듯 잡고 있던 팔을 놓아주었다. 그에게 떠밀려 주춤 물러난 도경은 잡혔던 팔의 부위가 급속도로 서늘해지는 것을 느꼈다. 그의 손이 평균 이상으로 뜨거웠음을 뒤늦게 알아채 잠기운이 확 달아났다.

그가 성치 않은 몸을 이끌고 반나절이 넘도록 노동을 했던 게 어제의 일이다. 원림을 나와 각자의 처소로 돌아갈 때도 썩 나아진 상태는 아니었다. 그제야 중요한 부분을 잊고 있었음을 자각해 저도 모르게 그에게 손을 뻗었다.

"몸은 어떠십니까? 어제 열이 심하셨는데⋯⋯."

이마를 짚었던 손이 아래로 내려가 그의 한쪽 뺨을 덮었다. 여전히 신열이 남아 있었다. 도경은 걱정 어린 눈으로 그를 올려다보다가 서서히 몸이 굳었다.

그가 지나치게 가까웠다. 무의식중에 행한 접촉도 선을 넘었다. 차라리 그가 먼저 손을 뿌리쳐 주면 좋으련만. 재헌은 예민한 기운을 쏘아 대면서도 도경의 손길을 얌전히 받아들이고 있었다.

엉거주춤 그에게서 손을 떼고 물러났다. 손바닥에 남은 열감이 선명해 지그시 주먹을 그러쥐었다. 겸연쩍어 눈을 내리뜨자 그가 시차를 두고 쌀쌀맞게 돌아섰다.

"곧 하인들이 움직일 시간이요. 마주치기 전에 어서 돌아가시오."

저 멀리, 막 떠오르는 태양의 영향이었을까. 뒤에서 보이는 그의 귓불이 잘 익은 홍시처럼 붉은빛을 띠었다.

거처로 돌아오니 열비가 아연실색하여 이곳저곳을 뛰어다니고 있었다. 도경을 보고는 헐레벌떡 달려와 한바탕 우는소리를 해 댔다.

"새벽부터 어딜 다녀오신 겁니까! 너무 놀라 정부인께 달려가려던 참이었습니다."

"미안. 잠이 일찍 깨서 산보 좀 다녀왔어."

도경은 열비를 달래고 방으로 직행했다. 아무렇게나 옷을 벗어 던지고 이불 속으로 다시 기어들었다. 꿈자리가 사나워 지치고 피곤했다.

이불을 어깨까지 끌어 올려 준 열비는 상전이 아닌 자매를 보는 듯 측은한 눈길로 들여다보았다.

"또 꿈을 꾸셨습니까?"

"꿈?"

"저희도 다 알고 있습니다. 유모가 걱정이 많으셔요."

한 번도 내색한 적이 없었는데 어떻게 알고들 있는지. 세심한 저들이 고마웠지만, 도경은 아무 말도 하지 않았다.

"탕약을 드셔 보시는 건 어떻습니까?"

"아니야. 바람 쐬고 왔더니 나아졌어. 눈 좀 붙여야겠다."

도경은 그대로 눈을 감았다. 열비도 더는 말을 걸지 않았다. 흐트러진 주위를 정리해 주고 조용히 방을 나갔다. 문이 닫히자 본능적으로 손목의 단주를 만지작거렸다.

바보 같은 짓이었다. 단순한 꿈이었을 뿐인데 현실과 구분 짓지 못하고 뛰쳐나가 채재헌에게 그런 꼴을 보이다니. 잠에서 깼을 땐 이성적이지 못했다. 아는 얼굴이기에 꿈에 나왔을 수도 있음을 어찌하여 간과했던 것인지…….

도경은 경솔했던 행동을 자책하며 뒤숭숭했던 간밤의 꿈을 되돌아보았다. 의식은 금세 가물가물해졌고 어느덧 생각은 한 사람에게만 쏠리고 있었다. 열도 내리지 않은 몸을 이끌고 새벽부터 거기서 무엇을 하고 있는지, 어디가 어떻게 아픈지, 왜 화를 냈던 것인지. 그 남자에 관한 궁금증이 눈덩이처럼 불어났다.

　도경은 재헌과 나눈 대화를 차근차근 떠올려 보다가 서서히 의식이 흐려졌다. 그의 뺨에 닿았던 오른쪽 손에는 아직도 열기가 감돌고 있었다.

감우당의 봄

이른 아침, 정부인과 자영이 서옥에 들었다. 일이 터진 어제 바로 부름을 받을 줄 알았는데 하룻밤을 넘겼다는 건 채 대감과 이판 또한 심경이 복잡했다는 방증이었다.

정부인은 애써 당당한 입장을 고수했다. 그에 반해 자영은 어른들의 기분을 살피며 알아서 끄트머리에 자리했다. 어떻게 되려나, 사슴 같은 눈망울에 걱정이 가득한데 한동안 정적이 흐르던 방 안에 씁쓸한 음성이 울렸다.

"반성한다."

병풍을 배경으로 앉아 있던 채여준 대감이 묵직한 존재감을 뿜으며 한 말이었다.

정부인은 당황했다. 늙은 오라비에게 맞서 냉랭한 기세를 앞세우다, 이게 무슨 소리인가 하는 표정이었다.

"대감, 그 무슨 해괴한 말씀입니까?"

"네가 비록 나의 누이라 하나 엄밀히 따지자면 우리 집안의 귀빈 아니더냐. 중차대한 일을 맡겨 놓고 대접에 소홀했으니 주인 된 입장으로 마땅히 잘못을 바로잡아야지. 그래, 색실이 부족하였다고?"

천연덕스러운 질문이었다. 이번 일의 핵심이 그것이 아님을 아시면서 비꼬시는 것인가, 모르는 척 넘어가 주시겠단 것인 가. 어차피 대화는 채 대감과 정부인의 몫이기에 자영은 마른 침을 삼키며 눈동자만 굴렸다.

"지금 저를 혼내시는 겁니까, 아님 어제의 일을 묵인해 주시 겠단 겁니까?"

"내 반성해야 할 일이 어디 그거 하나뿐이겠느냐."

"오라버니!"

"감우당에 그 아이들을 들이는 게 싫었다."

뜬금없는 고백이었다.

"대비전의 청을 받고 지지부진 시간을 끈 것도 바로 그러한 이유였다. 윤이환의 고명딸을, 대비전의 친정 조카를 가까이에 두고 싶지 않았기 때문에."

"하니 어제 일은 모르는 척 넘어가 주십시오. 저는 오라버니 와 친정 가문을 위해 악역을 떠맡으려는 것입니다."

"그런데 말이다."

정부인이 반색하며 이번 일을 무마하려 했지만 채 대감은 무 표정을 유지하며 다음 말을 계속했다.

"언덕에서 만난 이름 모를 처자는 참으로 어여쁘고 기특하더구나. 잘 웃고, 싹싹하고, 소탈한 면모가 보기에 좋았다."

"그 아이가 좋아지기라도 하셨다는 말씀입니까?"

"부끄러웠다."

채 대감은 주름진 얼굴의 누이를 또렷이 응시하며 강조했다.

"수레 끄는 노인, 그 이상도 이하도 아니었던 내게 그 아이는 편견 없이 다가왔어. 신분을 들먹이거나 체면을 내세우지도 않았지. 그 아이에게 난 주위에서 흔히 볼 수 있는, 공경해야 할 노인이었다. 하물며 나이 어린 처자조차 겉모습만으로 상대를 판단하지 않거늘, 글줄깨나 읽었다는 내가, 조정을 이끌었던 내가, 선입견에 사로잡혀 애먼 이를 미워하였으니 반성해야 할 일이 아니겠느냐."

"결국 저를 혼내시는 거군요. 아둔했던 네 행동을 반성해라, 그 말씀을 하시고 싶은 것이 아니십니까!"

"언성을 낮추어라."

감정이 고조된 정부인은 채 대감의 따끔한 지적에 입을 다물었다. 전적으로 불리한 처지임을 금세 파악하고 곡좌(曲坐)한 이판을 흘끔거렸다. 평소라면 진즉에 끼어들어 완충 역할을 해주었을 것이다. 한데 오늘은 눈을 내리깔고 한마디도 하지 않는 걸 보니, 사전에 두 부자가 말을 맞춘 모양이었다. 그것이 서운해 울컥하면서도 정부인은 끝까지 채 대감을 설득하려고 했다.

"예, 구김 없이 자라 좋은 면도 있겠지요. 하나 자식은 부모의 영향을 가장 많이 받습니다. 그 아이의 머릿속에 예성 채문은 이미 정적으로 각인되어 있을 텐데, 지금쯤 다른 생각을 품었을지 어찌 안단 말입니까!"

"그러니 조용히 지켜보자꾸나. 우리가 그 아이에 관해 아는 것이라곤 윤이환의 딸이요, 나이 많은 어른을 공경할 줄 알고, 부당한 주문도 군소리 없이 해냈다는 것 외엔 아무것도 없지 않느냐. 지금과 같이 강경한 태도는 차후, 그 아이가 다른 생각을 품었음이 증명되었을 때 취해도 늦지 않다. 이는 김사흔의 여식 또한 마찬가지일 것이다."

달래듯 말하고 있으나 채 대감의 눈빛은 엄정했다. 다시는 이런 식의 분란을 일으키지 마라, 경고하고 있었다.

정부인은 고개를 팩 돌리는 것으로 반항의 표현을 대신했다. 딴에는 친정을 위해 체모를 버리고 안 하던 짓까지 서슴지 않았는데, 수고했다는 말은커녕 분탕질하는 미꾸라지 취급을 당했으니 몹시도 서운한 내색이었다.

안에서 숨도 내쉬지 못했던 자영이 정부인을 따라 밖으로 나왔다. 의기소침해져 고개를 숙이고 있다가 마지막에 조부께서 자신을 불렀을 땐 정말이지 졸도하는 줄 알았다.

'우리 자영이도 이 할아비의 뜻을 잘 이해했으리라 믿는다.'

다행히 부드럽게 타이르는 말이었지만 서옥을 나와서도 살얼음판 같은 분위기는 끝나지 않았다. 안채의 일인자라 할 수 있는 정부인이 온몸으로 화기를 분출하는 중이기 때문이었다.

꼬장꼬장한 어른의 뒤를 따르며 자영은 어쩔 줄을 모르는데, 앞서가던 노부인이 불식간에 뒤를 돌아보았다. 눈가엔 날 선 의문이 퍼져 있었다. 자영은 가슴이 철렁하여 조심스레 여쭈었다.

"어찌 그러십니까?"

"어제 말이다. 윤도경과 같이 있던 네 오라비한테서 이상한 점을 보지 못했느냐?"

"이상한 점이요?"

자영은 영문을 몰라 얼떨떨해하다가 점차 표정이 바뀌었다. 한 가지 선명하게 떠오르는 것이 있긴 있었다. 처음엔 너무 놀라 경황이 없었으나 뒤늦게 물에 젖어 있던 재헌의 두 손이 마음에 걸렸다. 흐트러진 옷차림과 노동이라도 한 듯 붉은 기가 돌았던 손가락도 연이어 떠올랐다.

그것이 이상한 상상을 일으켜 어제저녁, 몇 번이나 잡념을 털어 내야 했다. 설마하니 일을 직접 도왔을까. 큰 오라버니가 두 사람과 무슨 인연이 있다고. 그러면서도 자영은 썩 개운하지 못한 것이 사실이었다.

"어찌하여 그 시각에 거기에 있었느냐, 오라버니한테 따로 묻기는 했습니다. 근처를 지나다 염색 천이 걸린 것을 보았고, 더러워진 손을 씻기 위해 잠깐 들렀다고 하기에 다른 말은 하지 않았습니다."

자영은 확실하게 짚어 볼 필요가 있다고 여기면서도 입으로는 다른 소리가 나왔다. 실제로 재헌을 찾아가 묻지는 않았지만, 혹시라도 고모할머니가 똑같은 의심을 하는 중일까 봐 걱정되었다.

역시나, 그 부분이 미심쩍었는지 정부인은 귀를 쫑긋 세웠다가 긴장을 완화했다. 자영의 대답을 의심하진 않았다. 찜찜한 상상을 지우듯 고개를 끄덕이고는 다시 앞장서 걸음 했다.

저 어른을 어떻게 달래 드려야 하나 자영은 암담하기만 한데, 마침 아군이 나타났다.

"고모님!"

안에서 말 한마디 벙긋하지 않았던 이판이 이제야 부랴부랴 달려왔다. 예의가 바르고 다정한 성정이라 정부인이 아들보다 조카에게 더 의지하고 고민을 털어놓는다는 건 널리 알려진 사실이었다. 그런 이가 오늘은 편도 들어주지 않고 싸늘한 침묵만 지켰으니 노부인 입장에선 특히나 섭섭했을 것이다. 그로 인한 앙금은 표정과 음성에 고스란히 실려 드러났다.

"왜 쫓아왔는가? 이젠 자네까지 나한테 잔소리를 하려고?"

"무슨 그런 민망한 말씀을 하십니까! 고생하시는 고모님께 제가 요즘 감사하다는 말씀도 드리지 못해 송구해서 이러지요."

"흥, 안에서는 그리 쌀쌀맞게 앉아 있더니."

"오해하지 마십시오. 잘못 끼어들었다가 일이 더욱 커질까 봐 조심하느라 그랬던 것입니다."

이판은 살갑게 정부인을 달래면서도 자영에게는 눈짓을 보냈다. 이쪽은 내가 알아서 할 테니 넌 이쯤에서 조용히 뒤로 빠지라는 신호였다.

자영은 고개를 끄덕이고 슬며시 걸음을 멈추었다. 정부인을 달랠 수 있는 사람은 극히 소수인데, 그중에서도 부친의 영향력은 막대했다. 게다가 조금 있으면 등청해야 할 시각. 노부인께서 아무리 뿔이 났다고 한들 이미 관대를 차려입은 조정의 중신을 오랫동안 붙잡고 있진 못하실 것이다.

자영은 멀어지는 두 어른의 뒷모습을 바라보다 발길을 돌렸다.

속이 어수선해 처소로 돌아가지 못했다. 아무 데나 풀 곳이라도 있으면 좋으련만. 자영은 서윤에게 가 볼까 하다가 내키지 않아 그만두었다.

그녀는 좋은 사람이었다. 하지만 지나치게 점잖고 예를 중시해 자영에겐 정부인을 상대할 때와 비슷한 느낌이었다. 교분을 쌓기엔 별문제 없지만 소소한 대화를 나누며 편안하게 푸념을 늘어놓기엔 맞지 않는 상대였다.

한숨을 푹 내리쉬다 우뚝 걸음을 멈추었다. 저 앞, 윤도경이 오고 있었다. 무슨 이야기를 나누는지 시비와 조잘조잘 떠들며 웃음기가 가득했다.

도둑이 제 발 저리다고 가슴이 쿵쿵 뛰었다. 어제까지는 감정에 휩쓸려 막무가내였는데 정신이 들고 나니 두 사람만 염색일을 시킨 것이 못내 부끄러웠다. 자영은 숨을 곳을 찾아 허둥지둥하다가 왈칵 심통이 치밀었다.

그러니까 애초에 오지를 말았어야지!

뻔뻔한 건 오히려 저들이었다. 각자 알아서 살았으면 집안에 이런 말썽이 생길 일도, 자신과 고모할머니가 생전 안 하던 짓을 할 일도 없었다.

자영은 피하는 것을 그만두고 도경에게 공격적으로 다가갔다. 저쪽에서 어제 일로 시비라도 걸어 준다면 한바탕 말다툼을 일으킬 심산이었다. 하면 답답한 이 가슴이 조금이나마 뚫릴 것 같았다.

아예 작정하고 다가가니 기척을 들은 도경이 가던 길을 멈추고 바라보았다. 진심인지 가식인지, 어제 그런 일을 당하고도 반갑게 먼저 인사했다.

"밤새 평안하셨습니까?"

"어디 가시죠?"

"연무장에 갑니다."

"거긴 왜요?"

"정이를 보러요."

"정이요?"

시비조였던 말투가 한풀 꺾일 정도로 예상치 못한 대답이었다.

"우리 집 정이 말인가요?"

"예. 최정."

"정이한텐 왜……?"

"그 아이의 검술 훈련을 가끔 보러 가곤 하지요."

자영은 기가 막혀 말이 나오지 않았다.

어제 과로한 탓인지 김여은은 몸이 좋지 않다며 아직도 일어나지 않았다고 들었다. 한데 윤도경은 어이하여 저토록 산뜻하고 아무렇지 않은지. 상식적으로 도무지 이해되지 않았다. 그 정도의 노동량이면 삭신이 쑤셔 일어나지도 못해야 정상일 텐데.

불현듯 붉은 기가 돌았던 재헌의 두 손이 생각나 자영은 강하게 부정했다. 쓸데없는 망상을 재빨리 떨치고 다시 새침하게 무장했다.

"저한테 할 말 없나요?"

보통 이러면 알아서 주절주절 떠들어 대던데…….

윤도경은 멀뚱히 바라보다 대뜸 엇나간 추측을 내놓았다.

"같이 가시겠습니까?"

"아니요. 제가 거길 왜 가죠?"

자영은 어이가 없어 목소리가 높아졌다. 며칠 전도 아니요, 바로 어제 그런 일을 당하고도 어쩜 저리 태평하게 같이 놀러 가자는 소리를 하는지.

우리가 친한 사이도 아니고…….

자영은 샐쭉해져 질문의 의도를 자세히 설명했다.

"어제 일과 관련해 저한테 하고 싶은 말이 있을 텐데요?"

"글쎄요. 딱히."

그러나 도경은 이번에도 별다른 변화가 없었다. 그저 시큰둥한 반응을 내놓고 시비를 돌아보며 말했다.

"달리 하실 말씀이 없으시면 이만 가 봐야 할 것 같습니다. 이 아이가 짐을 들고 있어서요."

가긴 어딜 가느냐. 어제 일에 대해 나한테 화를 내 봐라. 자영은 자꾸만 고개를 쳐드는 이상한 오기를 억지로 누르고 마음대로 하라며 고개를 팽 돌렸다.

도경은 머리를 까닥 움직이곤 유유히 자리를 떠났다. 저만치 멀어지자 가던 길을 방해받은 적이 없었다는 듯 시비와 도란도 란 대화를 나누며 웃음을 터트렸다.

속에서 부글부글 부아가 치밀어 자영은 두 사람의 뒷모습을 눈으로 좇았다. 아까보다 몇 배는 더 가슴이 갑갑하고 신경질 이 솟았다. 울고 싶기도 하고, 뒤쫓아 가 윤도경의 팔을 붙잡고 몽니를 부리고 싶기도 했다. 왜 이런 치졸한 기분이 드는지 도 무지 알 수가 없었다.

그때, 옆에서 인기척이 들렸다. 길을 지나다 우연히 대화를 들었는지 등청 준비를 마친 재윤이 옆에 와 나란히 섰다. 자영 은 작은 오라버니를 알은척도 하지 않고 감정에 북받쳐 씩씩거 렸다.

"사람이 어쩜……."

"네가 괜한 짓을 하였다."

"저만 좋자고 그런 겁니까!"

안 그래도 속상한데 재윤까지 자신을 나무라자 자영은 벌컥 역정을 냈다.

"당한 쪽은 윤도경입니다! 안 하고 버텨도 되는 일을 꾸역꾸 역해 놔서 전신이 쑤실 테지요. 그래 놓고 안 그런 척 허세를 부리고 있는 겁니다. 전 어제의 일을 후회하지 않습니다. 밤새 끙끙 앓았을 걸 생각하니 속이 다 후련합니다! 다만……!"

어느덧 눈물까지 그렁그렁 맺힌 자영은 울음을 삼키며 답답 해했다.

"저쪽은 저렇게 아무렇지 않은데, 어찌하여 제 마음만 이러는지 모르겠습니다."

"악인이 선인을 꾸짖거든 선인은 조금도 대꾸하지 마라. 대꾸하지 않는 이의 마음은 맑고 한가로울 것이나 꾸짖는 이의 입은 뜨겁게 끓어오를 것이다. 이것은 흡사 하늘을 향해 침을 뱉으면 도로 자신의 몸에 떨어지는 것과 같은 이치다."

눈자위가 붉어져 훌쩍거리던 자영은 곁에 있던 오라버니를 맹렬히 쏘아보았다. 눈치 없이 누이의 의문에 솔직히 대답한 재윤은 그것을 못 본 척 시선을 피했다.

"명심보감 계성편."

등청을 핑계로 자연스레 걸음을 돌리며 머쓱하게 뒷말을 웅얼거렸다.

"문득 떠오르는 글귀가 있어 읊어 보았다."

시무룩해진 상태로 처소에 돌아와 보니 새로운 소식이 기다리고 있었다. 정부인께서 며칠간 본가에 다녀오겠다며 이판의 등청길에 동행했다는 전갈이었다. 급작스러운 일이라 놀라긴 했지만 기운이 빠진 자영은 그저 고개를 끄덕였다.

"이럴 때 기분 전환하고 오시는 것도 나쁘진 않지."

방으로 들어와 경상 앞에 앉아 서책을 펼쳤다. 상념을 지우기 위해 일부러 방각본(坊刻本, 목판으로 찍어낸 한글 소설책)을 선택했건만 글 한 줄이 머릿속에 들어오지 않았다. 저절로 무거운 한숨이 새어 나왔다.

"어찌 그러십니까?"

앞에 앉아 바느질을 하던 시비가 걱정스레 물었다.

"아니야."

"갑자기 시간이 비어 무료하시지요?"

자영은 대답 없이 난처한 미소만 지었다.

"소일거리 삼아 민 소저께 다녀오시는 건 어떠십니까?"

"그쪽도 따로 할 일이 있지 않을까?"

"그럼 마을의 규수들과 어울리시는 건요?"

"됐어. 그냥 서책이나 볼래."

자영은 읽지도 않은 책장을 넘기며 집중하는 척했다.

어렸을 때부터 주위에 사람이 많았다. 자영이 외로울까 봐 집안에서 또래 아이들을 불러다 자주 놀게 해 줬다. 필요할 땐 언제나 아이들이 우르르 몰려왔고, 원하는 만큼 동무를 사귈 수 있었다. 든든한 가족과 하인들이 있어도 그들이 채워 주지 못하는 부분이 분명 있었으므로.

그중에서도 자영은 어머니와 자매가 있는 아이들을 가장 부러워했다. 그래서 그 빈자리를 또래 아이들에게서 채우고 싶어 했다. 언니와 여동생이 없다면 자매 같은 동무를 만들면 되지 않겠느냐고 세상을 순진하게 바라보았다.

자영은 집안 어른들과 유모에게 털어놓지 못한 고민을 동무들에게 하소연했다. 소소한 고민을 마음껏 털어놓고 즉석에서 위로받는 행위 자체가 힘이 되었다. 하지만 그것이 부질없는 짓이었음을 그 누구보다도 빨리 깨닫게 되었다.

동무라고 믿었던 아이들은 자영의 고민을 모두와 공유했다.

각자 집으로 돌아가 가회방에서 있었던 일을 하나도 빠짐없이 주절거리면, 그들의 부모는 본인의 여식이 예성 채문의 외동딸과 친하다는 것을 과시하기 위해 밖에 나가 신나게 떠들었다.

소문은 도성 전체를 돌고 돌아 사촌들의 입을 통해 자영의 귀에 들어왔다. 만나는 사람마다 고민은 해결되었느냐, 언제든 내가 도와줄 수 있다, 원하지 않는 참견을 해 왔다. 상처 받은 어린 자영은 불이 꺼진 한밤중에 뜨거운 눈물을 흘리며 베갯잇을 적셨다. 자신의 고민이 타인의 자랑거리가 된다는 사실이 끔찍하게 싫었다.

몇 번의 쓰라린 경험 끝에 자영은 제가 준 진심을 한낱 장신구처럼 여겼던 동무들과 적당한 거리를 두었다. 그들이 찾아오면 웃으며 반겨 주었고 지금까지 원만히 교류하고는 있으나 절대로 속내를 털어놓진 않았다. 이제껏 그 누구도 먼저 궁금해한 적이 없었다. 그런데 오늘, 유독 한 사람이 머릿속을 떠나지 않았다.

자영은 어느새 창밖을 내다보고 있었다. 땅이 꺼질 듯 긴긴 한숨도 새어 나왔다.

"왜 그러셔요, 아가씨?"

"응?"

나쁜 짓을 하다가 걸린 사람처럼 자영은 깜짝 놀라 고개를 바로 했다.

"어디 불편한 데라도 있으십니까?"

"아니야."

자영은 강하게 부정하고 시선을 아래로 두었다가 반짝 좋은 생각이 떠올라 도로 고개를 쳐들었다.

"참, 다른 규수들은 소식을 알고 있나?"

"무슨 소식이요?"

"고모할머님께서 본가에 가셨잖아. 며칠간 모임이 없다고 그들한테도 알려 줘야지."

"예천댁이 알아서 했을 겁니다."

"그래도 혹시 모르는 일 아니야?"

"모르다니요, 무엇을요?"

자영은 다짜고짜 자리를 박차고 일어섰다.

"안 되겠다. 혹시 못 들었을 수도 있으니까, 내가 가서 차근차근 얘기해 줘야지. 나 잠깐 나갔다 올게."

"아가씨!"

시비의 부름에도 아랑곳없이 자영은 잽싸게 방문을 나섰다. 급하게 혜를 신고 처소를 벗어나 정이 수련 중인 연무장으로 향했다. 같이 가자고 부탁할 땐 거절하고 이제야 뒤따르는 모양새가 민망했지만 흥, 자영은 콧방귀를 뀌었다.

누가 가고 싶어서 가나.

그래도 명색이 손님인데 나 정도가 나서서 모임이 취소된 이유를 설명해 줘야지.

꽃놀이라도 가듯 자영의 발걸음은 가벼웠다. 그러다가 무심코 윤도경이 벌써 거처로 돌아갔을지도 모른다는 생각이 들자 불안해졌다. 주위를 휙 둘러본 다음 오가는 사람이 없음을 확인하고 뜀박질을 시작했다.

헉헉거리며 도착한 자영은 눈을 동그랗게 뜨고 윤도경이 어디 있나 두리번거렸다. 고개를 많이 돌릴 필요는 없었다. 그녀는 어울리지도 않는 곳에 앉아 당당히 존재감을 드러내고 있었다.

"아주 여유만만이셔."

입을 삐쭉거리며 일단 안 보이는 곳으로 뒷걸음질을 쳤다. 윤도경을 만나기 위해 허겁지겁 뛰어왔다고 저쪽에서 착각하면 곤란했다.

호흡을 가라앉히고 차림새를 정돈했다. 자영은 깊은 심호흡을 끝으로 걸음을 옮겼다. 이대로 윤도경이 있는 곳까지 직진하려고 했는데…….

응?

몇 걸음 떼지도 못하고 발길을 멈췄다.

다른 쪽으로 나 있는 입구에 반가운 얼굴이 있었다. 느슨하게 팔짱을 끼고 문설주에 비스듬히 몸을 기댄 이는 재헌. 반색했던 자영은 금세 표정이 바뀌어 만면에 안타까움이 번졌다.

어제 따끔하게 꾸지람을 듣긴 했지만 재헌이 듬직하면서도 다정한 오라버니라는 사실엔 변함이 없었다. 그런 오라버니가 어제오늘 등청도 안 하고 집에 머물러 있는 건 또 그 증세가 드러날 수도 있다는 의미였다. 운이 좋으면 미열이 지속되다 정상으로 돌아오겠지만 그렇지 않다면……. 자영은 수심이 깊어졌다.

그나마 다행인 점도 있었다. 증세가 나타나는 간격이 점차

278

벌어지고 있어 머지않은 시일 내에 이런 걱정조차 하지 않을 날이 오리라는 것이었다. 자영은 근심을 떨치고 방향을 돌렸다. 얼마쯤 걷던 그녀는,

"오라······."

친근하게 재헌을 부르려다 말고 끝말을 흐렸다. 걸음도 뚝 멈췄다.

낯선 분위기였다. 무표정한 얼굴임이 분명한데 눈가엔 다양한 감정이 깃들어 있다. 그것은 봄날의 볕처럼 온화하고 다정한가 하면, 북풍 같은 냉기와 경계심 같은 것도 뒤섞여 있었다.

어떻게 저럴 수 있을까. 자영은 그의 시선을 따라가 보았다.

아······.

그리고 저도 모르게 탄식했다.

정의 훈련 동작을 봐 주는 중인 줄 알았다. 그런데 묘하게 비껴간 시선의 끝에는 정이 아닌 다른 사람이 있었다. 또다시 어제 보았던 재헌의 두 손이 뇌리를 스치고 지나갔다. 자영은 설마 하면서도 재헌의 표정에 주목하며 일부러 기척을 냈다.

"오라버니."

눈썹을 꿈틀한 그가 한곳으로 집중되었던 시선을 흐트러뜨렸다. 자영을 발견하곤 미소를 지었다. 냉철해 보이지만 누이의 투정도 제법 잘 받아 주었고 가족이 아플 땐 밤새도록 곁에서 간호도 해 주었다. 알고 보면 참으로 든든하고 속정 깊은 오라버니. 자영은 애틋함을 띠고 그의 옆에 가 섰다.

"왔느냐."

"여기서 무얼 하고 계십니까?"

몸 상태에 관해선 일부러 묻지 않았다.

재헌은 쑥스러움을 띠고 시선을 아래로 떨어뜨리더니 순식간에 눈을 들어 원래 머물던 그 자리로 되돌아갔다. 나도 어쩔 수 없다는 듯, 내가 왜 이러는지 모르겠다는 듯. 그러곤 잔잔한 여운을 머금고 혼잣말처럼 말했다.

"그냥. 봄이 왔구나, 해서……."

자영은 그의 눈길이 머문 곳을 향해 고개를 돌렸다. 이쪽에서 보니 윤도경을 향한 시선은 한층 노골적이었다.

풍성한 앵화 나무 아래, 그녀가 시비와 함께 넓은 깔개를 펼치고 앉아 있었다. 팔랑팔랑 바람을 타고 눈처럼 날리는 꽃잎이 장관이었다. 원족이라도 나온 듯 그 속에서 편안하고 여유로워 보이는 그녀의 자태는 보는 이로 하여금 봄날의 정취를 더욱 고조시켰다.

실로 기이한 일이다. 자영이 아는 한 재헌은 어려서부터 계절의 변화에 둔감했다. 봄이 오든 여름이 가든 그에겐 알 바 아니었다. 학문을 닦고, 시련을 견디고, 본인에게 주어진 책임과 역할에만 충실했다.

처음부터 그렇게 건조하진 않았다고 들었다. 아주 어렸을 땐 의외로 감상적인 면모를 보일 때가 종종 있었다고. 그러나 어머니의 상을 치르며 한 차례 크게 아프고 난 뒤, 좋게 말하자면 철이 일찍 들었고, 아쉬운 쪽으로 말하자면 너무 빨리 어른이 되었다고 어른들은 씁쓸해했다.

그랬던 그 오라버니가 지금은 한 여인을 보고 있다. 그 여인을 통해 주위의 경관을 둘러보고 계절의 변화를 느낀다. 하여 자영은 혼란스러웠다. 저 두 사람, 마치 이전부터 아는 사이 같아서. 혜명 윤문의 고명딸이 중궁의 자리를 노린다는 것은 누구나 알고 있는 사실이기에.

재헌에게 진실을 물어야 한다고 생각하면서도 자영은 입을 떼지 못했다. 설렘이 깃든 오라버니를 지켜보는 것만으로도 지금으로선 매우 벅찬 일이었다.

❀

몸에 점점 열이 올랐다. 조금씩 차오른 땀방울은 햇살에 부딪혀 구슬처럼 반짝거렸다. 정은 시간이 흐를수록 움직임에 집중했다.

멀리서 지켜보는 상전이 의식돼 진땀을 빼기도 했지만 그가 돌아서고 난 뒤 심리적 안정을 되찾았다. 점차 주위가 잊히고 목검과 하나가 되어 날렵하게 허공을 날아올랐다. 멋지게 검을 휘두르는 찰나인데 가까서 귀에 익은 속세의 소음이 들려왔다.

"날이 너무 좋습니다, 아가씨."

몰입이 깨지며 삐끗했던 정은 용케 자세를 바로 했다. 타고난 무인의 정신력으로 어떻게든 어려운 환경을 극복하려고 했으나 쉬운 일은 아니었다.

"출출하지 않으셔요? 이것 좀 드셔 보십시오."

아무리 집중하려고 노력해도 달그락거리는 소리가 귀에 거슬렸다. 아예 자리를 잡고 앉아 자신을 빤히 응시하는 윤도경의 시선도 느껴졌다. 그럼에도 버티고 버티며 꿋꿋이 검을 휘두르던 정은 끝내 신경이 예민해져 동작을 중단했다.

"벌써 끝났니?"

그중 가장 참을 수 없는 건 윤도경의 저 말투. 반가의 규수로서 하대하는 것은 상관없었다. 하나 자신보다 나이도 어리면서 마치 누님이 아우를 대하듯 다정하게 건네는 저 어투는 들어주기 힘들었다.

"왜 또 오셨습니까?"

"집중력이 자꾸 흩어지나 봐?"

"알고는 계십니까?"

"설마 내 탓을 하는 것은 아니겠지?"

"아가씨의 존재감을 부정하지 마십시오."

"검이라는 게 조용한 환경에서만 휘두를 수 있는 거였니?"

정곡을 찌르는 말이었다. 뼈를 맞은 정은 아무런 대꾸도 하지 못했다.

"엎어진 김에 쉬어 간다고, 이리 와서 목이나 축이렴."

저에게 손짓하는 윤도경을 보고 있자니 기가 막혔다.

애초에 그가 일찌감치 감우당에 내려온 이유는 저 여인의 동태를 살피기 위함이었다. 영의정 댁 규수인 만큼 접근이 쉽지 않을 줄 알았는데 웬걸, 윤도경은 첫날부터 제 발로 찾아왔다.

한때는 매일같이 눈앞에서 알짱거리더니 요즘은 시간이 날 때마다 스스럼없이 나타났다. 그리하여 이제는 왜 이렇게 자주 내 앞에 나타나느냐 오히려 항의하는 신세가 되었다.

어쩌다가 이 지경이 되었는지…….

초심을 잃은 정은 관계의 재정립을 위해 잠시 쉬어 가기로 했다.

"정아, 차 식는다!"

윤도경의 태평한 부름에 터덜터덜 걸어가 한쪽에 털썩 주저앉았다.

그를 위해 준비된 차는 목으로 넘기기에 딱 알맞은 온기였다. 얌전히 차를 마시는 동안 달달한 주전부리도 옆에 마련되었다. 정은 연사과를 집어 우물거리다 꿀꺽 삼키고 물었다.

"새벽엔 무슨 일이셨습니까?"

"잠에서 일찍 깼거든. 네가 요즘 그 시각에 훈련한다기에 나와 봤지. 내가 잘못 알았던 건가?"

"아닙니다. 오늘 제가 게으름을 피웠습니다."

정은 적당한 대답을 남기고 다시 차를 마셨다.

일이 복잡하게 꼬였다. 사실 오늘은 새벽 훈련을 취소하고 시간대를 옮길 예정이었는데, 석이가 재헌의 하명을 받들고 나타났다. 시간이 생겨 동작을 봐 줄 테니 나오라는 전언이었다.

계획을 변경해 연무장에 왔을 때 가까이 붙어 있는 두 남녀를 보았다. 윤도경의 손길을 군소리 없이 받아들이고 있는 상전의 모습은 충격 그 자체였다. 언제 저렇게 가까워졌나, 머릿속이 아득해진 한편 너무 놀라 껄떡껄떡 숨이 넘어가는 석이의 입을 틀어막고 조용히 피해 있었다. 큰사랑에 당장 고해야 한다고 펄펄 뛰는 그를 살살 달래기는 했는데, 언제까지 입막음할 수 있을지 자신이 없었다.

정은 새벽에 보았던 장면이 눈앞에 선연해 암담해졌다. 어른들께 계속 비밀로 하자니 양심에 찔렸고, 그렇다고 상전과 윤 규수를 곤란하게 하자니 마음이 편치 않았다. 약초를 캔다고 돌아다니다 대감마님들과 연을 맺은 거 보면 상전이 말했던, 계곡에서 윤 규수가 목숨을 구해 줬다는 주장은 신빙성이 있었다.

결과적으로 윤 규수는 적대해야 하는 상대이자 예성 채문의 진정한 귀인이라는 소리인데······. 멀리해야 할지 고마워해야 할지, 이토록 정의 내리기 힘든 상대는 진정 처음이었다.

정은 머리를 긁적이다 가까이서 전해지는 시선을 느끼고 옆을 보았다. 도경이 자신을 물끄러미 들여다보고 있었다.

"왜 그러십니까?"

"넌 언제부터 채씨 집안에서 살았어?"

"핏덩이 때부터 살았습니다."

"부모가 예성 채문에 속해 있니?"

사적으로는 별 관심도 없더니 오늘따라 왜 저러시는 건지. 옆에 있는 열비도 덩달아 눈이 초롱초롱해져 정을 보았다.

"저는 업둥이입니다. 하인들이 드나드는 간문 앞에 버려져 있는 걸 이 댁 어른들이 불쌍히 여겨 거두어 주셨지요. 그 후 최 집사 어른의 양자가 되었습니다."

"최 집사의 양자? 그럼 예천댁이 양모겠구나?"

"예. 제 어머니입니다."

"친부모가 누구인지는 전혀 모르고?"

"버려졌을 때 배냇저고리 한 벌 걸치지 않고 있었답니다. 누더기로 칭칭 감아 놓았다니, 형편이 좋은 분들은 아니었겠지요."

윤도경은 가만히 고개를 끄덕였다. 열비처럼 연민의 빛을 드리우지도, 그렇다고 천한 업둥이라고 무시하는 기색도 없었다. 그저 누군가의 이야기를 듣고 있는 자세였다.

이상하게도 정은 도경의 그런 태도가 마음에 들었다. 저를 천시한다면 할 수 없지만 적어도 동정받고 싶진 않았다. 운 좋게 예성 채문에 들어와 좋은 부모님 아래서 행복하게 자랄 수 있었으니.

"참, 무과 준비 중이라며?"

"아직 결정된 건 없습니다. 그게 그리 쉬운 일도 아니고요."

정은 확실하지 않은 현재의 사정을 솔직히 밝혔다.

처음 무과 시험 이야기를 꺼낸 사람은 재헌이었다. 그는 어려서부터 정을 아우처럼 챙겨 주었다. 그 덕에 정은 업둥이 주제에 주인댁 도련님들뿐 아니라 이 나라의 적통 왕자와도 어울려 놀았다. 재윤과 명원 대군은 아직도 정을 놀이 동무처럼 대하며 때때로 장난을 걸었다. 그러나 재헌은 맏형 역할을 자처하며 그에게 진로에 관한 쓴소리를 아끼지 않았다.

정은 관직을 달고자 하는 욕심이 없었다. 그저 예성 채문에 충성하고 이 댁 식구들을 지킬 수 있는 사람이 되고 싶을 뿐이었는데 요즘은 생각이 점차 바뀌고 있다. 자신이 무과에 합격해 실질적인 권한을 손에 쥐는 것이 진정으로 두 대감마님과 삼 남매, 그리고 명원 대군을 지키는 길이 아닌가 하고.

"이것 좀 더 드십시오."

길어지는 침묵 속에 열비가 군것질거리를 종류별로 내밀었다. 목이 막히지 않도록 차도 새로 내주었다. 정은 고개를 움직여 감사를 표하곤 기척조차 없는 도경을 곁눈질했다. 무슨 고민이 있는지 그녀는 혼자만의 상념에 푹 빠져 있었다.

짐이 많은 열비를 처소로 먼저 보내고 도경은 후원으로 향했다. 혼자서 조용히 생각할 시간이 필요했다. 과한 반응이라고 결론 내렸던 간밤의 꿈은 한숨 자고 일어났을 때, 그리고 정과 대화를 나누면서 시시각각 변해 갔다.

사통, 천한 신분의 사내, 도주.

역사 속 추악했던 스캔들이 머릿속을 가득 메우고 있다.

이제껏 도경은 조상님의 과오를 잘 피해 왔다고 자신했다. 채재헌이 살아난 이상 그런 일은 반복되지 않을 거라고. 간밤의 꿈 또한 흔히 꿀 수 있는 개꿈에 불과하다고.

하지만 정말 그럴까?

만약에 그 꿈이 과거의 한 장면을 보여 준 거라면? 그때와는

삶의 궤적이 달라졌지만 만나야 할 사람은 어떤 식으로든 만나게 되어 있어 뜻하게 않게 감우당까지 오게 된 거라면?

반복해서 꿈에 나왔던 그 장면은 어딘가에 갇힌 여인을 한 사내가 구하러 온 듯한 상황이었다. 애잔하고 절망에 찬 분위기는 꿈이 거듭될수록 선명해졌다. 그것을 바탕으로 도경의 상상도 구체화되었다.

통정을 들켜 감금당한 여인을 빼내러 온 사내. 그 사내는 최정. 조상님과 정은 마지막 도주를 단행한다. 예성 채문에서는 키워 준 업둥이가 반목하던 가문의 딸과 정을 통하였으니 다양한 기밀을 빼내 저쪽으로 넘겨주었으리라는 의심이 증폭되었을 터. 어쩌면 아끼던 수하의 배신으로 종손을 잃었다는 절망감이 잔혹한 피바람을 일으킨 진짜 원인이었을지도 모른다.

도경은 오싹해져 이동을 멈췄다. 겁먹은 눈으로 허공을 응시하다 풋, 실없는 웃음을 터트렸다.

"이렇게 소설 한 편이 완성되나?"

단번에 뚝딱 만들어진 서사가 왠지 그럴듯해 혼잣말이 술술 흘러나왔다. 하지만 거기까지다. 누구나 생각할 수 있는 진부한 이야기를 심각하게 받아들일 필요는 없다. 망상을 훌훌 털어 낸 도경은 멈췄던 길을 걸어 후원에 들어섰다.

감우당의 원림이 고요하고 신비로워 숨을 죽이게 된다면, 후원은 동화 속 세상처럼 아름다웠다. 이대로 자연에 파묻혀 어지러운 상념을 떨쳐 내고 싶은데, 느긋하게 걷다 보니 어디선가 축축 처지는 한숨 소리가 요란했다.

누가 있나?

근처를 두리번거리던 도경은 몇 걸음 앞, 꽃나무 아래 삐죽 튀어나온 치맛자락을 발견했다. 아침에 만난 자영이 저런 색의 치마를 입고 있었다. 관심이 생겨 그쪽으로 방향을 트는데 짜증 섞인 목소리가 훅 치고 들어왔다.

"뻔뻔하기 그지없군."

낯선 이의 출현에 나무줄기 밖으로 나와 있던 옷자락이 재빠르게 사라졌다. 도경도 고개를 틀어 소리가 난 쪽을 돌아보았다.

한 선비가 공격적으로 걸어와 약 두 보 앞에서 멈춰 섰다. 예성 채문의 남자들만큼은 아니었으나 충분히 눈에 띄는 외모, 그 저변에 흐르는 오만한 분위기가 독특하게 느껴지는 사내였다.

"방금 저한테 말씀하신 겁니까?"

"그럼 여기 누가 또 있을까."

그의 대답과 눈길엔 약간의 경멸 같은 게 묻어 있었다.

날 아는 사람인가?

평소라면 당황했겠지만 이번만큼은 그렇지 않았다. 반드시 알아야 할 사람의 인적 사항은 이미 암기해 두었다. 그리고 거기엔 가까운 일가를 제외하고 도경이 기억해야 할 젊은 남성은 포함되지 않았다. 눈앞의 저자는 알아도 그만, 몰라도 그만인 존재에 불과하다는 의미였다.

"실례지만 누구시죠?"

도경은 당당하게 대응했다.

"뭐라?"

"절 아십니까?"

순간적으로 멈칫했던 남자는 곧 비웃음을 띠었다.

"이건 또 무슨 수작이지?"

"말은 그쪽에서 먼저 걸었습니다."

도경은 어이가 없어 대꾸했다. 그에게도 미묘한 표정의 변화가 일어났다.

"나를…… 모른다?"

그제야 도경이 정말로 자신을 기억하지 못할 수도 있다고 생각했는지 그는 끝말이 의문으로 바뀌었다. 당황한 기색이 얼핏 떠오르더니 이내 찬기를 발하며 냉소했다.

"보기보다 머리가 나쁜가 보군."

"글쎄요. 본인이 별로 인상적이지 않다는 생각은 왜 못 하시는지."

도경도 지지 않고 같이 비아냥거렸다. 어디선가 튀어나와 대뜸 하대부터 하는 남자를 굳이 참아 줘야 할 이유는 없다.

그는 뒤통수라도 맞은 듯 크게 충격받은 얼굴이었다. 낯빛이 붉으락푸르락하면서도 화를 내야 할지, 이제라도 통성명을 해야 할지 혼란스러운 표정이었다.

도경은 고개를 꼿꼿이 들고 있었다. 어디 한번 해 볼 테면 해 봐라, 배짱을 부리다 돌연 그를 자세히 들여다보았다. 한 번도 본 적 없는 사람이거늘 보면 볼수록 어딘지 낯이 익었다. 특히 얼굴에 깃든 저 오만함.

어디서 봤을까, 머릿속에 저장된 기억을 탈탈 털어 보았다. 시간은 점점 역으로 거슬러 올라갔다. 그리고 떠오른 한 장면. 그날은 안개비가 부옇게 세상을 뒤덮고 있었다. 저자의 거리를 헤매던 도경은 한 남자와 눈이 마주쳤다. 생김새는 기억나지 않지만 젊은 얼굴에 오만함이 가득했던 것만은 또렷했다. 이후, 재헌이 그를 '전하'라고 칭했던 것까지도.

……설마.

불길한 예감이 스멀스멀 등줄기를 타고 올랐다. 그럴 리가 없다고, 어설픈 추측으로 괜히 겁먹어선 안 된다고 마음을 다잡고 있는데 그마저도 와르르 무너지는 상황이 발생했다.

"전하!"

귀에 익은 저 음성, 채재헌이었다.

다리가 후들후들 떨렸다. 뻣뻣하게 굳은 몸을 어찌해야 할지 모르겠다. 지금까지 자신이 군왕에게 꼬박꼬박 말대답한 것임을 자각한 도경은 하늘이 노랬다. 뒷수습을 어떻게 해야 할지 엄두도 나지 않는데 급히 쫓아온 재헌이 성상께 예를 취했다.

"전하, 납시었사옵니까."

"뭘 그리 허둥거리느냐. 내 말하지 않았어, 채 대감의 안부를 챙길 겸 조만간 들르겠다고."

"파발이 이제야 당도하였사옵니다."

"그래? 늦었군."

왕은 제 알 바 아니라는 듯 한가로이 회답했다.

"명성이 자자한 감우당의 후원이 궁금하였더랬지. 참을 수가 있나. 급히 말을 달려왔더니 이른 감이 있더군. 사랑으로 들기 전 잠깐 구경이나 할까 했는데 윤 규수가 보이더구나. 인사를 받던 참이었다."

왕은 파리해진 도경을 위아래로 훑으며 이죽거렸다. 내가 어떤 존재인지 이제 잘 알았냐고 묻는 표정이었다.

"하도 오랜만에 만나서 그런가, 다른 사람인 줄 알았어."

"송구하옵니다."

하얗게 질린 도경이 냉큼 허리를 굽혔다. 지체 없이 무릎이라도 꿇으려고 했는데 왕의 관심은 이미 딴 곳으로 흘러가 있었다.

"그러고 보니 너희 둘, 이전에도 만난 적이 있었지."

"우연이었나이다. 유모를 놓치고 빗속에서 길을 잃는 바람에 곤경에 처했을 때 정언의 도움을 받은 것이옵니다."

"이런…… 알고 보니 꽤 자주 만난 사이였군. 내가 말한 것은 그때가 아니었는데."

비웃음을 띤 왕의 하답에 도경은 얼이 빠져 고개를 들었다. 재헌이 오해라도 살까 봐 부랴부랴 해명했던 것을 허무하게 만드는 소리였다.

당연히 빗속에서의 일을 말하는 줄 알았다. 왕이 지켜보는 앞에서 재헌이 우산을 쥐어 준 날이 지금 여기 모인 세 사람의 첫 만남이었으므로. 그런데 왕은 셋이 한자리에 모인 적이 또 있었다는 듯한 발언을 하고 있었다. 연유를 몰라 도경이 어정

쩡하게 서 있자 재헌에게서 뜻밖의 대답이 흘러나왔다.

"멀리서 스치듯, 소신만이 윤 규수를 보았습니다. 그마저도 날이 어두워 얼굴을 식별하기는 불가하였나이다."

"아 참. 그랬지."

왕은 야유하듯 웃음기가 번져 도경을 보았다.

"그때가 밤이었어. 중전의 병환이 깊어 탕약 달이는 냄새가 궐 안팎에 가득한데, 윤 대감이 한밤중에 과인을 불러 그대를 선보이더군. 당시 영문도 모르고 잠행을 따랐던 재헌이 안국방에 당도해 꽤 황당해했어. 함께 들자 해도 거절하고 밖에서 호위를 자처하였으니, 그대가 안으로 들기 전 입구에서 두 사람이 마주치지 않았을까 짐작하였지."

도경은 어찔하여 눈앞이 빙글 돌았다. 듣고 보니 이미 아는 이야기였다. 주막에서 재헌에게 그런 말을 들은 적이 있었다. 도경은 혜명 윤문이 욕먹을 만했다고 인정하면서도 지금껏 잊고 있었을 만큼 별생각이 없었다. 그저 남의 일인 듯, 내가 한 일이 아니라고만 여겼다.

그러나 영상의 딸 윤도경으로 두 해를 넘게 산 지금, 그때 일을 다시 들으니 형용할 수 없는 수치심에 얼굴이 불타올랐다. 어른들이 시키는 대로 방에 들어가 왕에게 자신을 내보이는 동안 재헌이 그 앞을 지켰다는 상상만으로도 부끄럽고 또 부끄러웠다.

얼마나 한심하고 경멸스러웠을까.

중전이 되고 싶어 안달 난 사람처럼 보였을 테지.

울고 싶어진 도경은 몰래 재헌을 훔쳐보았다. 곧고 우아한 자세와 바람을 타고 살짝살짝 전해지는 선비의 난향. 거기에 연무장에서 있었던 어색한 일까지 더해져 그라는 사람이 새삼 낯설게 느껴졌다. 어제 원림에서 그가 제 무릎을 베고 잠들었던 것이 꿈인 듯 실재하지 않았던 일 같았다.

도경은 울상이 되어 숨을 깊게 들이쉬다가 왕과 눈이 마주쳐 무춤하였다. 재빨리 표정을 바꾸니 그는 비소하며 재헌에게 시비를 걸었다.

"조금 전에도 그래. 정언, 넌 무엇 때문에 그리 기겁하여 쫓아왔느냐?"

"황공하옵니다. 전하께서 갑작스레 내림하시어 다소 침착하지 못하였사옵니다."

"나 때문이었다? 나와 같이 있는 상대가 걸려서는 아니고?"

"당치 않사옵니다."

재헌의 묵직한 호소가 허공에 울렸다. 왕은 신경질적으로 그를 쏘아보다가 한순간에 표정을 풀고 하하 웃었다.

"농이다. 그깟 말로 심각해지기는……."

혼자서 즐거워하더니 도경을 향해 실없는 소리도 던졌다.

"그나저나 유감이야. 내가 그리 인상적이지 않았다니."

"황공하옵니다."

"됐다. 그럴 수도 있지."

도경이 질겁하여 바짝 조아리자 왕은 가벼이 달래고 자리를 마무리했다.

"이만 사랑으로 가자. 대감께서 기다리고 계시겠어."

그러곤 곧장 옥보를 옮겼다. 재헌도 서둘러 그 뒤를 따라갔다. 도경에겐 눈길 한번 주지 않았다. 새벽녘, 연무장에서의 알 수 없는 일로 아직도 화가 풀리지 않은 듯했다.

도경은 멀어지는 두 사람의 뒷모습을 유의 깊게 지켜보았다. 처음엔 왕인지도 모르고 불경을 저질러 모골이 송연했는데 이제 그런 것이 문제가 아니었다. 하루아침에 경색된 재헌과의 관계가 신경 쓰였고, 그의 등장과 더불어 줄기차게 떠보듯이 대화를 이끌고 간 성상의 의도도 꺼림칙했다.

"와, 엄청나네요!"

왕과 재헌이 완전히 사라지자 나무 뒤에서 튀어나온 자영이 자연스레 옆에 와 섰다. 눈을 초롱초롱 빛내며, 지척에서 대화를 엿들었음을 숨기지 않았다.

"저희 오라버니랑 구면이셨군요? 전하를 뵌 적도 있고요. 소문대로 소저께서 중전마마가 되시는 겁니까?"

"질문을 가장해 비꼬시는 거라면 오늘은 참아 주시기 바랍니다. 지금은 제가 마음의 여유가 없어……."

진이 빠진 도경은 신경전을 할 수 없음을 미리 밝혔다. 자영은 호기심을 비우지 못했다.

"전하를 정말 못 알아보신 건가요?"

도저히 믿기 어렵다는 표정이었다.

"한밤중에 몰래 뵙고 인사까지 올렸다면서 어떻게 그럴 수 있죠?"

294

"그러게 말입니다."

"꼭 남의 일처럼 말씀하시네요."

변명의 여지가 없었다. 할 말을 잃은 도경은 복잡한 속내도 정리할 겸 우선 자영에게서 벗어나기로 했다.

"먼저 가 보겠습니다. 일찍 일어났더니 몸이 곤하여서요."

"저기요!"

고개를 까딱 움직이고 발을 떼자 뒤에서 급히 불렀다. 도경은 가던 길을 멈추고 돌아보았다. 피로감이 상당해 예민해져 있는데, 자영은 머뭇머뭇하다가 이상한 제안을 해 왔다.

"그…… 부액해 드릴까요?"

"예?"

"안색이 창백합니다."

대답도 듣지 않고 다가와 팔을 잡아 주었다. 이 아이가 왜 이러나 싶어 바라보고 있자니 쭈뼛쭈뼛 이실직고하였다.

"어제요. 그 염색 일……. 송구했습니다."

"그게 무슨……."

고개를 갸웃했던 도경은 뒤늦게 그 말의 의미를 깨닫고 정색하였다.

"하면 정말 작정하고 벌인 일이었단 겁니까?"

"그렇다기보다……."

자영은 모호한 태도를 취하면서도 지은 죄를 아는지 눈을 마주치지 못했다.

기가 막혀 말이 나오지 않았다. 반신반의하면서도 준비가 너무 깔끔해 속는 셈 치고 넘어갔던 것인데 막상 저를 골탕 먹이기 위해 벌인 일이었다니 참으로 괘씸했다. 감정적이 된 도경은 짜증스레 자영의 손길을 거부했다. 팩 돌아서 씩씩거리며 앞만 보고 걸어갔다.

"저기요!"

어떤 소리가 들려도 이번에는 끝까지 돌아보지 않았다.

달이 기운 밤, 야장의로 환복한 왕이 서안 앞에 앉아 있었다. 『대학』을 펼쳐 놓고 독서를 하는 듯 보이지만 책장은 좀처럼 넘어가지 않았다.

"전하, 밤이 깊었사옵니다."

보다 못한 상선이 한마디 아뢰니, 혼자만의 생각에 빠져 있던 왕이 엉뚱한 질문을 던졌다.

"대비전의 강 상궁 말이다. 궐에 들어온 지 40년쯤 되었다지?"

"예, 그러하옵니다."

"궐 밖 사가에 연통하는 피붙이가 아직도 있던가?"

"어려서부터 두 아우의 뒷바라지를 해 온 것으로 알고 있사옵니다."

"하면 조카들도 주렁주렁 달려 있겠군."

왕은 만족해하며 입꼬리를 올렸다. 그러면서도 눈빛은 찬바람이 쌩쌩 날려 상선은 다음에 나올 말을 긴장하며 기다렸다.

"강 상궁을 비롯해 그 핏줄들까지, 하나도 빠짐없이 탈탈 털어 조사해 오게. 혹여 국법을 어기고 있지는 않는지, 궐에서 빼돌리는 물품은 없는지. 강 상궁에게 위협이 될 수 있는 것이라면 그 무엇이라도 상관없어. 알겠는가?"

"예, 전하."

대답을 들은 규는 장침에 한쪽 팔을 괴고 비스듬히 몸을 기댔다. 그 상태로 눈을 감고 고개를 좌우로 꺾으며 성의 없이 한마디를 툭 뱉었다.

"답답하다."

그 말을 찰떡같이 알아들은 상선이 일사불란하게 움직였다.

조용히 문이 열리고 부름을 받은 궁녀들이 연이어 들어왔다. 그들 중 하나가 왕에게 다가가 어깨를 안마하는 동안 나머지는 서안을 치우고, 향로를 피웠으며, 담뱃대를 대령했다.

나른하게 눈을 뜬 규는 담뱃대의 물부리를 깊게 빨았다가 뿌연 연기를 내뿜었다. 몸을 편히 늘어트리고 오후에 있었던, 당혹스러웠던 그 순간을 곱씹어 보았다.

'실례지만 누구시죠?'

'절 아십니까?'

표정이며 말투가 일부러 모르는 척 수작을 부리는 것 같진 않았다. 윤도경은 정말로 자신을 알아보지 못했다. 그녀가 꼬박꼬박 말꼬리를 물고 늘어질 때마다 묘한 배신감이 들었다.

이것이 저 여인의 진짜 모습이었나?

하면 어찌하여 내 앞에선 그토록 지루하고 무미건조했는지.

혹, 제 아비의 바람과 달리 처음부터 내게 관심이 없었던 거라면?

……이는 기만이 아닐 수 없었다. 왕을 알아보지 못하는 그녀의 무관심을 면전에서 경험하며 규는 기억하고 싶지 않은 재헌과의 어린 시절이 저절로 떠올랐다.

아름답고도 독했던 아이.

정치적 셈법에 의해 배동으로 들어온 어린 재헌을 규는 그렇게 정의했다. 선왕께 그리 당하면서도 작은 몸으로 끝끝내 버텨 내는 결기가 안쓰럽고도 고까웠다. 그래서 꼭 한 번, 다른 이가 아닌 제 손으로 그 아이를 꺾어 보고 싶었다. 절절한 단심가를 읊어 주길 바란 것은 아니었지만 주군의 총애를 잃고 초조해하다가 비겁하게 조아리는 꼴을 두 눈으로 직접 보고 싶었다.

시간과 정성을 들여 그를 싸고돌다가 일시에 돌변해 내치기를 몇 번. 그때마다 참지 못하고 먼저 손을 내민 쪽은 우습게도 자신이었다. 어느 날은 애가 달아 가회방까지 쫓아간 적도 있었다. 어떻게 지내고 있으려나, 아무리 그래도 조금은 속상해하지 않을까. 제멋대로 기대를 품었던 규는 가회방에 도착해 냉정한 현실과 마주했다.

그리 내침을 당하고도 재헌은 아무렇지 않게 일상을 영위하고 있었다. 대군의 장난을 받아 주고 아우와 하인들에겐 환한 미소를 보냈다. 그 미소가 낯설어 이상타 하다가, 그때까지 자신이 재헌의 웃는 얼굴을 단 한 번도 본 적이 없었다는 사실을 퍼뜩 깨달았다.

지독한 충격이었다. 곁에 두고 짜증을 부릴지언정 재헌을 꺾겠다는 시도를 더는 하지 않게 된 계기가 되었다. 그럼에도 규는 오직 저에게만 무관심한 재헌을 여전히 극복하지 못했다. 하여 그에 버금가는 또 다른 이의 등장은, 그것도 상대가 윤도경이라는 사실은 가장 아픈 상처에 소금을 뿌린 격과 다르지 않았다. 더군다나 그 둘은 분위기가 예사롭지 않았다.

'전하께서 갑작스레 내림하시어 다소 침착하지 못하였사옵니다.'

……거짓말.

예고 없는 왕의 방문에 그토록 동요할 재헌이 아니었다.

빤히 아는 사실이건만 감히 나한테 그따위 소리를 해?

참을 수 없는 모욕이었다. 그렇다고 철없는 세자 시절처럼 마음대로 내칠 수도 없는 노릇이었다. 그 도도한 녀석은 혈통마저도 고귀해 왕인 저조차도 함부로 다룰 수 없었다.

채재헌을 얻어야 예성 채문의 통제권을 쥐고 세력의 균형을 이룰 수 있다. 그러지 않는다면 사사건건 월권을 행사하는 대비전의 세력과 민심을 차지한 명원 대군 사이에서 힘을 잃고 고립될 터였다.

하지만…….

저리 내버려 두었다 채재헌과 윤도경이 본격적으로 정분이라도 난다면?

가정만으로도 두통이 밀려왔다. 서로 반목해야 할 두 거대 가문이 결합해 명원 대군에게 힘을 실어 줄 공산이 생기는 것이니…….

그것만은 절대적으로 막아야 할 일이다. 권력의 균형이라는 잣대 안에서도 그렇지만 개인적인 만족감을 충족시키기 위해서라도. 내가 가질 수 없다면 그 둘도 서로를 가질 수 없어야 공평하므로.

누구 좋으라고.

규는 깊게 흡입한 연기를 후우 뱉으며 불쾌한 눈빛을 번뜩였다.

일을 시끄럽게 벌여선 아니 된다. 재헌이 여인이란 존재에 처음으로 눈길을 주었으니, 환상 대신 쓰디쓴 실망을 얹어 주고 알아서 돌아서게 하는 방법이 최선일 것이다. 그러기 위해선 윤도경의 실체를 알아보는 것부터 해야겠지.

규는 대비전에서의 밀담에 주목했다. 거기서 무슨 말이 오갔기에 모후께서 그녀를 채씨 집안에 넣어 주셨을까. 현재 심어 놓은 궁녀만으로는 그것을 알아내기에 역부족이었다. 자전의 심복이라고 할 수 있는 강 상궁 정도라면 모를까. 수단과 방법을 가리지 않고 강씨 궁녀의 가족을 밑바닥까지 털어야 하는 이유였다.

규는 담뱃대를 입에 문 채 다시 눈을 감았다. 참으로 못돼 먹은 심보인 걸 알면서도 어쩔 수 없다. 이리 삐뚤어진 마음은 안쓰럽고도 고까웠던 그 아이, 어린 재헌에게도 절반의 책임이 있었다.

춘야 春夜

하룻밤을 자고 나도 수치심은 지워지지 않았다. 시대적 배경
상 부친께서 시키신다면 고분고분 성상 앞에 나아가야 한다는
걸 알면서도 다른 방법은 없었을까, 조상님이 원망스러웠다.

직접 하지도 않은 일을 내가 한 것으로 받아들여야 한다니.

머릿속에서 그날 밤의 일이 상상될 때마다 창피하여 견딜 수
가 없었다. 생각 자체를 안 하려 실패한 도경은 오늘도 잠자
리를 뒤척이다 밖으로 나왔다. 휘영청 밝은 달이 떠오른 밤이
었다. 앞뜰을 서성이다 화단의 돌을 발로 톡톡 건드리며 상념
에 잠겼다. 전하께 나아가 인사를 올렸던 윤 규수의 본심이 궁
금했다.

그분은 진정 중궁이 되고 싶었을까?

아니지. 그랬다면 다른 남자한테 그리 쉽게 마음을 내주지
못했을 것이다. 아마도 정분난 사내를 만나기 전까지 확고한

의견이 없었을 가능성이 제일 높았다. 이 시대의 사대부가 여인들이 규방에서 나고 자라 어른들이 정해 준 사내와 숙명인 양 혼인했던 것처럼.

그렇다면 조상님을 원망하는 것은 옳지 않았다. 기왕 벌어진 일, 현실 도피는 그만하고 뒷수습을 하는 것이 가장 좋은 방법이다. 그러려면 어떡해야 하나, 곰곰이 자문해 보는데 낮고도 익숙한 음색이 주의를 가로챘다.

"이 밤에 왜 나와 있소?"

도경은 화들짝 놀라 발장난을 멈췄다. 얼른 돌아보니 검은 인영이 어둠을 빠져나와 등롱의 불빛이 비치는 영역 안으로 성큼 들어섰다.

재헌은 평소와 다른 모습이었다. 상투를 드러낸 그는 소매가 넓고 길이가 긴 겉옷을 침의 위에 편안하게 걸치고 있다. 어둠이 내려앉아 세상이 숨을 죽인 시간에만 볼 수 있는 풀어진 차림이었다.

"여긴 어쩐 일이십니까?"

홀린 듯 그를 보다 멍하니 물었다. 그에 대한 생각으로 머릿속이 가득 찬 이때 당사자가 실제로 눈앞에 나타나니 어안이 벙벙했다.

"근처를 지나다 이상한 소리가 나기에."

그리 말하며 재헌은 소리의 근원이었던 당혜의 앞코를 흘긋 내려다보았다. 도경은 상황이 이해되지 않아 자세히 캐물었다.

"근처를 지나고 계셨다니요, 어딜 가시는 길이란 말입니까?"

"그냥 걷는 중이었소."

"이 밤에요?"

"안 될 거 있나?"

그리 반문한다면 도경도 할 말이 없었다. 유순하게 입을 다물자 이번엔 그가 물었다.

"그러는 그대는? 이 시각에 밖에서 무얼 하고 있었소?"

도경은 가만히 그를 올려다보았다. 말투며 목소리에 약간의 서늘함이 감돌고 있다.

연무장에서의 일로 아직도 화가 났냐고 묻고 싶었다. 어디서부터 내가 당신을 화나게 했는지 구체적으로 말해 달라고. 전하께서 언급하신 그 밤에 대해서도 물을 게 많았다. 그때 안국방에서 밤을 지키며 무슨 생각 했냐고. 내가 당신한테 아직도 속물처럼 보이느냐고. 날이 어두워 잘 보이지도 않았다면서 빗속에선 어떻게 첫눈에 이 얼굴을 알아본 거냐고.

셀 수 없이 많은 질문 중 도경은 어느 것 하나 입 밖에 내지 못했다. 만약 그리한다면, 이 밤 당신 생각에 잠들지 못하고 있노라 고백하는 것과 다름없으니.

그래서 도경은 진심을 숨기고 뻔뻔히 말했다.

"전 고민하고 있었습니다."

"무슨 고민?"

"어떤 이유를 대야 나리께서 납득하실까 하고요. 머릿속의 생각을 잘 정리해 예성 채문의 종부가 되고 싶은 이유를 가져와 보라고 하신 거, 잊지 않으셨겠죠?"

"물론이요."

별거 아닌 그 말에 재헌은 각별한 관심을 내보였다. 한 발짝 성큼 다가서며 성급히 대답을 재촉했다.

"지금 말하겠소?"

"아니요."

도경은 기겁하여 째깍 시선을 피했다. 이러면 대화가 잠깐 끊어졌다 다른 화제로 넘어갈 수 있을 줄 알았다. 나름 잔머리를 굴린 것이었으나 그에게서 전해지는 기운은 얼음물이라도 뒤집어쓴 듯 매우 살벌했다. 표정이 굳은 재헌은 차갑게 질타했다.

"거짓말이라도 하라고 했거늘, 그게 그렇게 어렵나?"

"거짓이 아니라 타당한 이유를 대려는 겁니다."

"타당한 이유가 없으니 대답을 못 하는 거 아니요?"

"그런 게 아닙니다."

"그럼 뭐요?"

"그냥……."

"머리 굴리지 말고 솔직하게 말해 보시오. 어찌하여 꼭 우리 집안의 종부여야만 하오?"

가볍게 뱉은 말이 화근이 되고 말았다. 이러다간 끝이 없을 것 같아 도경은 눈을 질끈 감고 일부를 실토했다.

"……좋으니까요."

힘주어 뱉은 그 말에 옥신각신 이어지던 대화도 뚝, 중단되었다. 두 사람은 팽팽하게 서로를 마주 보았다.

엉뚱하게 들리는 말일 것이나 거짓이 아니었다. 윤 규수가 예성 채문의 종부가 된다면 혜명 윤문은 확실하게 멸문을 피할 수 있다. 당연히 그 자리가 탐나고 좋을 수밖에. 자세한 설명이 결여돼 재헌이 오해한다고 해도 어쩔 수 없다. 도경은 그에게 진실만을 말하고 싶었다.

"다시 말해 보시오."

당혹스러웠는지 불에 비친 그의 얼굴이 붉은 기를 띠었다. 재헌은 상세한 답변을 요구했다.

"뭐가? 무엇이 좋다는 거요?"

"나리와 혼인하는 것 말입니다."

"진심으로 하는 소리요?"

"예. 전 나리와 혼인하고 싶습니다. 그 자체가 좋습니다."

부끄러움도 없이 당당하게, 도경은 그와 눈을 맞추며 또박또박 대답했다.

재헌은 별다른 반응 없이 조용히 바라보고만 있다. 비웃음을 당하고 면박을 받아도 도경은 절대 물러설 생각이 없기에 유백색 달빛 아래, 긴 침묵이 흘렀다.

찰나가 지나고 있는 듯도, 영원과도 같은 시간이 흐르고 있는 듯도 느껴졌다. 어떤 말이 나올까, 조마조마하여 지켜보고 있는데 잠시 후 그가 던진 질문이 뜬금없었다.

"그새 무슨 일이라도 있었소?"

"예?"

"피곤해 보이시오."

몸이 안 좋아 헛소리하는 것이냐, 빈정거린다고 여기기엔 그의 표정과 언성이 매우 정중했다. 도경은 저도 모르게 손을 뺨에 가져다 대었다. 어제와 오늘, 수치심에 근심이 많았음을 부정할 수 없었다. 그래도 지금은 중요한 대화가 오가는 중이니 대충 둘러대었다.

"별일 없었습니다. 자수 모임이 취소돼 계속 빈둥거렸고요."

"자수라……."

그가 조용히 되뇌었다.

"수놓는 걸 좋아하오?"

"그럭저럭 따라가고 있습니다."

"좋아하지는 않고?"

"글쎄요."

시원찮은 그 반응에 재헌이 피식, 옅은 웃음을 흘렸다.

"고생하는군."

그 웃음은 곧 사늘하게 식어 날이 선 표정으로 바뀌었다.

"그대는 대체 무엇을 위해 여기서 좋아하지도 않는 일을 하는 것일까?"

방심하고 있던 심장이 덜컹 움직였다. 예상치 못한 일격이었다.

"혜명 윤문의 독녀께서 안 해도 되는 일을 굳이 참아 가며 반드시 이루어야 할 목표가 있다는 뜻이겠지. 그 목표가 과연, 예성 채문의 종부일까?"

"물론입니다."

"한데 고작 그런 이유를 댄다고? 당신과 혼인하고 싶다, 그 자체가 좋다?"

그는 불신을 띠며 비아냥거렸다.

"진정으로 나와의 거래를 원한다면 최소한의 성의라도 보이시오!"

"그런 것이 아닙니다. 전……!"

"밤이 늦었소."

어떻게든 해명하고 싶었으나 재헌은 단호히 말머리를 잘랐다.

"할 말이 있으면 나중에, 해가 뜨고 맑은 정신에 하는 것이 낫겠지. 그래야 피차 감정 상할 일이 없을 것 아니오."

더는 대화할 뜻이 없음을 분명하게 알리는 태도였다. 여기서 억지를 부린다면 역효과가 날 것이 자명하기에 도경도 그 이상은 밀어붙이지 못했다.

"이만 들어가시오. 그대가 들어가는 걸 보고 나도 돌아가겠소."

냉담하기까지 한 그의 권고에 떠밀려 의지와 상관없이 발을 떼었다. 터덜터덜, 앞마당을 가로지르면서도 돌아볼 엄두는 나지 않았다. 등으로 달라붙은 따가운 시선이 의식돼 두 어깨가 가늘게 떨렸다.

다음 날, 선잠을 자고 일어난 도경은 조반도 먹는 둥 마는 둥

308

고민에 빠졌다. 어떤 답을 내놓아야 그를 만족시킬 수 있을지 지난밤의 일을 곰곰이 되짚어 보았다. 거짓말을 안 하는 선에서 그에게 타당한 대답을 주고 싶었다.

당연히 고심이 깊어졌고 뾰족한 해답을 찾을 수 없어 답답했다. 그러다 보니 어느덧 해가 중천에 뜬 오후. 갑자기 찾아온 예천댁은 다과를 함께 하고 싶다는 자영의 의사를 전달했다.

그제야 잊고 있던 후원에서의 일이 떠올랐다. 어차피 한 번은 마주해야 할 일이기에 순순히 허락하니 잘 차려진 다과상이 먼저 들어왔다. 누마루에 자리가 마련되고 주변이 정리되자 마지막으로 자영이 나타나 도경과 마주 앉았다.

내게 오점이 될 만한 일을 엿듣게 된 사람.

채자영의 방문 목적이 무엇인지 짐작하기 어려웠다. 도경은 섣불리 입을 열기보다 그녀의 첫마디를 기다리기로 했다. 차를 따른 자영은 눈치를 살피다 조심히 말을 걸었다.

"화는 좀 풀리셨습니까?"

"뭐…… 이미 지나간 일이지요."

긴장하고 있던 도경이 다소 누그러져 얼버무렸다.

재헌과의 일에 집중하느라 염색 사건에 대해서는 까맣게 잊고 있었다. 심신이 지쳐 예민했던 당일에는 발끈하였으나 처소로 돌아와 한숨 자고 일어나니, 저쪽에서는 싫었을 수도 있겠구나 수긍되어 더는 화도 나지 않았다. 게다가 그 일로 고생한 사람은 따로 있어 도경이 꽁해 있을 이유가 전혀 없었다. 한데 자영은 의외로 신경이 쓰였던 모양이다.

그래도 만약의 경우를 대비해 껄끄러운 부분을 도경이 먼저 터트렸다.

　"혹시 그날 나무 뒤에서 들었던 저의 이야기가 궁금하신 거라면……."

　"아닙니다!"

　자영은 펄쩍 뛰며 부정했다.

　"전 다른 이의 개인사를 캐내어 여기저기 퍼다 나르는 사람을 가장 경멸합니다."

　그녀는 본인이 그런 사람으로 오해받는 것이 끔찍이도 싫은 얼굴이었다. 그런 일의 폐해를 뼛속 깊이 알고 있다는, 아주 정의로운 표정까지 짓고 있었다.

　"그날도 말씀드렸지만, 염색 작업과 관련해 사과드리고 싶었어요. 과를 범하고 나 몰라라 하는 건 비겁하니까요. 이 다과도 속죄의 뜻으로 준비한 겁니다."

　"정녕 그러시다면…… 감사히 받겠습니다."

　도경은 깍듯이 예를 표하고 차를 시음해 보았다. 그윽하고도 깔끔한 뒷맛이 취향에 맞았다. 만족스럽게 차를 마시자 지켜보던 자영이 어제의 호기심을 버리지 못하고 은근슬쩍 확인했다.

　"근데 정말 전하를 못 알아보신 겁니까?"

　"제가 감히 그분께 거짓을 고하는 것 같던가요?"

　"아니요."

　자영은 순순히 고개를 젓더니 확인하듯 질문을 연이었다.

　"소저께선 중궁전의 주인이 되고 싶지 않으십니까?"

"원한다고 누구나 가질 수 있는 자리가 아니지요."

"만약 소저께서 가질 수 있다면요?"

"저는 싫습니다."

도경은 확고한 의사를 내비쳤다.

"왜요?"

"제가 원래 첩 꼴을 못 보는 성정인지라."

정색하며 딱 자르는 그 말에 자영이 실소했다.

"무엄하시네요. 왕실의 후궁과 여염에서 사내들이 보는 소실은 엄연히 다르거늘."

"그래서 더 싫은 겁니다. 또 다른 이름의 부인이란 뜻이 아닙니까. 이미 지어미가 여럿인 전하와의 혼인을 어찌 반길 수 있겠습니까. 아, 항간에는 그런 소문도 있더군요. 조정의 오랜 갈등을 봉합하는 방안으로 예성 채문의 아가씨를 곤위에 올릴 수도 있다고요."

"말도 안 돼! 엉터리 소문입니다!"

자영은 동요하여 바락 소리쳤다. 그에 대해 도경은 방긋 웃으며 단호히 조언했다.

"저의 경우 또한 마찬가지라는 점을 꼭 상기하여 주시기 바랍니다."

중전 자리와 관련해 이토록 물고 늘어지는 건 소문의 영향으로 긴가민가하기 때문일 터이니, 역지사지 좀 해 보라는 의미였다.

자영은 반발하지 못하고 벙한 얼굴로 도경을 쳐다보았다. 다른 이의 개인사를 여기저기 퍼다 나르는 사람을 경멸한다면서, 고작 그런 말에 흔들리고 있던 자신을 알아챈 까닭이었다. 한 동안 멍해 있던 그녀는 머쓱해져 화제를 돌렸다.

"서윤 낭자가 본가에 갔습니다. 부친께서 오랫동안 병환 중 이신데 자수 모임이 없는 이때, 건강이 어떠신지 뵙고 오겠다 고요. 나중에 고모할머님이 오실 때 같이 돌아올 겁니다."

"그렇군요."

도경은 차를 마시며 여상하게 대답했다. 집안의 소식을 전하는 단순한 정보 공유라고 생각했다.

"그때까지 시간이 비는데…… 제가 가끔 여기 와도 됩니까?"

그런데 지나는 말처럼 던진 다음 말이 뜻밖이었다. 도경은 바로 대답하지 못하고 자영을 보았다. 말해 놓고 나니 어색한 지 그녀는 두 뺨이 붉어져 금세 새침해졌다.

"아니…… 그때 그러셨잖아요! 정이 연습하는 거 같이 보러 가자고. 전 그날 거절한 게 마음에 걸려서……!"

"예. 그러시지요."

착각일 수도 있으나 자영은 주절주절 말을 늘어놓으며 이쪽 에서 빨리 정리해 주길 바라는 눈빛이었다. 이런 일에 익숙지 않은지 무안하고 부끄러워 어쩔 줄을 몰라 했다. 좋은 게 좋다 고 도경은 자영의 체면을 세워 주기로 했다.

"여유가 되면 건너오십시오. 어차피 전 다른 계획이 없으니 까요."

간단한 그 말에 감정 처리가 미숙했던 자영은 곧 평온을 되찾았다. 붉은 기가 가시지 않은 얼굴로 숨을 고르더니, 슬그머니 시선을 피하며 덧붙였다.

"부담스러워하지 마세요. 눈치껏 알아서 잘…… 행동하겠습니다."

자영은 도경과 눈을 마주치지 못하고 이리저리 회피하다 누마루 밖 먼 하늘을 올려다보았다. 하는 짓이 어설프고 순진해 도경은 속웃음을 지었다. 당하는 중인지 아닌지 헷갈릴 정도로 염색 재료 준비가 정성스러웠던 이유를 대충은 알 것도 같았다.

그 후로 며칠, 자영이 내리 찾아왔다. 그래 봤자 얼마나 올까 싶었는데 참 부지런히 문턱을 드나들었다.

그렇다고 돈독한 친분을 쌓은 것은 아니었다. 자영은 잘 웃고, 호기심이 많으며, 아무렇지 않게 도란도란 대화를 나누다가도 가까워졌나 싶은 순간 새치름히 멀어져 거리를 두었다. 마치 우리 사이가 나쁘다는 걸 깜빡 잊었다는 듯, 방심하지 않겠다는 각오를 다지는 모습이었다.

우스운 건, 그러다가도 다음 날이 되면 초심을 잃고 어김없이 찾아와 도경 옆에 딱 붙어 앉는다는 점이었다. 별채의 사소한 일까지 두루 참견하고 때론 밝게 웃기도 해 상전을 대하는데 도가 튼 열비마저 혼란스러워했다.

"뭘까요, 저 아가씨?"

자영이 별채를 휘젓고 갈 때마다 열비는 진지한 얼굴로 의문을 표했다. 일견 외로움을 타는 것으로도 보여 도경은 그쪽에서 원하는 대로 하게 해 주라는 말만 반복했다.

그러다 보니 두 사람은 친해졌다기보다 한 공간에 둘만 있어도 서먹하지 않을 정도의 사이가 되었다. 내일은 정부인과 서윤이 돌아온다니 둘이 붙어 있는 시간도 오늘이 마지막이 될 듯하지만.

"저 왔습니다."

누마루에 나와 글씨 연습에 푹 빠져 있던 도경은 깔끗한 목소리에 손동작을 멈추고 고개를 들었다. 오늘도 시간이 되어 건너온 자영은 마당에서 두 눈을 초롱초롱 빛내다, 시선이 마주치자 언제 그랬냐는 듯 도도하게 눈빛을 바꾸었다.

"어서 오십시오."

온탕과 냉탕을 오가는 그녀의 변덕이 이제는 익숙했다. 도경은 일희일비하지 않고 상냥하게 답한 뒤 서안을 정리하다 도로 고개를 세웠다. 섬돌에 혜를 벗고 있는 자영을 유심히 보았다. 그동안 왜 몰랐을까. 이리 보니 자영은 그 남자와 닮았다.

언제 나타나려나……

도경의 머릿속에 자연스레 재헌이 자리를 잡았다.

그 밤, 허를 찌르는 질문을 던진 뒤 그가 말했다. 할 말이 있으면 밝은 날, 정신이 말짱할 때 하자고. 도경은 그것을 다음 날 다시 이야기하자는 뜻으로 받아들였다. 아침 일찍 일어나 해가 지기 전까지 온종일 그를 기다렸다. 가장 그럴듯한 대답을 수도 없이 연습했지만, 그는 끝끝내 소식 한 줄 전하지 않았다. 대체 무슨 의도로 이러는지 도경은 그 남자의 의중이 실로 궁금했다.

"뭐 하고 계십니까?"

가까이서 울리는 새침한 목소리에 상념에서 퍼뜩 깨어났다. 막 앞자리에 앉은 자영이 서안 위를 보고는 눈이 커다래져 도경을 보았다.

"꽤 달필이시네요?"

"과찬이십니다."

"글씨가 어쩜 이렇게 바르고 예쁘죠?"

"마음에 드는 서체가 있어 오랫동안 따라 하는 중입니다."

자영은 글씨를 훑으며 끄덕이다가 일순 표정이 바뀌어 궁금해했다.

"두이도 틈틈이 글씨 연습 중일까요?"

"두이요?"

처음 듣는 이름이었다. 도경이 어리둥절해하자 자영은 금방 경계를 풀고 본인이 아는 바를 알려 주었다.

"여은 낭자의 시비 이름이 두이랍니다. 예천댁이 그러더라고요."

비로소 그 아이의 이름을 알게 된 도경이 고개를 끄덕였다.

엊그제 자영과 산보를 나갔다 여은의 처소에 들렀다. 계속 몸이 안 좋다면서 의원의 진맥을 사양한다고 들어 설득이라도 해 볼 작정이었다. 그러나 돌아온 것은 어김없이 종이 한 장이었다.

아가씨는 회복 중이십니다. 지금은 오수 중이시고요.

몇 차례 경험이 있는 도경은 그것을 익숙하게 받아 쥐었으나 자영은 상당히 놀란 눈치였다. 시비 아이가 글을 아는 것도 범상치 않은데 서체까지 깔끔했으니 예천댁을 통해 사연을 알아본 모양이었다.

"두이 그 아이, 어려서부터 여은 낭자에게서 글을 배웠답니다. 첫인상은 진짜 별로였는데, 여은 낭자도 보면 볼수록 독특한 분인 것 같습니다."

자영은 너 역시 마찬가지라는 듯 의미심장한 눈빛으로 도경을 보았다. 그 뜻을 모르는 척, 언니처럼 인자하게 미소를 지으니 그녀는 알아서 다음 화제로 넘어갔다.

"참, 내일은 못 올 겁니다."

"예, 압니다. 정부인 마님과 서윤 낭자가 돌아오시는 날이죠."

"아니요. 그것 때문이 아니라, 마을에 내려가 밭일하는 날이거든요."

늘 있는 일인 양 자영의 대답엔 특별한 감정이 느껴지지 않았다.

"밭일이요? 소저가 직접 흙을 만지시나요?"

"그럼요, 제가 김매기를 얼마나 잘하는데요!"

자영은 갑자기 신이 나서 떠들었다.

"내일은 숙이랑 과, 나복 같은 것들도 심을 겁니다."

"의외네요. 채씨 집안 남자들만 하는 일인 줄 알았는데."

"어렸을 때부터 한 일인걸요. 오라버니들은 이미 몇 번이나

밭에 나갔었고요. 내일은 우리 식구가 전부 모여 일하는 날입니다."

"전부……요?"

"네. 일 끝나면 와거(萵苣, 상추)도 왕창 따 오려고요. 골동반으로 비벼 먹고 와거포로도 먹으면 맛있을 겁니다."

기대하라고 우쭐대는 자영을 향해 도경은 미소를 지어 보이면서도 생각이 많아졌다.

마지막으로 보았던 재헌의 굳은 얼굴이 머릿속을 맴돌고 있다. 괜찮으면 같이 가도 되냐고 묻고 싶은 충동이 강하게 일었다. 몇 번이나 입술을 달싹거려 봤지만 굉장히 뜬금없게 느껴져 결국은 아무 말도 하지 못했다.

매년 봄, 예성 채문의 직계들이 감우당에 오는 이유 중 하나는 밭일이라고 했다. 함께 흙을 만지고 땀을 흘리며 가족 간의 유대를 돈독히 하는 동시에 농사의 중요성을 잊지 않기 위한 일종의 연례행사 같은 것이라고.

채 대감이 수레를 끌고 이판이 곡괭이질하는 모습을 두 눈으로 이미 목격한 도경으로서는 그리 놀라운 일도 아니었다. 그러나 내일 오전, 이 집안 식구 전체가 밭일을 나간다는 소식은 이상한 갈등과 흥분을 일으켰다.

정부인도, 민서윤이나 김여은도 없이 오로지 예성 채문 직계들만 모이는 자리. 그렇다면 채재헌이 나타나는 것은 기정사실이다. 그것을 상기할수록 조바심이 나서 가만 앉아 있지 못했다. 방 안을 초조하게 서성거리니 열비가 걱정스러워했다.

"왜 그러셔요, 아가씨?"

"어?"

"뭐 잊은 거라도 있으십니까?"

"아니. 속이 더부룩해서."

변명을 하면서도 극심한 갈등으로 입이 말랐다. 답답하고, 궁금하고, 어지러웠다. 자신은 왜 그가 나타날 때까지 항상 수동적으로 기다리기만 해야 하는지 반발심이 솟았다. 그러자 걷잡을 수 없이 강한 충동이 일어 단호한 결정을 부추겼다.

그냥 한번 끼어들어 봐?

그가 오지 않는다면 직접 가서 대화를 시도하면 될 일이었다.

채씨 집안 식구들이 모인 자리에 눈치 없이 끼는 것이 민망하긴 하지만, 뭐 어떤가. 이참에 두루두루 친분도 쌓을 겸, 그럴듯한 핑계라면 얼마든지 만들 수 있다.

뭐에 홀리기라도 한 듯 아침 일찍 일어나 준비를 마쳤다. 소박하지만 깨끗한 옷을 꺼내 입고 화장도 최소한으로 끝냈다. 밭에 잠깐 들렀다 자영과 꽃구경을 갈 예정이라며 열비에게 자유 시간을 주었더니 무리 없이 의심을 피했다.

일전에 와 본 적이 있는 텃밭 정원에 도착해 몰래 동태부터 살폈다. 밭으로 내려갈 많은 수의 하인들이 모인 가운데 예천댁과 같이 있는 자영이 보였다. 그 옆에는 무명옷을 입은 채승우와 채재윤, 그리고 명원 대군도 있었다. 대화를 나누는 중간중간 자영을 훔쳐보던 대군이 막상 그녀와 눈이 마주쳤을 땐 차갑게 얼굴을 굳히는, 매우 흥미로운 광경도 목격할 수 있었다.

도경은 언제 나가는 게 좋을지 기회를 노리며 숨을 죽이고 있는데 마침 채 대감이 나타났다. 마음이 급해져 엉거주춤 한쪽 발을 내밀다, 이상한 점을 깨닫고 황급히 다시 물러났다.

……없다!

눈을 크게 뜨고 사람들의 면면을 일일이 확인해도 저기 있어야 할 한 사람이 아직 나타나지 않았다. 그런데도 저들은 두 대감을 필두로 서쪽 문을 통해 우르르 빠져나갔다.

도경은 그들을 우두커니 바라보기만 할 뿐 함께하고 싶은 마음이 더는 들지 않았다. 이게 어찌 된 영문인지, 어찌하여 그 남자는 저기에 없는지 머릿속이 복잡해져 답답해하다가 문득 이런 제가 낯설어 제자리에 스르르 주저앉았다. 아침부터 이게 뭐 하는 짓인지 새삼 황당하고 부끄러웠다.

텃밭 정원 한편에 넋을 놓고 한참을 앉아 있었다. 얼굴이 따가워 고개를 드니 해가 제법 높아진 시간대였다. 도경은 시선을 내려 주위를 둘러보았다. 초록으로 우거진 나뭇잎이 이전보다 더욱 짙은 빛을 띠고 있었다. 봄철이라 하지만 여름이 점점 다가오고 있음을 알리는 신호였다.

고작해야 몇 개월. 주어진 시간이 얼마 남지 않았다. 다가올 여름에 이 목숨을 보전이나 할 수 있을지, 멸문을 피한다고 한들 원래의 삶으로 돌아갈 수 있을지 알 수 없는 상황인데 이런 괴상한 짓이나 하고 있다니.

도경은 정신을 차리기 위해 자리에서 벌떡 일어섰다. 과열된 머리도 식힐 겸 한적한 원림으로 발길을 돌렸다. 별저는 텅 빈 듯 매우 조용했다.

'내일은 감우당이 한산할 거예요.'

어제 자영이 미리 귀띔한 대로다.

'하인들이 다 같이 마을에 내려가나 보군요.'

'네. 남은 인원은 새참을 만들고 밭과 별저를 오가며 보조하느라 바쁠 거고요. 세심히 챙겨 드리지 못할 수도 있으니 필요한 게 있다면 열비를 찬방에 보내 주세요. 최대한 편의를 봐 드릴 겁니다.'

새참을 준비하는 김에 마을 전체에 음식을 돌릴 예정이라고 하니, 직간접적으로 모두가 밭일에 동원된 양상이었다.

도경은 터벅터벅 걸어 그 범위가 가늠조차 되지 않는 원림에 입장했다. 짙푸르게 우거진 녹음 사이사이 싱그러운 볕이 쏟아져 활짝 핀 꽃들이 반짝거렸다. 그 한가운데를 사부작사부작 걸으며 아름다운 경치에 빠져들었다. 어찌하여 이런 곳이 끝까지 보전되지 못했는지 안타까워지는데, 돌연 낯익은 얼굴이 시야에 들어와 걸음을 멈췄다.

저 앞, 월계화에 파묻힌 여은이 탐스러운 꽃송이에 코를 묻고 있었다.

"아프다더니……."

이제 나아진 건가?

의문이 채 가시기도 전에 그녀가 고개를 들었다. 도경은 깜짝 놀라 토끼 눈이 되었다.

꽃향기를 실컷 맡은 여은은 세상에서 가장 행복한 여인 같았다. 환한 미소와 기쁨이 가득한 눈빛. 몸을 일으킨 그녀는 직접 만들었는지 한 묶음의 야생화도 품에 안고 있었다.

보고도 믿기지 않는 광경이었다. 언제나 차갑고 목석같았던 그녀가 어떻게 저런 미소를, 저런 표정을 지을 수 있을까. 생기 넘치는 웃음이 너무도 밝고 자연스러워, 보고 있는 저 사람이 김여은이 맞는지 몇 번이고 확인했다.

사고가 정지돼 한동안 굳어 있던 도경은 여은이 발을 떼고 움직이자 서둘러 따라갔다. 평소라면 다른 길로 피해 갔겠으나 색다른 모습을 본 이상 호기심을 누를 수 없었다. 혹시라도 눈이 마주쳐 인사를 건넨다면 오늘만큼은 저쪽에서도 웃으면서 받아 줄 것 같았다.

거리가 제법 떨어져 있어 걷는 속도를 높였다. 귓가에 울리는 새 지저귀는 소리가 경쾌한 날이었다. 도로롱 도로롱. 끊이지 않는 새소리가 귀여워 잠시 한눈을 팔았다. 그 잠깐의 사이, 어디선가 남자의 굵은 목소리가 들렸다.

"이쪽입니다!"

움찔하여 고개를 바로 하니 활짝 웃는 얼굴의 여은이 누군가의 손을 잡고 시야에서 사라졌다. 한순간에 얼어붙은 도경은 입가에 감돌던 미소가 싹 지워졌다. 나무와 버들가지에 가려져 상대가 누구인지는 보이지 않았다. 다만, 손을 내밀었을 때

드러난 옷소매를 통해 남자의 의복이 고급스럽다는 것만 알 수 있었다.

머릿속이 뒤죽박죽되었다. 노동력이 한쪽으로만 쏠려 거의 비다시피 한 감우당. 줄곧 처소에만 머물다 하필 이런 날 밖으로 나온 김여은. 그리고 이 순간…… 뜬금없이 번쩍 떠오른 채재헌의 부재.

도경은 급하게 고개를 내저었다. 말도 안 되는 추측이다. 그의 목소리가 아니었다.

아니…… 맞나?

갑자기 혼란스러웠다. 한마디를 듣긴 들었는데 너무 짧고 너무 멀어 확실치가 않았다. 그저 젊은 남자의 목소리였다는 것 외에는.

가슴이 쿵쾅쿵쾅 뛰어 조심스레 발을 내디뎠다. 근처에 다다라 굵은 나무 뒤에 몸을 숨기고 고개만 살짝 내밀었다.

땅에 닿을 듯 가지가 축축 늘어진 버드나무 아래, 한 쌍의 남녀가 서로를 얼싸안고 입술을 포개고 있었다. 등을 지고 서 있는 여은의 고개는 뒤로 한껏 젖혀진 상태였다. 끈적한 숨결이 희미하게 들려왔다. 도경은 이것이 옳지 못한 행동임을 알면서도 돌아서지 못했다. 남자의 얼굴을 꼭 확인하고 싶었다.

정면에서 보이는 그는 고개를 푹 숙이고 있었다. 시원한 바람에 능수버들이 휘날려, 그것이 그늘을 만들어 얼굴이 잘 식별되지 않았다. 도경은 상체를 더욱 앞으로 내밀었다. 그때, 여은의 입술을 삼키던 남자가 머리의 방향을 바꾸다 도경과 시선이 딱 마주쳤다.

헉!

너무 놀라 소스라친 도경이 경악하여 돌아섰다.

최대한 멀어져야 한다는 생각에 앞만 보고 내달렸다. 하지만 아무리 달리고 달려도 출구가 나오지 않았다. 당황하여 방향을 잘못 잡은 듯했다.

정신없이 두리번거리다 저 멀리, 교목들 사이로 우뚝 솟아 있는 거목이 보였다. 저기가 어디인지 알고 있었다. 덩굴 식물이 드리워진 이끼 낀 바위와 졸졸 흐르는 물줄기, 폭포수처럼 꽃송이를 늘어트린 꽃 덤불. 그 모든 것들에 둘러싸여 아름드리나무가 원림의 왕처럼 뿌리를 내린 곳. 일전에 재헌과 함께 갔던 바로 그곳이었다.

도경은 방향을 틀어 그쪽으로 달려갔다. 저곳이라면 나무 그늘에 몸을 맡기고 놀란 가슴을 진정시킬 수 있을 것 같았다.

가까스로 근처에 도착해 허리를 굽히고 사람의 키만큼 높은 꽃 덤불 사이로 뛰어들었다. 빙 돌아갈 여유가 없어 과감히 선택한 지름길이었다. 따가운 잔가지로부터 얼굴을 보호하기 위해 고개를 숙이고 팔을 올려 감쌌다. 그 상태로 도경은 보이지도 않는 앞을 향해 냅다 돌진했다.

나뭇잎이 스치고 잔가지가 우두둑 부러지는 소리를 들으며 마침내 덤불을 빠져나왔다. 그러나 팔을 미처 내리기도 전에 돌부리에 발이 걸렸다. 중심을 잃은 도경은 고꾸라지듯 앞으로 종종거리다 어딘가에 걸려 철퍼덕 넘어졌다.

……뭐지?

갑작스럽게 사고를 당했음에도 어디 하나 아픈 데가 없었다. 단단하고 따뜻한 무언가를 깔고 있는 느낌. 고개를 든 도경은 아연하여 몸을 벌떡 일으켰다.

그늘진 회화나무 아래, 재헌이 무방비하게 누워 있었다. 언제부터 저러고 있었는지 흩날린 꽃잎이 그의 옷에 군데군데 떨어져 있다. 거목의 잔가지가 바람에 흔들릴 때마다 풀밭과 그의 전신 위로 나뭇잎의 그림자가 물결치듯 일렁거렸다.

참으로 기이한 점은, 자신이 그를 덮쳐 충격이 컸을 텐데도 재헌이 미동조차 없다는 사실이었다. 지금 이 순간에도 그는 몸을 뒤척이거나 눈을 뜰 기미가 보이지 않았다. 어쩐지 섬뜩해 도경은 무릎을 굽히고 그의 가슴에 조심히 귀를 가져다 대보았다.

이마에 똑똑, 물방울이 떨어졌다.

비가 오나?

아니면…… 꿈을 꾸나?

정신이 몽롱하고 사지에 힘이 없다. 희미하게 돌아왔던 의식이 다시금 멀어지려던 찰나, 차가운 무언가가 이마로 내려왔다. 그것은 관자놀이를 타고 미끄러지다가 반대편으로 이동해 그의 뜨거워진 이마를 톡톡 두드렸다.

덕분에 의식이 돌아온 재헌이 천천히 눈을 떴다. 부옇게 막이 낀 듯한 시야에서 누군가의 윤곽이 점점 또렷해졌다. 희고 갸름한 얼굴, 총기를 머금은 새까만 눈동자, 어느덧 익숙해진 체향. 그녀, 윤도경이었다.

재헌은 힘없이 늘어져 여인을 올려다보았다. 지난 며칠, 멀리서 지켜보기만 했던 저 얼굴. 안 보이면 답답하고 마주하면 화가 날 것 같아 거리를 두었건만 어느새 그녀는 이토록 가까이 다가와 있었다. 어이없게도, 절 보는 두 눈에 걱정의 기운을 가득 담고서.

언제나 기척도 없이 제 세상에 스며드는 그녀를 경계하며 재헌은 잠긴 목을 풀고 목소리를 내었다.

"어쩐 일이오?"

"괜찮으십니까?"

"날 찾아온 건 아닐 테고."

"혼절하셨던 겁니까?"

"깜빡 잠이 들었나 보군."

잠시 의식을 놓았다는 말은 하고 싶지 않았다. 적당한 말로 둘러대었으나 통할 리 없었다.

"아직도 몸이 안 좋으시군요. 그래서 밭일에 참여하지 못하셨던 거고요."

"속단은 금물이오."

그는 퉁명스럽게 받아치며 상체를 일으키다 끝까지 일어서지 못하고 안색이 급변했다. 채 가시지 않은 현훈증이 그의 눈앞에 시커먼 먹물을 끼얹었다.

몸이 중심을 잃고 폭삭 무너지자 간신히 방향만 바꾸었다. 어지럼증을 감당 못 해 쓰러진 게 아닌, 애초에 도경의 다리를 노린 것처럼 뻔뻔하게 그녀의 무릎을 베었다.

"그래도…… 여기가 시원하니 잠깐 실례하겠소."

사정을 모르는 여인에겐 노골적인 접촉이었다. 엉큼하다는 소리를 들어도 할 말이 없는데, 우려와 달리 도경은 흠칫하면서도 그의 안색을 살피기에 바빴다. 거울같이 맑은 두 눈엔 의심의 기운만 넘실거렸다.

"정말 잠드셨던 겁니까?"

"정이와 친하오?"

거짓말은 하고 싶지 않았다. 그래서 대화의 흐름과 상관없는 엉뚱한 질문을 꺼냈더니 도경이 눈을 동그랗게 뜨고 내려다보았다.

눈이 마주치자 재헌은 실수했음을 깨달았다. 화제를 바꾸기 위해 아무 말이나 던진다는 게 저변에 품고 있던, 가장 내색하고 싶지 않던 부분을 내보이고 말았다. 며칠이나 지난 일로 아직도 꽁해 있는 좀스러운 사내처럼. 지난번의 만남에서도 몇 번이나 묻고 싶었지만 잘 참고 넘겼는데.

진중하지 못했음에 낭패감이 일면서도 한편으론 속이 시원했다. 이렇게 된 이상 반드시 그녀의 대답이 듣고 싶어졌다. 그 새벽에, 그런 차림으로, 혼비백산하여 나타나 애타게 정을 찾은 이유가 도대체 무엇이란 말인가!

"갑자기 무슨 말씀입니까?"

"저번에 말이오, 새벽부터 그 아이를 찾아다니지 않았소. 그 이유가 무언가 해서."

"별일 아니었습니다. 그날따라 눈이 일찍 떠졌고, 정이가 매일 새벽 연무장에서 훈련한다는 말이 떠올라 나가 봤던 겁니다."

솔직한 대답을 기대했는데 이번에도 그녀는 속내를 감추기에 급급했다. 그것이 다른 어느 때보다 신경을 긁었으나 꼬투리를 잡진 않았다. 내친김에 확인해야 할 일이 남아 있었다.

"그럼 후원에서는?"

"후원이요?"

"전하께서 오셨던 날……."

뭐라 콕 집어 질문하기가 애매했다. 파발보다 먼저 도착한 왕은 수행원을 떼어 놓고 후원에서 도경과 마주 서 있었다. 부러 도경에게 눈길조차 주지 않았음에도 신경을 세우고 그녀와의 사이를 떠보시더니, 사랑으로 향하는 길에서도 하문을 멈추시지 않았다. 감우당이 궁금해서가 아닌 윤도경의 근황을 확인하러 오셨나 의문이 들 정도였다.

어심이 어떤 변덕을 부리는지 알 수 없어 더욱 촉각을 곤두세웠다. 좋은 쪽이든 나쁜 쪽이든, 윤도경을 향한 왕의 과민한 반응이 재현은 기껍지 않았다.

"그대에게 무슨 말씀을 하시었소?"

"그게……."

도경은 난감해하며 말끝을 흐렸다. 덩달아 예민해진 그가 대답을 채근했다.

"왜? 말하기 곤란한가?"

"아니요, 그게 아니라…… 사실 제가 전하의 용안을 몰라뵈었습니다."

"뭐?"

상상조차 못 한 대답에 그의 목소리가 저절로 높아졌다. 윤도경이 성상의 옥안을 모르고 있었다니, 그건 말이 되지 않는다.

"전하이신 것도 모르고 감히 불경을 범하다, 긴가민가할 때 나리께서 오신 겁니다."

"어떻게 그럴 수 있지? 안국방에서 전하를 뵙지 않았소?"

"어느 누가 감히 전하의 용안을 빤히 쳐다보겠습니까?"

"하나 비가 내렸던 그날, 거리에서……!"

"그분이 전하였음은 주막에서 나리께 듣고 알았습니다. 웬 낯선 사내가 저렇게 보고 있나, 궁금했거든요."

도경은 어깨를 으쓱하며 멋쩍어하였다.

"정말이오? 정말 전하의 용안을 모르고 있었소?"

"제가 거짓말할 이유라도 있습니까?"

언제나 진실만을 말하는 사람처럼 반문하는 표정이 너무나도 당당했다. 저토록 자기 객관화가 안 되어 있나, 그녀의 착각에 기가 막히면서도 날카롭게 곤두섰던 신경이 스르르 풀어져 버렸다. 며칠 전 그녀가 했던 말이 자연스레 머릿속을 맴돌았다.

'좋으니까요.'

'전 나리와 혼인하고 싶습니다.'

거짓이라고 해도 달콤한 그 말. 그렇기에 더욱더 위험하고 신중히 골라야 하는 말.

재헌은 묻고 싶었다. 그날의 그 말조차 당신의 진심이었는지. 정녕 그렇다면 그대가 그리는 미래에 나는 어디까지 포함되어 있는지. 당장에라도 집요하게 파고들어 묻고 따지고 싶으나 실행에 옮기진 않았다.

"그렇군."

이는 더 이상의 갈등을 일으키지 않기 위함이기도 하지만 이쪽을 지켜보는 또 다른 이의 등장을 알아챈 까닭이기도 했다.

저 앞, 꽃나무 뒤로 몸을 반쯤 드러낸 석이가 보였다. 시탁에 약사발을 챙겨 온 그는 안색이 창백해져 이쪽을 보고 있었다. 지금이라도 끼어들어 갈라놔야 하는지, 일단 물러나 지켜봐야 하는지 혼란스러운 기색이었다.

"이제 나리의 대답을 듣고 싶습니다. 정말 잠드셨던 겁니까?"

상황을 모르는 도경은 밝히기 곤란한 부분을 물고 늘어졌다. 이럴 때 석이를 끌어들인다면 대답할 필요가 없어지겠지. 한데 무슨 악취미인지 재헌은 이러한 상태가 마음에 들었다. 윤도경의 무릎을 차지하고서 나무 그늘에 누워 있는 이 비생산적인 시간을 여기서 이렇게 끝내고 싶지 않았다.

그래서 그는 자신과 눈이 마주치자 앞으로 나오려는 석이에게 경고의 눈빛을 보냈다. 방해하지 말고 돌아가 있으라고, 지금 내가 원하는 건 그깟 탕약이 아닌 이 여인과의 조용한 시간이라고.

"어딜 그렇게 보십니까?"

충격받은 석이를 외면하고 여인의 허벅지를 꽉 움켜잡았다. 고개를 반쯤 들었던 도경이 깜짝 놀라 다시 아래를 보았다.

"그대가 먼저 말해 보시오."

시선을 돌리게 하는 데 성공한 재헌은 도경의 다리를 놓아주며 천연덕스럽게 맞받았다. 여유를 가장하고 있지만 손안에 잡혔던 말랑한 살의 감촉이 생경해 손바닥이 홧홧해졌다.

"이 시간에 여기까지 어쩐 일이오?"

"산보 중이었습니다."

"그런 차림으로?"

"안 될 거 있습니까? 이리 좋은 옷을 입고 풀밭에 누워 계신 분도 있는데."

참으로 가당찮은 응수였다. 옷은 물론이고 동백기름을 바른 머리에도 부러진 잔가지며 나뭇잎이 사방팔방 붙어 있는 것도 모르고. 저러다가 사람들의 눈에 띄어 몸가짐이 단정치 못하다, 괜한 트집이나 잡히면 어쩌려고.

재헌은 미간 사이를 살짝 좁히면서도 열감이 채 가시지 않은 손을 뻗었다. 도경의 몸과 머리에 붙은 것들을 빠르게 떼어주며 여전히 손바닥에 감도는, 부드러웠던 그 감촉을 의식하지 않으려고 노력했다.

"어?"

뒤늦게 제 몰골을 알아차린 도경이 급하게 손을 움직였다.

옷을 탁탁 털어 낼 때마다 먼지가 날렸다. 손을 휘휘 내저어 제 쪽으로 떨어지는 것을 막던 재헌은 많은 양을 감당하지 못하고 홱 돌아누웠다. 눈을 감고 그녀의 아랫배에 얼굴을 묻으니,

아……!

이대로 잠들고 싶을 만큼 아늑하고 향기로웠다.

"뭐, 뭐 하시는 겁니까?"

당황한 여인이 펄쩍 뛰었다.

제발 가만히 있어 달라는 속마음과 다르게 그는 심술 난 아이처럼 투덜거렸다.

"먼지가 날리지 않소. 눈과 입으로 들어오지 못하게 막으려는 것이오."

"하면 그냥 일어나십시오!"

"싫소. 그냥 하시오."

어디서 솟아난 청개구리 심보인지 재헌은 도경의 허리를 얼싸안으며 그녀의 요구를 묵살했다. 여인이 비키라고 들썩거릴 때마다 되레 찰싹 달라붙어 납작한 아랫배에 얼굴을 비볐다.

기겁한 그녀가 어쩔 줄을 몰라 하자 어쩐지 통쾌해 더욱 파고들었다. 숨을 깊게 들이마시자 그녀 특유의 체향이 피부 깊숙이 감기며 등골을 타고 찌르르한 감각이 흘러내렸다. 아랫도리에 피가 몰려 아찔하면서도 지난 며칠, 일이 연달아 겹쳐 상했던 심기만은 여인의 향기 아래 사르르 녹아내렸다.

단단해진 아래와 나긋해진 심장이 요사스럽고도 부도덕했지만, 재헌은 팔에서 힘을 빼지 않았다. 툭하면 말을 돌리고, 진

심을 숨기고, 함부로 다른 사내를 입에 올리는 여인. 그 모든 것을 참아 주었으니 오늘만큼은 그도 마음대로 하고 싶었다.

재헌은 거기서 더 나아가 깊게 들이쉰 뜨거운 숨을 그녀의 아랫배를 겨냥해 노골적으로 내쉬었다. 옷감을 통해 습하고 더운 입김이 여인의 피부로 전해지도록, 그리하여 자신의 존재가 뜨겁게 의식되고 새겨지도록. 단지 숨을 쉬고 있을 뿐인데 뭐가 문제냐는 듯, 군자의 표본 같은 얼굴로 그녀의 아랫배에, 그리고 그 아래와 더 아래쪽으로 몇 번이나 더운 입김을 불어 넣었다.

그를 밀치던 여인의 손에서도 점차 힘이 빠졌다. 급기야 동작을 멈춘 그녀는 재헌이 숨을 내쉴 때마다 미세하게 몸을 움찔거렸다. 소리 나지 않게 입으로 뜨거운 바람을 불며 위를 올려다보았다. 고개를 돌리고 흠칫하는 도경의 얼굴이 옅은 선홍빛으로 물들고 있다. 표정 또한 묘하게 낯설고 야릇해 보였다.

재헌은 만족스럽게 미소하며 그녀의 배꼽 아래 낮은 부위에 얼굴을 푹 파묻어 버렸다. 이보다 더한 짓을 함께 하고 싶다는 비이성적인 충동을 억지로 내리누르기 위함이었다.

재헌의 혈색이 점차 돌아왔다. 느른했던 음성도 명료해지고 눈동자의 초점도 또렷해졌다. 이제는 회복되어 일어나도 될 듯한데 여전히 무릎을 베고 누워 버티는 중이었다.

도경은 별말 없이 그가 원하는 바를 들어주었다. 은밀하고 민망한 순간이 있긴 했지만 괴이하게도 그때를 기점으로 그와의 대화나 접촉이 자연스러워졌다. 웃고, 발뺌하고, 진지해졌다가 다시 활짝 웃던 도경은 용기를 내어 말문을 열었다.

"나리."

"응?"

"저한테 물으셨잖아요. 수놓는 걸 좋아하지도 않으면서 무엇을 위해 여기 있는 거냐고."

"그땐 내가 예민했소."

재헌은 다음 말을 기다리지도 않고 사과했다. 도경의 입에서 이어져야 할 대답 또한 대신 해 주었다.

"수놓는 걸 즐기는 여인이 얼마나 될까. 우리 자영이도 별로 좋아하지 않소. 그래도 어른들의 권유에 따라 배우고 있지. 사족의 부녀가 갖춰야 할 덕목 중 하나라는 이유만으로 많은 여인이 그와 같은 상황에 놓여 있을 것이오."

좋은 대답이었다. 도경이 준비한 대답보다 훨씬 깔끔하고 그럴듯한. 함박눈이 내려 오물을 뒤덮으면 세상이 온통 하얗고 깨끗해 보이는 것처럼 재헌은 문제의 본질을 풀기보다 임시로 가리는 쪽을 선택했다고 볼 수 있다. 좋지 않은 방법이었으나 자세한 사정을 털어놓을 수 없는 지금, 도경에게도 나쁜 방식만은 아니었다.

그의 시선이 다감했다. 너의 속마음까지 전부 보여 줄 게 아니라면 가문의 복잡한 사정 따위 뒤로 미루고 이 순간의 평화를 함께 누리자고 말하는 것 같았다. 도경은 반박하지 않음으로써 받아들였고, 그는 안도하며 시선을 돌렸다.

햇살은 온화하고 바람은 시원한 날이었다. 살랑살랑 불어오는 산들바람을 맞고 있자니 손목에서 익숙한 온기가 느껴졌다. 길쭉한 그의 손가락이 도경의 단주를 만지작거리고 있었다.

"저번에도 차고 있더니."

"늘 차고 있는 겁니다."

"그대에게 안 어울리는 단주요. 내가 전에 말했을 텐데?"

"저한텐 중요한 거라서요."

"특별한 의미라도 있소?"

도경은 말문이 막혔다. 신묘한 힘이 깃들어 날 미래에서 여기까지 데려왔다고 말할 수는 없는 노릇이었다. 딱히 둘러댈 말이 없어 어색한 미소를 그리니 재현은 그럴 줄 알았다는 표정이었다. 그 이상 캐묻는 것을 삼가고 마침내 몸을 일으키더니 알아서 화제를 돌렸다.

"목멱산의 봄 경치는 경도십영(京都十詠)에 꼽힐 정도로 빼어난 곳이오."

"자영 낭자한테서 들었습니다. 꽃이 피는 시기라 청학동 어딜 가도 풍경이 볼만하다고요."

"그중에서도 내가 자주 가는 곳이 있소. 경관이 수려하고 탁 트인 곳인데, 사람의 발길이 닿지 않아 조용하기까지 하지. 날도 좋은데 함께 가 보지 않겠소?"

"지금요?"

"왜. 별론가?"

"그게 아니라…… 몸을 움직이셔도 되는 겁니까?"

도경은 걱정스럽게 그를 살폈다. 낯빛이 좋아졌다고 하나 아무리 생각해도 그가 혼절했었다는 의심을 버릴 수 없었다.

"어제 잠을 설쳐 조금 피곤했을 뿐이오. 그리고⋯⋯."

재헌은 말을 하던 도중 얼굴을 불쑥 들이밀었다. 그에 놀란 도경은 본능적으로 상체를 뒤로 젖혔다. 저에게 와 닿은 그의 시선이 지나치게 가까웠다.

"왜, 왜 그러십니까?"

"지난밤에 수면이 부족했소? 그대야말로 안색이 별로 좋지 않은데."

도경은 열이 오른 뺨에 손을 올렸다. 그러고 보니 잠을 거의 자지 못했다. 그래 놓고 새벽같이 일어나 부산을 떨었으니 그 몰골이 어떨지 가히 짐작되었다.

"알겠습니다."

도경은 푸석해진 제 피부를 감추기 위해 그를 멀찍이 밀어내며 동의했다.

"잠시만 계십시오. 옷이 지저분해서⋯⋯ 금방 갈아입고 오겠습니다."

그가 대답하기도 전에 자리에서 벌떡 일어섰다. 지금 이대로도 괜찮으니 그냥 가자는 말은 듣고 싶지 않았다. 그림같이 생긴 남자가 경치 좋은 곳에 가자고 하는데 어떤 여자가 노동복 차림으로 가고 싶을까. 목욕재계까지는 아니라지만 까칠해진 피부를 덮어 줄 분도 살짝 바르고 고운 색감의 옷도 입고 싶었다.

물론, 이런 속내까지 시시콜콜 밝힐 필요는 없기에 도경은 그가 조금 전까지 멀쩡히 베고 있던 치맛자락을 괜스레 툭툭 털며 유난을 떨었다. 물끄러미 바라보는 그의 입가에 의미를 알 수 없는 미소가 넌지시 떠올랐다. 민망해진 도경이 툴툴거렸다.

"왜 웃으십니까?"

"그냥. 날씨가 좋지 않소."

그는 싱거운 소리를 하더니 자리에서 일어섰다.

"갑시다. 데려다주지."

"아니요. 저 혼자 금방 다녀오겠습니다. 잠시 계십시오!"

도경은 그의 대답도 듣지 않고 먼저 발을 뗐다. 아무리 괜찮다고 하지만 그의 몸 상태가 마음에 걸렸다. 겨우 이 정도로 안정을 취할 순 없겠으나, 조금이라도 그를 편하게 해 주고 싶었다.

처소로 돌아가는 가장 빠른 길을 선택했다. 입꼬리가 초승달처럼 휘어 올라가고 구름 위를 걷는 듯 발걸음은 가벼웠다. 지난 며칠, 그와의 갈등으로 마음이 좋지 않았는데 모든 근심이 단번에 싹 내려갔다.

이럴 줄 알았으면 좀 더 빨리 그를 찾아볼걸. 밭일에 참여하지 않아 천만다행이라고 좋아하던 도경은 불현듯 걸음을 멈추고 주변의 소리에 집중했다. 어디선가 남자의 거친 욕설을 들은 것 같았다.

……잘못 들었나?

가만히 귀를 기울이다 고개를 갸웃했다. 온순하고 예의 바른 하인들로 가득한 이곳에서, 심지어 그들도 지금은 거의 자리를 비웠는데 설마하니 상스러운 저속어를 들었을까. 바람 소리를 다르게 착각하였다고 단정 짓던 그때.

"이거 놔! 놓으라고, 이 병신아!"

입에 담기도 민망한 비속어가 담장을 넘어왔다. 소리를 최대한 죽이려고 하면서도 짜증이 극에 달해 성량 조절에 실패한 음성이었다. 누군가를 내려치는 듯한 소리도 연달아 이어졌다.

그야말로 기함할 일이었다. 이 평화로운 감우당에서 어느 누가 감히 저런 짓을 한단 말인가. 도경은 소리가 나는 쪽으로 서둘러 방향을 틀었다. 폭력이 자행되고 있는 것 같은데, 맞는 쪽에서 아무런 소리도 내지 않아 불안했다.

빠르게 두 발을 움직이던 도경은 소동이 일어난 지점이 여은의 처소임을 깨닫고 기겁했다. 허겁지겁 달려가 보니 양반으로 보이는 제 또래 청년이 흙바닥에 웅크리고 있는 두이를 사정없이 짓밟고 있었다.

"너 죽고 싶어? 이게 진짜 주제도 모르고 감히! ……내놔, 내놓으라고!"

얼마나 맞았는지 두이는 이마에 혹이 부풀어 올랐고, 얼핏 보이는 얼굴은 온통 피로 물들어 있었다. 그 참혹한 광경에 인간적으로 분노한 도경은 아랫배에 힘을 주고 바락 소리쳤다.

"이봐요!"

남자가 내지르는 위협보다 몇 배는 더 크게, 누구라도 이 소리를 듣고 달려와 주길 바라는 마음으로.

화들짝 놀란 그가 뒤를 돌아보더니 도경을 확인하곤 인상을 팍 찌푸렸다. 웬 거지 같은 게 끼어드나 하는 눈빛이었다. 폭력을 중단하기는커녕 짜증이 곱절로 늘어나 두이를 향한 발길질이 더욱 사나워졌다.

보란 듯이 미쳐 날뛴 그는 급기야 허리춤에서 검을 빼 들었다. 햇살에 반사된 칼날이 섬뜩하도록 예리했다. 도경은 아악, 비명을 지르며 쫓아갔다. 당장에라도 검을 내둘러 두이를 베어 버릴 기세였다.

실제로도 그는 검을 높이 쳐들었다. 자비 없이 그것을 휘두르려는 순간 가까스로 도착해 있는 힘껏 그의 등을 밀쳤다. 알싸한 술 냄새가 코끝을 스치며 남자가 바닥으로 나동그라졌다.

"일어나, 빨리!"

그 틈을 타 두이의 손목을 잡아챘다. 냅다 도망부터 치려고 했지만 두이는 손길을 뿌리치고 바닥에 떨어진 패물을 허겁지겁 주워 담느라 여념이 없었다. 남자한테 맞아 피를 뚝뚝 흘리면서도 자개함 하나를 꼭 끌어안고 있었는데, 상전인 여은의 것으로 보였다.

"이것들이 진짜!"

그사이 몸을 일으킨 남자는 방금 당한 일이 믿어지지 않는지 부들부들 떨었다.

도경은 두이를 등 뒤로 숨기고 남자를 돌아보았다. 격분하여 성큼성큼 다가온 그가 이번에는 손을 높이 쳐들었다. 그것이 자신을 내려치기 전 앙칼지게 소리쳤다.

"진정하십시오!"

두렵지 않다면 거짓이었다. 하나 여기는 신분제 사회고, 도경은 자신이 윤이환의 딸이라는 사실을 처음부터 염두에 두고 끼어들었다. 평소와 달리 차림새가 소박하다는 점이 마음에 걸리긴 했지만 청학동에서는 대부분의 양반이 이런 차림이었다. 더구나 남자는 그런 것도 분별하지 못할 만큼 만취 상태도 아니었다.

"그 손을 휘두르면 후회하실 겁니다."

상대를 날카롭게 응시하며 최대한 위엄을 갖춰 경고했다.

보통 이러면 때리려다 말고 상황 파악이라는 것을 하지 않나?

도경은 그렇게 믿고 있었으나, 순진한 발상이었다.

"전, 윤이환 대감의……."

"천한 것이 어디서 감히 눈을 똑바로 치켜뜨고……!"

말꼬리를 자른 그가 버럭 소리치더니 짝 하는 소리와 함께 뺨에서 불이 난 것 같은 통증이 일었다. 도경은 눈앞이 캄캄해져 풀썩 쓰러졌다. 이성을 잃은 남자가 달려들어 멱살을 쥐고는 다시 손을 올렸다. 곁에 있던 두이가 대경실색하여 말리자 그쪽으로 주먹질을 서슴지 않았다. 도경은 눈앞이 어질어질하면서도 남자의 손목에 손톱을 박고 사정없이 할퀴었다.

"악!"

놀라서 손을 뺀 남자가 살갗에 난 상처를 확인했다. 취기가 올라 흐물흐물 풀린 줄 알았던 그의 두 눈에 또렷한 독기가 스치고 지나갔다. 잘못 봤나 싶은 순간 남자는 한층 더 격분해 달려들었다.

"이 짐승 같은 것들이!"

"이게 무슨 짓이냐!"

꼼짝없이 한 대 더 맞을 뻔한 위기 속에서 정부인의 카랑카랑한 외침이 공기를 갈랐다.

"아가씨!"

열비의 울부짖음도 들렸다.

제정신인 사람이라면 여기서 동작을 멈춰야 하지만 이미 이성을 놓은 남자는 안하무인이었다. 눈이 뒤집혀 도경의 목을 무지막지하게 졸랐다. 숨이 콱 막혔다. 아무리 버둥거리고 손등을 할퀴어도 소용없었다.

황급히 쫓아온 여인들의 비명이 난무했다. 도경은 정부인이 속히 와 돌아 버린 이자를 통제해 주길 바라는데 퍽, 하는 소리와 함께 별안간 남자가 저만치 나가떨어졌다.

"재헌아!"

정부인의 외침이 귀를 찔렀다. 간신히 풀려난 도경은 바닥에 쓰러져 컥컥거렸다. 정신없이 달려온 열비가 상체를 일으켜 주고는 품에 감싸 안았다.

주위는 아수라장이었다. 무자비했던 남자는 재헌의 주먹 아래 세상에서 가장 나약한 인간으로 전락했다. 서윤의 부축을 받으며 도착한 정부인은 조카손자가 다친다며 야단이었고, 태호가 남은 하인들을 이끌고 우르르 달려왔다. 중문 입구엔 언제 도착했는지 사색이 된 여은이 금방이라도 쓰러질 듯 서 있

340

었다.

후딱 일어나 저자의 만행을 정부인께 먼저 고자질하고 싶어
도 몸에 힘이 들어가지 않았다. 간밤에 잠을 못 잔 데다 너무
놀란 탓인지 자꾸 눈이 감겼다. 도경은 최선을 다해 기를 쓰다
가 종국엔 감기는 눈을 억지로 뜨지 못했다.

"아가씨? ……아가씨!"

평소 과보호가 심했던 열비의 통곡을 들으며 맥없이 몸을 늘
어트렸다.

밑바닥에 가라앉아 있던 의식이 서서히 위로 떠올랐다. 잠에
서 깬 도경이 살포시 눈을 뜨니 초저녁, 지창으로 노을빛이 쏟
아지는 시각이었다.

가장 먼저 든 생각은 나들이였다. 그 남자와 가기로 했는데
허무하게 끝이 나서 맥이 탁 풀렸다. 몸을 뒤치락거리다 외마
디 소리를 뱉었다. 목과 뺨이 얼얼하고 전신이 뻐근했다. 일어
나 앉기도 힘들어 열비를 찾으니, 눈에 들어온 이는 곁에 덩그
러니 앉아 있는 여은이었다. 무슨 생각 중인지, 부스럭거리며
기척을 내 봐도 반응이 없었다.

"언제 오셨습니까?"

답답해진 도경이 먼저 말을 걸었다. 여은은 듣는 척도 하지
않았다. 사람이 깨어난 걸 알면서도 멍하니 다른 어딘가만 응

시했다.

"제 시비 아이를 불러 주시겠습니까?"

부탁을 해 봐도 묵묵부답. 도경은 지치고 피곤해 힘이 하나도 없는 목소리로 물었다.

"무슨 근심이라도 있으십니까?"

"그냥…… 고민하는 중입니다."

이번에도 무시당할 줄 알았는데 뜻밖이었다. 여은은 그제야 도경을 내려다보았다.

"열비라는 아이는 지친 듯해 쉬라 하였습니다. 아마도 깜빡 잠이 들었겠지요. 다른 하인들도 근처엔 얼씬하지 않는 중이랍니다. 소저께서 편히 쉴 수 있도록 배려해 달라고 했더니 사방이 이토록 고요합니다."

여은이 이렇게까지 길게 말하는 건 처음 보았다. 희귀한 경우임을 모르지 않으나 당장은 만사가 귀찮았다.

"김 소저께서도 이만 가서 쉬십시오. 전 이제 괜찮습니다."

"원림에서의 일을 못 본 척해 달라, 아쉬운 소리는 하지 않겠습니다."

갑작스러운 소동으로 깜빡 잊고 있던 사건을 여은이 먼저 거론했다. 설마 그 일이 마음에 걸려 여태 고민하는 중이었던가. 쓸데없는 부분에 힘을 빼고 있는 것이 안쓰러워 도경은 얼른 호응해 주었다.

"예. 그러실 필요 없습니다. 소저가 누구와 마음을 나누든, 그것이 저와 무슨 상관이겠습니까. 전 제 한 몸 건사하기도 바쁜 사람입니다."

침묵이 흘렀다. 이런 대답이 나올 줄은 몰랐다는 듯 여은은 한동안 보고만 있더니 뒤늦게 입을 열었다.

"난동을 부린 이가 제 아우입니다. 저보다 일각 늦게 태어난 쌍생이지요. 감우당이 빈 틈을 타 패물함을 가져가려 하였습니다. 돌아가신 어머니가 생각나 생전에 착용하시던 장신구를 보고 싶었다고 하지만, 그건 핑계입니다. 아마도 저와 두이를 골탕 먹이고 싶었을 테지요."

아우를 대신해 죄스러워하지도, 부끄러워하지도 않았다. 그저 피해를 본 당사자이니 이 정도는 알려 줘야 할 것 같다는, 지극히 건조하고 무뚝뚝한 태도였다. 목숨이 위태로웠던 사건을 골탕이라는 말로 표현한 게 우습기는 했으나 도경은 그저 듣고만 있었다.

"그자가 제 아우라는 말을 듣고도 안 놀라시는군요."

"외모적으로 봤을 때 김 소저와 닮은 분이었습니다. 혈육이 아닐까 짐작하였지요."

"세상을 전부 안다고 생각하십니까?"

"설마요."

"그렇다면 더욱 딱하십니다."

받아치는 대답이 이전과는 달리 사뭇 냉소적이었다. 도경은 그녀의 의도를 헤아리기 어려웠다.

"그게 무슨 말씀이시죠?"

"매사에 조심하고 있다, 자신하고 계실 테니까요."

"제가 지금 실수라도 하고 있단 뜻인가요?"

즉각적인 물음에 여은은 따로 대답하지 않았다. 그러나 눈빛만큼은 긍정의 기색을 띠고 있었다.

"어떤 점이 그렇다는 거죠?"

"감우당."

"예?"

"소저께서 지금 여기 계시는 것 자체가 실수하고 있음을 방증하는 겁니다."

터무니없으면서도 어째 뼈가 담긴 말이었다.

"자세히 말씀해 주십시오. 그게 무슨 뜻인가요?"

"두이를 도와주어 감사합니다. 윤 소저가 아니었다면 그 아이는 정말 크게 잘못되었을지도 모릅니다. 그 부분에 관해선 알아서 갚도록 하지요."

여은은 답변을 거부했다. 그저 고개 숙여 감사의 뜻을 전하고 자리에서 일어나 쌩하니 방을 나갔다.

"김 소저!"

다급히 불러도 돌아보지 않았다. 팔꿈치를 받치고 상체를 어중간하게 일으킨 도경은 빠르게 닫힌 문을 바라보았다.

올여름을 무사히 넘기겠다는 바람으로 신중하고 또 신중하였다. 감우당에 와서도 별채에 처박혀 자수만 놓은 건 아니었다. 도경은 열비가 이 댁 하인들과 자연스레 어울리도록 놔두며 매일 저녁 그들에게서 물고 온 소식을 귀담아들었다. 자영과 상대하면서부터는 말을 이리저리 돌리며 특별한 조짐이 없음을 확인했다.

여기서 이러고 있는 것 자체가 매사 신중하다는 증거인데 도리어 실수하고 있다니?

괜스레 심란해졌던 도경은 이내 근심을 지우고 도로 몸을 뉘었다.

저 사람이 내 특수한 처지를 어찌 알 수 있을까.

그녀도 민망하여 던진 말일 테니 심각하게 받아들일 필요는 없다. 서로의 입장과 시각이 다르니 적당히 걸러 들으면 될 일이었다.

도경은 긴장을 풀고 똑바로 누워 천장을 응시했다. 일어나서 불도 켜고 재헌이 어떤지도 챙겨야 한다. 원림에 있던 그가 어떻게 거기까지 쫓아왔는지 의문이었다. 그런데 근육통이 심해 꼼짝하기 싫었다. 꽉 졸렸던 목도 아프고 몸살이 올 것처럼 으슬으슬 추웠다. 조금만 더 이러고 있자며 이불 속에 몸을 웅크리고 있자니 또다시 눈꺼풀이 무거워져 눈이 감겼다.

새하얀 수염을 늘어뜨린 영의정의 풍모가 당당했다. 그를 둘러싼 주위 사람들의 입가가 헤벌쭉한 데 반해 그 홀로 담담하기 그지없어 한층 특별해 보였다.

조정의 실권을 쥐고 있는 한 축으로서 이 정도는 일도 아니라는 자신감.

멀리서 그를 지켜보는 호판 김사흔의 눈빛이 흉흉했다. 금방이라도 터질 듯 노염에 젖어 대비전을 향해 성큼성큼 걸어갔다.

시간을 끌던 인사가 오늘로 마무리되었다. 사간원의 요직은 상대 세력에게 양보한 대신 사헌부는 이쪽에서 채우기로 암묵적으로 합의했다. 거기까지만 보면 아무 탈이 없을진대, 같은 뜻을 지닌 무리에서도 계파라는 것이 존재해 때때로 잡음을 일으켰다. 특히 금상의 외숙과 윤이환이라는 선왕의 일등 공신이 그 선두에서 은근한 대립각을 세웠을 경우엔 사정이 훨씬 복잡해졌다.

불만은 늘 김사흔 쪽에서 흘러나왔다. 피를 나눈 누님이 왕실 제일의 어른이요, 조카가 이 나라의 지존이거늘, 어이하여 예성 채문과 대립하는 무리의 수장이 제가 아닌 윤이환이어야 하는가. 백성들은 어이하여 덕양 김문과 예성 채문이 아닌, 혜명 윤문과 예성 채문을 도성 제일가는 세도가와 명문가라 지칭하는가. 수년에 걸쳐 꾸역꾸역 쌓여 온 불만이 이제 터지기 일보 직전이었다.

거대 세력을 이끌어야 마땅할 제가 이런 처지에 놓인 건 승하하신 선왕은 물론이요, 대비이신 누님의 탓도 컸다. 중요한 일이 있을 때마다 매양 윤이환을 불러 상의하더니, 끝내 영의정에 올린 것으로도 모자라 이번에는 이 아우가 천거한 인재를 나 몰라라! 여느 때와 마찬가지로 윤이환이 점찍은 이를 사헌부 요직에 앉혔다.

김사흔은 콧김을 뿜으며 쌕쌕거렸다. 이번에는 내가 추천한 이가 반드시 낙점될 것이다, 큰소리를 떵떵 쳤는데 이런 결과를 낳았으니 망신도 이런 망신이 없었다.

"어찌 이러실 수 있습니까!"

대비전에 들어 궁녀들이 물러가자 그가 분을 이기지 못하고 포효했다.

"어허, 목소리를 낮추시게!"

"이번이 벌써 몇 번째이옵니까? 하나뿐인 아우의 체통을 어찌 이리 번번이 뭉개시는 겁니까!"

"이 일의 발단이 어디에서 비롯되었는지 정녕 모른단 말인가?"

대비 또한 못마땅한 심경을 감추지 않았다.

"대체 집안 단속을 어찌하고 있는 게야? 술을 퍼마시고 감우당까지 숨어들어 간 것도 모자라, 겁도 없이 윤 대감의 고명딸에게 손찌검을 해? 그 일이 알려지면 어찌 되는지 모르는가? 성욱이가 곤욕을 치르는 건 둘째 문제야. 내 친정 가문의 명예가 실추되니 차라리 자네가 얼굴 한번 붉히고 마는 게 나아!"

"그래서 빌었사옵니다. 그 일을 듣자마자 안국방으로 달려가 모든 것이 이 사람의 잘못이다, 얼마나 싹싹 빌었는지 아시옵니까!"

호판은 울분을 터트리며 바들바들 떨었다.

처음 그 소식을 들었을 땐 믿지 않았다. 바르고 올곧은 성품의 아들이 그랬을 리 없다고 확신했다. 그러나 벗들의 꾐에 빠져 술을 마시고 모친이 생각나 감우당으로 향했다는 이야기를 전해 듣고는 아찔하였다.

모든 면에서 부족함이 없는 아들이지만 죽은 어미와 관련해선 한없이 여려지는 성정이었다. 두 아이를 동시에 한 태에 품어 하나뿐인 아들의 복을 절반으로 갈라 버린 제 멍청한 어미가 무에 그리 그립다고!

여은이라도 그를 감싸 주면 좋으련만 고것도 하등 쓸모가 없었다. 아우의 기운을 반이나 뺏어 먹고 태어난 주제에 어려서부터 늘 성욱에 대한 모함만 일삼았다.

그래서 호판은 아들을 볼 때마다 항상 안쓰러웠다. 하여 그녀석이 출사하기도 전에 평판에 금이 갈까 봐 윤이환을 찾아가 거의 무릎을 꿇다시피 하였다. 정경부인이 좋아하는 값비싼 패물을 바치고, 귀한 붓과 벼루도 바리바리 싸다 안겼다. 그럼에도 윤 대감이 입을 꾹 다물고 있기에, 화를 가라앉히려면 시간이 걸리겠거니 생각하며 돌아섰다.

한데 욕이란 욕은 다 보이게 해 놓고 이런 식으로 뒤통수를 쳐?

대비전에서 값을 받기로 했으면 내 앞에서 그리 뻣뻣하게 굴지 말았어야지!

하는 일도 없이 제 앞길을 막고 있는 윤이환도, 결정적일 때 항시 남의 편을 들어주는 대비도 전부 밉고 원망스러웠다.

"술 때문에 생겨난 실수였사옵니다. 성욱이의 온후함을 마마께서도 잘 아시지 않습니까?"

"억지 부리지 말게. 일을 이렇게라도 덮은 걸 감사히 여겨야지."

"그런다고 윤이환이 대비전의 성택에 감읍하겠습니까? 마지막까지 한편이 되어 곁에 있어 드리는 건 결국 가족이고 핏줄이옵니다!"

"윤 대감이 보여 준 그간의 노고와 충정을 내 어찌 잊으리."

근엄하기까지 한 대비의 응수에 호판은 코웃음을 치며 반박했다.

"하오면 마마께선 어이하여 윤 소저를 간택하길 꺼리셨사옵니까?"

"섣부른 추측은 삼가도록 하시게."

금시초문이라는 듯 대비가 시치미를 떼자 김사흔은 이를 악물고 대들었다.

"제가 아무것도 모를 거라 생각지 마십시오. 그 아이를 감우당으로 보내신 저의가 무엇이었사옵니까? 채 정언과 눈이 맞아 통정이라도 할 것 같았습니까?"

"뭐라?"

대비는 삽시에 예민해져 새된 소리를 질렀다. 아우를 바라보던 질책하는 눈초리는 한순간에 흔들려 놀라움으로 바뀌었다.

"어찌 그리 동요하시옵니까? 윤이환의 위세가 부담스러워 마마께서 간택을 망설이고 있다, 이 김사흔이 고작 그런 판단이나 하고 있을 줄 아셨습니까?"

"자네⋯⋯!"

"절 어리게만 보시니 실수하시는 겁니다. 과소평가하시는 겁니다!"

"……하면 무엇이 문제인가?"

일순 흔들렸던 대비는 도로 평정을 되찾고 차갑게 대꾸했다.

"그것이 사실이든 아니든, 만약 자네가 그리 믿고 있다면 여기까지 쫓아올 필요도 없었네. 가만히 앉아 기다리면 머지않아 윤 대감은 실각할 것이요, 자네가 그 자리를 대신할 수 있게 되는 것이 아닌가?"

"한쪽만의 문제가 아니지 않사옵니까? 채 정언과 윤 소저를 이용해 두 가문을 한꺼번에 흔들 수 있다, 마마께선 그리 셈하고 계시옵니다."

"말도 안 되는 소리!"

"욕심이 과하면 탈이 나는 법입니다. 겨우 두 아이를 붙여 놓고 무엇을 하실 수 있겠습니까? 원하는 모든 것을 이루고자 하시지 말고, 실현 가능한 목표를 세우소서!"

무엄하게 목청을 높인 김사흔은 대비의 매서운 눈길도 피하지 않았다. 날을 세우고 똑같이 누님을 쏘아보다가 곧 호흡을 가다듬고 침착하게 제안했다.

"차라리 예성 채문과 손을 잡으시는 게 어떠하옵니까? 하면 윤이환과 명원 대군, 적어도 그 둘은 확실하게 정리할 수 있을 것이옵니다."

"할 수 있었다면 진작 하였겠지. 저들이 대군을 포기할 것 같은가?"

"저에게 방도가 있습니다. 맹세컨대 이번에는 다를 것이옵니다."

"무슨 소리인가?"

아우의 눈빛이 심상치 않음을 깨달은 대비가 심각해져 캐물었다. 김사흔은 주절주절 고하기보다 대비의 구미를 당겨 놓고 일단 빠지는 쪽을 선택했다.

"오늘은 이만 물러갈 것이니 숙고하여 보십시오. 정녕 두 가문을 한꺼번에 쳐 낼 수 있을지, 잘못 건드렸다가 오히려 저들이 합심해 명원 대군에게 힘을 실어 줄 가능성은 없을지. 그런 다음 이 아우의 계획이 실로 궁금해지시거든 다른 날 따로 불러 하문하여 주십시오. 저는 그때 들어 소상히 아뢰겠나이다."

작정하고 여운을 남긴 김사흔은 정갈하게 예를 올리고 대비전에서 물러갔다.

아우가 나가고 내실의 문이 닫히자 대비의 안색이 급변했다. 자신의 수족 중 호판과 내통하는 궁녀가 있음을 확신한 까닭이었다.

대체 누구일까?

이번 일을 아는 이는 극소수에 불과했다. 작정하고 계획했다기보다 우연한 계기로 시작된 일이기 때문이었다.

강력한 왕권을 되찾아 오는 건 죽기 전에 이루어야 할 마지막 숙원이었다. 날로 강성해지는 신권과 특출한 두 가문의 존재는 그렇기에 더욱더 대비에게 부담으로 다가왔다. 그러나 윤이환의 강력한 지지가 필요한 상황에서 윤도경이 아닌 다른 집안의 여식을 곤위에 올리는 건 불안을 자초하는 일이었다. 한마디로, 곁에 두자니 부담스럽고 거리를 두자니 매우 아쉬웠다.

그렇다고 후계가 비었는데 언제까지 고민만 할 수도 없었다. 대비는 삼년상을 핑계로 지지부진 시간을 끌다가 어쩔 수 없다고 체념했다. 윤이환의 딸이야 잘 가르쳐 왕실의 사람으로 개조하면 되는 일. 혹여 통제에서 벗어나 친정 가문을 위해 폭주한다면 그때 가서 처리해도 괜찮다고 정리했다. 군부인의 신분으로 구중궁궐 속 왕과 왕비도 제거한 저이니 중궁전의 며느리 따위 어려울 것도 없다고.

오랜 고민 끝에 결심을 굳히고 윤도경을 대궐로 불러들였다. 웬만하면 그 아이를 곤전으로 내정한 뒤 간택령을 내릴 작정이었다.

그 아이가 입궐하던 날, 가슴이 답답해 산보를 나갔다 시각이 지체되었다. 대비전으로 급히 돌아가던 중 근처에서 서성이는 재헌을 보았다.

기대와 불안, 초조함과 두근거림.

어려서부터 보아 온 아이지만 그리도 많은 감정을 내포한 모습은 처음이었다. 대비는 호기심이 동해 지켜보았다. 그리고 잠시 후 어딘가를 바라보는 그의 두 눈에서 반가움과 불쾌감이 차례로 교차하는 것을 목격했다. 오묘한 떨림이 뒤섞인 그의 시선을 쭉 따라가 보았다. 그 끝에서 목격한 상대는 대비전의 궁녀를 따르는 반가의 규수였다.

그녀가 누구인지 알아챈 대비는 놀라움을 금치 못했다. 재헌은 호흡을 가다듬고 그녀를 향해 돌진했다. 의도적으로 접근해 손등을 건드리고 옷자락을 스쳤다. 두 남녀는 그렇게 서로를 마주 보았다.

규수의 반응까지 꼼꼼히 확인한 대비는 후다닥 전각으로 들어갔다. 생각할 시간이 필요해 진맥을 핑계로 알현을 늦추었다. 머릿속을 깔끔히 정리하고 윤 규수를 들이라고 하명했다. 마침내 문이 열리고 밖에서 보았던 그 규수가 안으로 들었을 때 대비는 확신했다. 이것은 기회라고. 선왕께서도 이루지 못한 대업을 제 손으로 직접 완수할 결정적 기회가 온 거라고.

하나뿐인 아들을 위해.

선왕을 독살한 용의자가 아닌, 왕실의 존경받는 어른으로 남을 자신의 미래를 위해.

대비는 희생양이 되어 줄 가엾은 아이에게 최대한의 친절을 베풀었다. 적당히 협박한 뒤 어르고 달래 감우당으로 들여보내는 데 성공했다. 그곳에서 너희의 연정을 활짝 꽃피우라고. 화려한 춤을 추며 불 속으로 뛰어드는 부나비처럼 청춘을 마음껏 불사르라고.

한데 이 즉흥적이고도 비밀스러운 일을 아우가 어찌 알고 있단 말인가?

설마…….

"마마, 소인 강 상궁이옵니다."

강 상궁?

문이 열리고 최측근인 상궁이 안으로 들었다. 자신의 일거수일투족을 속속들이 알고 있는 유일한 사람. 대비는 무섭게 눈을 치떴다가 빠르게 의심을 풀었다.

홀대받는 군부인 시절, 궐에서 자신의 눈과 귀가 되어 움직여 준 든든한 이였다. 많은 비밀을 공유하고 이날 이때껏 저에게 충성을 바친 수족이었다. 함부로 의심해선 안 된다, 자신을 타이르며 표정을 바꾸었다.

"무슨 일인가?"

"감우당에서 서신이 당도하였사옵니다."

"어, 이리 주게."

대비가 얼른 손을 뻗었다.

본방 조카인 여은은 자신의 명을 받아 채재헌과 윤도경을 비롯해 감우당 사람들의 행적을 낱낱이 적어 주기적으로 글월을 올리고 있었다. 이번엔 성욱이 일으킨 소란까지 자세히 기록되어 있을 터라 아침부터 서찰을 기다리던 참이었다.

글을 빠르게 읽어 내린 대비는 서신을 접으며 차갑게 조소했다. 곡좌한 상궁이 걱정스레 여쭈었다.

"어찌 그러시옵니까?"

"제가 아끼는 여종을 도와주었기 때문일까. 윤도경에 관한 부분이 미흡해졌어."

"하면 사람을 보내 경각심을 일깨우겠나이다."

"아니야. 그럴 필요까지는 없고."

대비는 여유만만이었다.

"도움을 받았으니 보은은 하게 해 줘야지."

"그러다가 초심을 잃을까, 걱정이옵니다."

"그럴 리가."

강 상궁의 염려에 대비는 눈도 깜짝 안 했다.

양심이 있으니 처음 몇 번이야 수상한 행적을 눈감아 주겠지. 하나 남녀 관계라는 게 타오를수록 더욱 붙어 있고 싶기 마련이었다. 그것이 반복되면 적당히 봐주던 여은도 할 만큼 했다며 칼같이 돌아설 것이다.

아직도 잊을 수 없었다. 여은을 불러 은밀한 하명을 내렸을 때 그에 대한 보상으로 값비싼 패물을 선금으로 내려 달라, 대놓고 요구하던 당돌했던 그 눈빛을.

"정확함을 넘어 계산속이 확실한 아이야. 난 여은이의 그런 점이 마음에 들어. 서찰의 내용 또한 꼼꼼하기 그지없지. 윤도경의 이야기를 간략하게 서술했다고 한들 흐름을 파악하는 덴 아무 문제가 없어."

대비는 손가락 끝으로 서찰을 톡톡 두드렸다.

벌써부터 징조는 또렷했다. 재헌은 술에 취한 성욱을 제압한 게 아닌 흠씬 두들겨 패 주었다. 당한 이가 다른 사람이었어도 그렇게까지 이성을 잃었을까. 절대로 아니었다. 그들의 감정이 점점 무르익고 있음을 추측할 수 있는 대목이었다.

그럼에도 대비는 생각처럼 썩 만족스럽지 않았다. 호판이 다녀갔기 때문인지 머릿속에 자꾸 의구심이 자라났다.

과연 이것으로 두 가문의 힘을 얼마나 뺄 수 있을는지.

중궁의 내정자와 배동 출신 관료의 지저분한 추문. 그를 위해 간택 절차를 생략하고 날짜를 교묘하게 조절할 계획이었다. 윤도경이 비씨 신분으로 채재헌과 통정한 것으로 꾸민다면 일을 시끄럽게 키울 수 있으리라 자신했다. 하나 이제는 모르겠다. 그 둘의 조합이 파격적인 만큼 믿지 않는 사람도 태반일 것이니.

증인을 내세운다고 해도, 두 집안이 합세해 음해라고 주장하면 어느 누가 감히 그들에게 대항할 수 있을까. 그런 경우 왕실의 친인척이 아니되 저들과 비견될 만한 이가 나서 줘야 하는데 현재로선 제삼의 세력을 찾기가 어려웠다.

"흠……."

원하는 소식을 듣고도 한숨 비슷한 소리만 흘러나왔다. 행운인 줄 알았던 둘의 조합이 지나치게 강력해 되레 부담으로 작용했다.

차라리 비씨가 된 사족의 규수가 천한 신분의 사내와 사통했다는 그림이 훨씬 쉬웠을까?

예성 채문과 연대해 몇 가지 죄를 더 얹는다면 윤이환은 실각 정도로 끝나지 않을 것이다. 아예 이참에 혜명 윤문을 부수고 그 영향력과 재산 전체를 흡수하는 편이 두 집안을 어설프게 건드리는 것보다 훨씬 실용적인 선택이 될 수도 있다. 기왕이면 예성 채문의 위세가 한층 탐나기는 했으나 조상 대대로 부와 명망을 쌓아 온 그쪽은 기반부터가 다르다. 잘못 건드렸다간 숨죽이고 있던 명원 대군에게 괜한 빌미만 내줄 수도 있고…….

대비는 예기치 않게 깊은 시름에 잠겼다. 완벽하다고 자부했던 자신의 계획에 허점이 많았음을 깨달으며, 타개책으로 그간 고려치 않았던 토사구팽의 방안까지 무차별적으로 떠올리기 시작했다.

　도경이 몸살을 앓던 지난 며칠, 많은 일들이 휩쓸고 지나갔다. 우선, 세 가문을 비롯해 대비전이 발칵 뒤집혔다. 그중에서도 가장 큰 피해를 본 윤씨 집안은 발 빠르게 치고 나가 정치적 이득을 챙겼다. 과연 혜명 윤문답다고, 전말을 아는 모든 이들이 감탄하는 가운데 윤 대감은 대비전에 들어 도경을 집으로 데려가게 해 주십사 간청했다.

　'감우당엔 그 아이가 원해서 갔거늘 어찌하여 내게 와 허락을 구하시는 겁니까?'

　능청스레 반문했던 대비는 주위의 눈을 피해 일구이언을 실천했다. 도경을 위로한답시고 비밀리에 하사품을 내렸는데, 거기에 은밀한 봉서를 딸려 보낸 것이었다. 이번 일과 관련해 충분한 보상을 해 줄 테니 너 또한 자신과의 약조를 지키라는 협박 비슷한 내용이었다.

　대비의 이중성에 기가 차면서도 도경은 복종할 수밖에 없었다. 당장 돌아오라는 정경부인의 닦달에 그저 남겠다는 회신만 거듭했다.

　호판의 유일한 아들인 김가 성욱도 안국방과 감우당을 오가며 무릎을 꿇었다. 그 과정에서 생긴 어떤 일을 계기로 도경은 그라는 인간이 진심으로 궁금해졌다. 때마침 정경부인을 대리해 교령이 드나들고 있어 소상히 알아봐 달라고 부탁했다. 얼마 후 그녀가 가져온 소식은 신기하리만치 예상에서 벗어났다.

"평판이 좋다고?"

"예. 의젓하고 인심이 후하답니다. 계모와의 사이도 원만하고 이복 누이들도 잘 챙긴다고요."

"이상하네……."

도경은 조금도 공감하지 못했다.

"무엇이 그리 이상하십니까?"

"그 사람 말이야, 나한테 침을 뱉었네."

"예에?"

직설적인 표현에 교령은 까무러칠 듯 놀랐다. 도경 또한 아직도 그 일이 믿기지 않았다.

난동을 부렸을 때와 달리 잘못을 빌러 온 김성욱은 아주 점잖았다는 열비의 귀띔이 있었다. 도저히 수긍이 안 돼 도경은 아픈 몸을 이끌고 사랑의 동태를 살폈다. 그는 맨바닥에 무릎을 꿇고 고두사죄하고 있었다. 진실성이 느껴질 만큼 반성의 기미가 철철 흘렀다.

거기까지만 봤을 땐 도경도 술이 원수라고 생각했다. 재헌한테 맞아 몰골도 엉망이었던지라 그에게 가졌던 안 좋은 감정도 다소 수그러들었다. 채 대감 역시 그쯤 했으면 됐으니 안으로 들라고 노기를 누그러뜨렸다. 한데 자리에서 일어선 그가 안으로 들기 전 옷매무새를 고치기 위해 휙 돌아서며 예상 밖의 상황이 전개되었다.

'에구머니!'

눈이 마주칠 것 같은 위치여서 열비가 후다닥 몸을 숨겼다. 도경도 얼른 그 뒤를 따르려고 했는데, 아무도 모르게 그가 히죽 웃는 것이 아닌가. 황당해져 눈이 휘둥그레진 순간 하필 그와 눈이 딱 마주쳤다. 빠르게 웃음을 지웠던 그는 도경을 알아본 표정이었다. 정색하고 빤히 응시하더니 입과 혀를 뻐끔 움직였다.

퉤.

충격적인 입 모양을 끝으로 그는 누가 볼세라 도경을 못 본 체했다. 모든 벌을 달게 받을 사람처럼 숙연함으로 무장하고 안으로 들어갔다.

"거리가 멀어 잘못 보신 거 아닙니까?"

교령은 자신이 모욕이라도 당한 양 씩씩거리면서도 신중한 자세를 취했다.

"그럴 수도 있고."

도경도 다른 가능성을 배제하지 않았다. 하지만 단숨에 표정을 바꾸던 그 순간이 잊히지 않아 질문을 계속했다.

"사이가 안 좋은 사람은 아무도 없던가?"

"여은 아가씨를 빼면 대부분 그렇습니다."

"여은 낭자?"

이건 또 무슨 소리인가 싶었다.

"몇 년 전에 별당에서 한바탕 난리가 났었답니다. 아가씨의 시비가 말을 못 하지 않습니까. 그때 크게 다쳤기 때문인데, 도련님이 일부러 그랬다며 여은 아가씨가 단도를 들고 달려들어 모두가 기함했었답니다."

"일부러 그랬다고?"

도경은 머리가 어질어질해졌다.

"그런데도 평판이 좋단 말인가? 어려서부터 그렇게 잔인했는데?"

"서로 말이 달랐답니다."

전언에 의하면 여은은 아우가 두이를 죽이려 했다고 주장했지만, 김성욱은 이번 소동과 똑같은 핑계를 댔다고 했다. 친모가 죽으며 소유했던 패물을 김여은에게 남겼는데 어머니가 그리워 그것을 보러 갔을 뿐이었다고. 잠깐 보고 돌려주려 했으나 두이가 건들지도 못하게 해 실랑이를 벌이다 그리된 거라고.

"모든 정황이 도련님의 말씀과 같았나 봅니다. 그런 이유로 집안사람들은 전부 도련님 편을 들었고요. 두이 그 아이, 종년 주제에 아가씨만 믿고 주인댁 도련님의 명을 어겼다고 거의 쫓겨날 뻔했었답니다. 화가 난 아가씨는 그날 이후 여종만 싸고 돌며 별당 밖으로 잘 나오시지도 않았고요. 두이란 아이가 죽은 안저지(어린아이를 보살펴 주는 일을 하는 여자 하인)의 딸이라는데, 같이 자라다시피 했으니 그런 꼴이 된 게 안쓰러웠겠지요."

"안저지?"

"마님께서 자리보전을 하시자 호판 대감께서 유모에게 도련님만 돌보라고 명하셨답니다. 그 후 사람을 따로 뽑아 아가씨께 보냈는데, 그이가 두이의 어미였지요. 혈혈단신이라 호판 댁에서 종살이를 하고 있지만 두이 그 아이, 그래서 사노가 아니랍니다."

들으면 들을수록 느낌이 별로 좋지 않았다. 노비여도 그래선 안 되지만, 고아가 되어 종살이한다는 이유로 그토록 가축처럼 대하다니. 김성욱 그 인간, 되도록 부딪히지 말아야 할 망종이란 생각까지 드는데 교령이 않는 소리를 했다.

"이제 남 얘기는 그만하고 대답 좀 해 주십시오. 정말 여기 계속 계실 겁니까? 정경부인 마님께서 속상해하십니다."

"어머니껜 자네가 알아서 잘 말씀 올려 주게."

"집에 가실 생각이 요만큼도 없으시군요."

한숨 섞인 교령의 푸념에 도경은 싱긋 웃기만 했다.

"도대체 여기가 왜 그렇게 좋으십니까? 누가 보면 이곳에 정인이라도 숨겨 둔 줄……."

도무지 모르겠다며 투덜거리던 교령은 곧 눈빛이 바뀌어 말끝을 흐렸다. 그런 다음 꺼낸 말엔 의심이 가득했다.

"혹 정언 나리께서 그렇게까지 나서 주신 이유가……?"

도경이 아무 소리 없이 쏘아보기만 하자 그녀는 멋쩍게 웃었다.

"그렇지요? 소인이 실없는 소리를 하였습니다. 암요, 정말 그랬다면 지난 며칠 아가씨께서 그리 태평하실 리 없었겠지요."

"그게 무슨 소리인가?"

"정언 나리 말입니다. 지금 못 일어나고 계시지 않습니까."

"뭐……?"

지나가는 말처럼 가볍게 질문했던 도경은 등줄기가 서늘해져 경직되었다.

"쉬쉬한다고 듣긴 했는데…… 설마 모르셨습니까?"

도경은 아무런 반응도 할 수 없었다. 며칠 전 열이 나는 몸으로 풀밭에 널브러져 있던 그가 산속에서 의식이 없던 그때의 모습과 겹쳐 눈앞이 아득했다.

"아가씨……."

아연해져 바라보는 교령의 묘한 눈길도 모르는 채 도경은 반쯤 넋이 나가 허겁지겁 자리에서 일어섰다.

달빛이 포근한 밤이었다. 잠이 오지 않아 뒤척이던 도경은 자리옷을 입은 채 대청마루에 나와 앉아 있었다. 이런저런 잡념을 어둠 속에 둥둥 띄워 보내다 어느덧 자영과 나누었던 오후의 대화로 선회했다.

'소저께서도 아실 겁니다. 산에서 있었던 기습 사건. 그때 독이 묻은 검에 당하셨는데 아직 깨끗하게 해독되지 않아 저러시는 겁니다.'

헐레벌떡 찾아가 재헌의 상태를 물으니 자영은 곤란해하면서도 솔직하게 답해 주었다.

'증세는 때마다 달라집니다. 어떤 땐 열흘 넘게 미열에 시달리기도 하고, 또 어떤 땐 사나흘 심하게 앓다가 금방 회복되시지요. 이번처럼 두 가지가 한꺼번에 오는 건 드문 경우입니다. 그래도 걱정하지 마세요. 작년까지만 해도 툭하면 의식을 잃고 쓰러지곤 하셨는데 이젠 많이 좋아지셨습니다. 꾸준히 탕제를 복용하면 증세가 완전히 사라질 거라는 어의의 말씀도 있었고요.'

도경은 한숨을 내쉬며 바짝 끌어안은 무릎에 얼굴을 묻었다. 듣기로, 재헌은 김성욱에게 주먹을 날린 그날 현장에서 의식을 잃었다고 한다. 혼절한 자신이 열비에게 업혀 간 바로 그 직후였던 듯했다. 그런 그의 상태가 외부에 알려지지 않은 건 집안 어른들이 예전부터 입단속을 철저히 해 왔기 때문이라고 했다.

자영은 재헌이 이번 일로 병석에 누운 게 아니니 자책하지 말라고 위로했으나 도경은 그럴 수 없었다. 애초에 그를 그리 만든 게 윤 대감이 아니었을까, 오래전부터 품었던 의심을 외면하기 어려웠다.

하지만 그보다 더 이상한 것은 격랑 치는 이 마음이었다. 도의에 따른 죄책감 그 이상의 짙은 감정이 속에서 회오리치고 있었다. 배후가 혜명 윤문일지도 모른다는, 아직 확실치도 않은 전제 뒤에 숨어 그를 걱정하고 보고 싶어 하는 이 마음.

"말도 안 돼."

무의식중에 제 속을 들여다본 도경은 깜짝 놀라 진심을 부정했다. 가장 민감한 시기에, 여름이 코앞에 다가와 있는데 엉뚱한 데 한눈파는 자신을 인정할 수 없었다. 제발 가문의 명운에만 집중하자며 이마를 무릎에 콩콩 찧는데 입구에서 인기척이

들렸다.

　동작을 멈춘 도경이 고개를 번쩍 들었다. 모두가 잠들어 풀벌레만 청아하게 우는 밤, 정체를 알 수 없는 사람의 기척은 공포를 일으키기에 충분했다. 그러나 이번엔 무섭지 않았다. 밤바람 속에서 그윽한 난향이 감지되었다.

　월광을 등지고 한 사내가 나타났다. 터벅터벅 정처 없이 걷던 인영은 안뜰 중간에 이르러 우뚝 멈추었다. 대청에 나와 있는 도경을 알아채고 놀란 기색이었다.

　검은 윤곽만으로 그를 알아본 도경도 숨이 멎었다. 조금 전까지 그를 그리는 마음을 부인한 것도 잊고 다급히 혜를 신고 달려 나갔다.

　"나리!"

　반나절 넘게 애태운 가슴이 까만 재가 되어 부스스 휘날렸다.

　"야심한 시각에 왜 홀로 나와 있소?"

　"많이 편찮으시다고 들었습니다."

　그의 물음에 대답부터 해야 했지만, 재헌이 아픈 것에 비하면 이 밤에 자신이 홀로 나와 있는 이유가 너무 하찮게 느껴졌다. 도경은 조급한 마음에 질문 같은 대답을 내놓고 그의 뺨에 손을 뻗었다. 자영의 귀띔이 반짝 뇌리에 떠올랐다.

　'며칠 심하게 앓으시어 어제부터 신열이 떨어지고 있습니다. 오라버니께서 곧 쾌차하신다는 징조지요.'

　과연 펄펄 끓었다는 병열이 수그러들고 손안엔 미처 떨쳐 내지 못한 미열만 감돌고 있었다.

"나는 이제 살 만하오."

"전 잠이 오지 않아 나와 있었습니다."

목전에서 그를 직접 보고 있으니 훨씬 안심되었다. 도경은 뒤늦은 대답을 기쁘게 건네다 주춤, 사지가 굳었다. 또다시 그의 몸에 멋대로 손을 대고 말았다. 재깍 물러서려 했으나 커다란 그의 손이 도경의 손등을 덮어 제 뺨에서 떨어지지 않도록 막았다.

수척해진 얼굴로 그가 싱긋 웃었다.

"밖에 오래 나와 있었소? 그대의 손이 시원하오."

"나리께선 따뜻하십니다."

"그렇다면 잘되었소. 우리 잠시 이렇게……."

재헌은 어리광 부리는 소년처럼 잡았던 손을 내리고 도경의 품속으로 파고들었다.

"서로 이렇게…… 날 괴롭히는 미열을 식히고 당신의 서늘해진 몸을 녹입시다."

귓가에 불어온 그의 숨결이 생생해 도경은 왠지 뭉클했다. 넓은 등에 팔을 둘러 그를 꼭 안아 주었다. 부끄러움도, 거리를 두어야 한다는 경계심도 없었다.

처음으로 누군가의 운명에 관여했다. 그래서 더욱 눈길이 가고 신경이 쓰였다. 그가 예성 채문의 종손이라는 사실과 무관한, 제 손으로 우연히 되살린 한 생명을 향한 관심이었다. 기왕 건진 당신 목숨 오래오래 이어지기를. 요절이란 이전 생의 액운을 끊고 눈부신 청춘 지나, 원숙한 중년 넘어, 호호(皓皓) 할

아버지가 되는 그날까지 이 땅에서 발붙이고 건강하게 살아 주기를.

도경은 과거와 달리 새 생명을 부여받은 이 남자란 존재가 경이로웠다. 그의 이름 석 자에 언제나 귀를 기울였다. 시야에 안 보이면 궁금하고 그와 관련한 일이라면 화가 났다가도 금방 풀어졌다. 거스를 수 없는 자연의 섭리처럼 눈이 가고 마음이 가다 급기야 이 밤, 사모의 정을 틔워 가슴이 활활 불타올랐다.

조금이라도 그와 닿고 싶었다. 가까이, 더 가까이. 이렇게 서로를 안고 있어도 조금 더 가까이. 격화되는 첫정이 생소하고 두려웠다. 이대로 있다간 벅차오른 감정에 함몰될 것 같아 일부러 그에게 말을 걸었다.

"김성욱이 난리 쳤던 그날, 갑자기 나타나셔서 깜짝 놀랐습니다. 원림에서 기다리시는 줄 알았거든요."

"늦어서 미안하오."

"아닙니다. 그런 뜻이 아니었습니다."

밤을 닮은 그의 차분한 음색이 듣기 좋았다. 가슴으로 스며들어 왠지 울컥하게 하는 진심이 전해졌다.

"원림에서 기다리기가 지루했소. 그날따라 이상하게 쫓아가고 싶더군. 조금 더 일찍 움직였어야 했는데……."

고개를 든 그가 도경의 양팔에 손을 얹고 찬찬히 내려다보았다.

"몸은 괜찮소? 목에 어혈이 뭉치진 않았고?"

"그저 아쉬울 뿐입니다."

"무엇이 말이오?"

"경치가 좋다는 그곳에 결국 못 가지 않았습니까."

속 편한 투정에 그가 안도 어린 미소를 지었다.

"사시사철 아름다운 곳이오. 의원의 허락이 떨어지면 내 그대에게 나들이를 청하리다. 시간을 내어 다음에 꼭 같이 가 봅시다. 당신과 나, 우리 둘이서만……."

꿈같은 밤, 꿈같은 약속이었다.

정말이냐고 확인하기도 전에 재헌은 김성욱에게 맞아 한때 부어올랐던 도경의 뺨을 어루만졌다. 그의 얼굴이 가까이 내려왔다. 며칠 전 원림에서 아랫배로 전해지던 따스하고 야릇했던 그 숨결이 떠올라 몸이 떨렸다.

이대로 입술이 맞닿을 듯해 긴장되었다. 최면에 걸린 듯 스르르 눈을 감기 직전인데 그는 간지러운 숨결의 끄트머리만 닿게 할 뿐 더는 다가오지 않았다.

기다리고 기다려도 그저 제자리.

오늘 그가 정한 거리는 거기까지인 것 같았다. 저 혼자만 안달 내는 것이 부끄러우면서도 지그시 마주 보는 그의 두 눈이 있어 서운함은 덜했다. 쏟아지는 달빛마저 아늑해 현실 같지 않은 밤, 계절은 봄의 절정을 지나 여름의 문턱으로 머리를 돌리고 있었다.

〈동백꽃 핀 자리〉 2권에서 계속